Le Guide Tolkien

Ouvrage publié sous la direction de
Jérôme Vincent

Coordination éditoriale : Gaëlle Giroulet
Couverture © Alexandre Bourgois
Mise en page : Zariel Simius Octopus
Correction : Fabienne Riccardi

515, Faubourg Montmélian, 73000 Chambéry
www.editions-actusf.fr
ISBN : 978-2-37686-497-4

YANNICK CHAZARENG

LE GUIDE TOLKIEN

Les 3 Souhaits
UNE COLLECTION ACTUSF

LE COMTÉ
MORDOR
DEUX TOURS
SAURON
SEIGNEUR
ANNEAUX
GONDOR
LA CHUTE D'ARTHUR
HISTOIRE DE LA TERRE DU MILIEU
TOM BOMBADIL
LE GUIDE
TOLKIEN
PEREGRIN TOUC
BEREN ET LÚTHIEN
ELROND
LES AVENTURES DE TOM BOMBADIL
RETOUR DU ROI
GIMLI
GANDALF
SAROUMANE
LEGOLAS
ROHAN
BARBEBOIS
CUL DE SAC
MORIA
BOROMIR
BILBO BESSAC
THÉODEN
MARAIS DE SERECH
GOLLUM
VALLÉE DE MORGUL
LÉCUDECHESNE
FRODO BESSAC
YANNICK
CHAZARENG
MINAS TIRITH

SOMMAIRE

Introduction : Tolkien,
le géant de l'imaginaire **11**
Interview Clément Ribes 13
Note sur les textes (infos traduction)........... **21**
Interview Pauline Loquin 27
Dix infos insolites sur Tolkien et son œuvre... **35**
Une vie de Hobbit,
un destin hors du commun.......................... **39**
L'œuvre de J.R.R. Tolkien.......................... **51**
Le Hobbit, les débuts remarqués................. 51
Le Seigneur des Anneaux,
le phénomène éditorial 55
Les inspirations et l'œuvre universitaire 60
Interview de Damien Bador......................... 77
Le Légendaire, la toile de fond 93
Le reste de l'œuvre 109
Les thèmes privilégiés................................ 119
Interview d'Emmanuel Chastellière 142
Tolkien à l'écran **147**
Tolkien, le seigneur des jeux........................ **155**

Tolkien l'inspirateur : est-il l'inventeur de la fantasy ? **161**
Dix bonnes raisons de lire Tolkien **183**
Conclusion : Tolkien est vivant ! **185**
Annexes **189**
Repère bio-bibliographiques 189
Glossaire **201**
Correspondance ancienne traduction / nouvelle traduction **297**
Bibliographie externe / Ressources **301**
Remerciements **309**

INTRODUCTION : TOLKIEN, LE GÉANT DE L'IMAGINAIRE

J.R.R. Tolkien… Un nom désormais légendaire parmi les amateurs d'imaginaire. Beaucoup de fantasmes accompagnent ce nom, et surtout l'œuvre qui lui a échappé.

Tolkien fut-il riche ? Non. C'est un homme ordinaire qui n'a pas beaucoup touché d'argent malgré le succès phénoménal de ses travaux, surtout des deux romans publiés de son vivant, *Le Hobbit* et *Le Seigneur des Anneaux*.

Le Hobbit est-il une histoire épique, truffée de scènes sauvages, comme le sont les trois films réalisés par Peter Jackson ? Non. C'est une histoire destinée avant tout à ses enfants, arrivée presque par hasard entre les mains d'un éditeur.

A-t-il entièrement créé l'univers d'Arda ? Oui. Il s'est inspiré de ses nombreuses lectures pour le développer cet univers.

Au-delà de son œuvre fictionnelle, ses travaux l'ont amené à réécrire ou à traduire des mythes nordiques et celtiques dans des versions qui font encore autorité aujourd'hui.

N'a-t-il écrit que deux romans, *Le Hobbit* et *Le Seigneur des Anneaux* ? Non. Ce sont les deux seuls romans qui ont été publiés de son vivant. Mais le Professeur, tel qu'on le surnomme, a écrit, réécrit, repris sans cesse des dizaines de récits prenant pied dans le même univers, de sa jeunesse à sa mort, à l'âge de 81 ans. C'est son fils Christopher qui nous a permis de découvrir ces autres récits.

Tolkien a-t-il inventé la fantasy ? Vu son omniprésence, on pourrait le croire. Or un certain nombre d'auteurs et d'autrices, comme William Morris et Lord Dunsany, avaient déjà abordé le genre avant lui, en posant les bases. Tolkien l'a, à son corps défendant, amené à des niveaux très élevés.

Ne doit-on résumer John Ronald Reuel Tolkien qu'à son activité d'écriture ? Bien sûr que non. Il était avant tout philologue, c'est-à-dire qu'il étudiait les mécanismes des langues, le vieil anglais en particulier. Il s'est intéressé à plusieurs langues anciennes et contemporaines, et s'est servi de ses études pour créer ses propres langages fictifs. C'était également un poète, un illustrateur de grand talent.

Était-il un auteur dédaigneux, enfermé dans sa tour d'ivoire ? Absolument pas. De son vivant, il n'a eu de cesse de soumettre son œuvre à l'avis de ses amis étudiants, puis enseignants, ainsi qu'à sa famille. Il a également entretenu une abondante correspondance (dont une partie a été publiée) avec ses éditeurs, ses lecteurs...

N'existe-t-il pas d'adaptations cinématographiques ou télévisuelles de son œuvre avant les films de Peter Jackson ? Il y eut plusieurs adaptations en animation et en rotoscopie dans les années 1970 et 1980, avec des succès divers.

Cinquante ans après sa mort, l'intégralité de son œuvre est-elle disponible ? On suppose que les récits les plus importants ont été publiés, et traduits pour une bonne part. Un certain nombre de travaux sont encore dans les archives de l'université Marquette[1], à attendre d'être exploités, par exemple.

Voici quelques exemples des éléments que vous allez retrouver dans ce *Guide*, émaillé par des interviews d'experts et des outils pratiques, comme des repères bio-bibliographiques, une bibliographie externe ou un glossaire.

INTERVIEW DE CLÉMENT RIBES

« Je pense que durant mon passage chez Bourgois, avec l'aide inestimable de Vincent Ferré, l'équipe est

1 https://www.marquette.edu/library/archives/Mss/JRRT/index.php

parvenue à redynamiser la publication de Tolkien en France, et est parvenue à créer un horizon d'attente enthousiasmant à moyen terme. »

Clément Ribes a été engagé en tant que directeur éditorial au sein des Éditions Christian Bourgois d'août 2019 à septembre 2021.

Comment avez-vous géré les nouvelles éditions des œuvres de Tolkien durant votre passage chez Bourgois ?

La question qui se présentait à nous était de répondre à une demande très forte de la part des tolkieniens français, lesquels attendaient avec grande impatience plusieurs choses : la publication de textes encore inédits en français (certains volumes « manquants » de l'*Histoire de la Terre du Milieu*), la révision de certaines traductions (notamment celle du *Silmarillion*), la commercialisation de certaines éditions « de luxe » ou illustrées, ainsi que certains changements « esthétiques » (je pense notamment aux chartes graphiques, qui ne faisaient pas forcément l'unanimité).

C'est en écoutant les remontées des amateurs de Tolkien, en cernant leurs attentes et en tenant compte des conseils très importants qu'ils pouvaient nous fournir, que nous avons élaboré un plan de publication assez vaste qui permet à la fois de continuer le travail d'édition des œuvres de Tolkien (mise en traduction des volumes de l'*Histoire de la*

Terre du Milieu) et de faire vivre le fonds d'œuvres déjà publiées (republication, éditions illustrées, recouverturage, etc.). Cela a impliqué un volume de publications plus important que durant les années précédentes, et le volontarisme éditorial et commercial qui en découle.

Je pense que durant mon passage chez Bourgois, avec l'aide inestimable de Vincent Ferré, l'équipe est parvenue à redynamiser la publication de Tolkien en France, et est parvenue à créer un horizon d'attente enthousiasmant à moyen terme.

Vincent Ferré, responsable des traductions de Tolkien dans la maison Bourgois, a rassemblé autour de lui un véritable pool de traducteurs et traductrices. Du fait de votre passé en tant que traducteur, êtes-vous intervenu dans ce processus de recrutement ?

Je ne suis intervenu que ponctuellement et en « fin de chaîne », si je puis dire. En ce qui concerne Daniel Lauzon, il traduisait déjà pour Bourgois bien avant mon arrivée. Durant mon passage chez Bourgois, nous avons recruté Pauline Loquin comme nouveau « membre » du pool de traducteurs, pour reprendre votre expression.

Je me suis fié à l'expertise de Vincent Ferré quant au paysage français autour de Tolkien, et à ses recommandations – et ai ensuite contacté Pauline Loquin pour en discuter avec elle. Elle a d'abord révisé une traduction déjà existante, celle du livret des cartes, pour que nous voyions comment elle travaillait, avant de s'atteler à une traduction stricto sensu.

« […] Nous avions à cœur d'offrir aux lecteurs passionnés des livres qu'ils trouvent beaux, qu'ils aient envie de garder ou de mettre bien en vue dans leur bibliothèque. »

Les nouvelles éditions estampillées « Tolkien », comme La Formation de la Terre du Milieu, ont vu leur maquette évoluer. Quelles ont été les contraintes inhérentes à cette évolution ?

Il n'y a pas eu de « contraintes » à proprement parler. Les nouvelles maquettes et chartes graphiques sont le résultat d'une réflexion que nous avons menée à l'intérieur de la maison : nous avions à cœur d'offrir aux lecteurs passionnés des livres qu'ils trouvent beaux, qu'ils aient envie de garder ou de mettre bien en vue dans leur bibliothèque. De toute évidence, au vu de ce qu'on pouvait lire sur Internet ou des avis que certains lecteurs nous donnaient lors de conversations ou par courrier, les anciennes chartes françaises étaient jugées décevantes en comparaison avec les chartes anglaises. C'est pourquoi nous avons fait le choix de calquer notre présentation sur les éditions anglaises.

Aussi, nous voulions singulariser les titres de Tolkien au sein du catalogue de la maison : beaucoup de ses livres reprenaient la charte graphique que les

Éditions Christian Bourgois appliquaient à tous leurs ouvrages, qu'ils soient de la littérature française, étrangère, de la poésie, des essais, etc. Il était important pour nous que Tolkien ait sa propre charte et, en un sens, son propre « espace » au sein du catalogue de la maison. Ce changement de charte s'est accompagné, également, de la mention en couverture du nom de Christopher Tolkien de manière plus visible pour les titres qui le concernaient, afin de lui rendre hommage et de souligner le rôle plus qu'important qu'il a eu dans l'édition et la construction de l'œuvre de son père.

Pour ce qui est des « contraintes », elles ont trait, en somme, aux contraintes habituelles du travail d'édition et de fabrication des livres : trouver le papier adéquat à un prix raisonnable afin de pouvoir maintenir un prix de vente qui ne soit pas trop élevé, s'assurer que les ruptures de stock soient le moins pénalisantes possible, etc.

« C'est un objet que je suis heureux de voir exister, et qui a été le résultat du travail d'une équipe, d'un traducteur, et d'un éditeur (Vincent Ferré) formidables. »

Votre départ est intervenu peu de temps avant la sortie de la nouvelle traduction du *Silmarillion*. Quel est votre sentiment sur cette édition ?

À titre personnel, je suis très satisfait de cette édition. J'éprouve une forme de fierté à avoir contribué à lancer ce projet de retraduction que les fans attendaient depuis très longtemps, et qui était, je le pense, nécessaire pour une meilleure appréhension de l'œuvre de Tolkien en France.

Ensuite, je trouve le livre très beau, très agréable à lire en termes de maquette, et les reproductions des illustrations de Ted Nasmith sont magnifiques. C'est un objet que je suis heureux de voir exister, et qui a été le résultat du travail d'une équipe, d'un traducteur, et d'un éditeur (Vincent Ferré) formidables.

Que répondez-vous aux fans qui n'aiment pas la nouvelle traduction des œuvres de Tolkien, *Le Hobbit* et *Le Seigneur des Anneaux* en tête ?

Sans vouloir entrer dans des débats qui me dépassent, je pense qu'il était inévitable que beaucoup de fans n'aiment pas les nouvelles traductions. Pourquoi ? Tout simplement parce que, quand on a aimé passionnément un livre sous une forme, il nous est quasi impossible d'imaginer le voir exister sous une autre forme, ou que les personnages/lieux aient un autre nom… En un sens, toutes les retraductions mènent à ce genre de désamour : la nouvelle traduction française d'*Ulysse* il y a quelques années a dû froisser quelques admirateurs de Joyce… Je dirais que c'est encore plus viscéral quand il s'agit de livres qu'on a lus et vénérés dans l'enfance ou dans l'adolescence : si un jour on retraduisait *Harry Potter*, je suis certain que je vivrais très mal l'abandon de certains jeux de mots merveilleusement traduit par Ménard – un peu comme une trahison de l'enfant et de l'adolescent que j'ai été.

Mais c'est un cycle naturel de la littérature et de l'édition, et si, dans cinquante ou soixante ans, Tolkien est de nouveau traduit, nous verrons des lecteurs ayant découvert et aimé Tolkien dans la version de Daniel Lauzon détester la nouvelle version. Ça me paraît tout à fait normal et sain.

Le catalogue Tolkien n'a-t-il pas fait l'objet de convoitise de la part d'autres maisons d'édition ?

Sans doute, mais les maisons d'édition qui auraient pu convoiter Tolkien auraient eu tout intérêt à ce que nous ne le sachions pas. Donc je l'ignore, mais j'imagine que oui, c'est inévitable.

Avez-vous pu rencontrer Christopher Tolkien avant son décès en janvier 2020 ? Si oui, comment cela s'est-il passé ?

Malheureusement je n'ai pas eu cette chance, car Christopher Tolkien voyageait déjà très peu quand je suis arrivé chez Bourgois.

À l'issue de votre mission chez Bourgois, votre regard sur Tolkien a-t-il changé ? Est-ce pour vous une fierté d'avoir été, même pour un temps relativement court, l'éditeur du Professeur en France ?

Mon regard a changé et s'est précisé. J'ai eu des conversations très enrichissantes avec Vincent Ferré, dont l'érudition et la passion communicatives ont changé la façon dont je percevais Tolkien. En un sens, Vincent m'a permis de le percevoir non plus seulement comme le maître d'un genre littéraire auquel on cantonne souvent le Professeur, mais surtout et avant tout comme un formidable créateur de monde dont la pratique littéraire l'apparente à certains auteurs que j'aime infiniment : Borges ou Calvino, par exemple. Pour le lecteur que je suis, c'est comme si deux continents s'étaient entrechoqués, et c'est une expérience très agréable dans la mesure où elle nous pousse à redéfinir l'histoire littéraire qu'on s'était imaginée.

Et pour répondre à votre dernière question, oui, cela a été une fierté et un plaisir : plaisir, parce qu'il y avait quelque chose d'extrêmement excitant à se dire que ce qu'on allait annoncer ou publier était attendu, et allait donner beaucoup de joie aux lecteurs. On a l'impression d'être utile, et de faire partie d'une communauté – et ça n'arrive pas toujours quand on est éditeur.

QUELQUES NOTES SUR LES TEXTES ET LES TRADUCTIONS EN FRANÇAIS

The Hobbit est sorti en 1937. Malgré son succès d'estime, il mettra plus de trente ans à traverser la Manche, en dépit de l'intention de l'éditeur original en version originale de le faire traduire par Simonne d'Ardenne. C'est Stock qui confiera la traduction au Suisse Francis Ledoux (1906-1990), pour une sortie en français en janvier 1969, sous le titre *Bilbo le Hobbit ou Histoire d'un aller et retour*. Traducteur émérite de Charlotte Brontë, d'Edgar Allan Poe, de Dickens et de Shakespeare, il voit arriver entre ses mains ce texte qui relève d'un genre encore peu développé, la fantasy. Ayant peu d'informations à sa disposition, Ledoux fait de son mieux avec un roman comportant quelques termes bien spécifiques. On notera la présence dans la première édition de la carte de la Terre du Milieu, de la mention sur le Comté : « *Ici vivent les Lapins* » (traduction erronée de *Hobbiton*, *Hobbiteville* en français).

En 1969 sort également l'ouvrage *Admirations*, de Jacques Bergier, dans lequel l'auteur cite les écrivains qui lui font forte impression. Parmi eux figure J.R.R. Tolkien. L'éditeur Christian Bourgois lui demande conseil sur ces coups de cœur, et c'est ainsi qu'il acquiert, pour 200 livres sterling par volume, les droits de traduction et d'édition en français, sans même l'avoir lu auparavant, du *Seigneur des Anneaux*. Le roman sortira en trois volumes étalés sur les années 1972 et 1973, avec de nombreuses erreurs, et des appendices incomplets, Ledoux jugeant qu'ils étaient inutiles pour le public français. Mais cette traduction va marquer durablement plusieurs générations de lecteurs, une nouvelle n'intervenant que quatre décennies plus tard.

En 1972, sa traduction du premier tome obtient le prix du Meilleur livre étranger[2]. Ce prix incite Bourgois à publier les autres œuvres de Tolkien disponibles. Ainsi *Faërie* sortira-t-il en 1974, suivi des *Aventures de Tom Bombadil* (1975), traduit par Dashiell Hedayat et des *Lettres du Père Noël* (1977) traduit par Gérard-Georges Lemaire. Contrairement aux idées reçues, la première traduction en français de Tolkien n'est pas, chronologiquement parlant, du fait de Francis Ledoux

---

2 Décerné par un cercle amical et informel de directeurs de maisons d'édition, ce prix n'avait pas de nom avant d'être soutenu à partir de 2011 par la chaîne hôtelière Sofitel.

pour *Bilbo le Hobbit. Le Fermier Gilles de Ham* est un conte écrit par Tolkien à destination de ses enfants en 1927, révisé en 1938. Simonne d'Ardenne, amie du Professeur, en fait la traduction dans les mois suivants, mais elle ne sera publiée qu'en 1975 en France, après *Le Hobbit* et *Le Seigneur des Anneaux*. Simonne d'Ardenne (1899-1986) fut une élève et collaboratrice belge de Tolkien.

En 1977 sort *Le Silmarillion*, grand œuvre posthume de l'auteur mis en ordre par son fils Christopher. Bourgois l'a proposé à Ledoux, qui a refusé. C'est Pierre Alien, traducteur « maison », qui en hérite et s'acquitte de sa tâche à contrecœur, déclarant avoir « *détesté Tolkien* ». Alien se chargera cependant en 1980 de la traduction de la *Biographie* de celui qu'il a détesté, réalisée par Humphrey Carpenter.

En 1982 Tina Jolas succède à Ledoux et Alien pour traduire les *Contes et légendes inachevés*, puis quatre années plus tard, les appendices du *Seigneur des Anneaux*. Au milieu des années 1990, Christian Bourgois propose à Adam Tolkien, petit-fils de l'écrivain, de s'atteler à la traduction de *Peintures et aquarelles* (1994), qui rend hommage au talent pictural de l'auteur britannique, et aux deux volumes du *Livre des contes perdus*, en 1995 et en 1998. Jacques Georgel se charge de *J. R. R. Tolkien, artiste & illustrateur* (1996) et de *Roverandom* (1999), l'un des premiers récits écrits par Tolkien pour ses enfants.

On le voit, de nombreux traductrices et traducteurs se sont succédé pour donner à Tolkien une ouverture au lectorat francophone. Cette dispersion explique en partie les disparités de traduction de termes identiques dans l'œuvre du Professeur. Christian Bourgois constate au tout début des années 2000 que les traductions relatives à Tolkien ont besoin d'être, au minimum, révisées[3]. Il engage donc une nouvelle équipe, plus au fait de l'œuvre du Professeur, sous la supervision de Vincent Ferré, professeur de littérature comparée et spécialiste notamment de Marcel Proust. À titre personnel, il a notamment publié *Tolkien : Sur les rivages de la Terre du Milieu* en 2001, une série d'articles relatifs à Tolkien. L'équipe travaille en collaboration plus étroite, et après la *Biographie* revue par Ferré en 2002, sortent *Faërie* revu par Elen Riot (2003) et *Les Aventures de Tom Bombadil* en 2003, par Céline Leroy, laquelle révisera la traduction des *Lettres du Père Noël* l'année suivante. 2004 voit également une nouvelle édition du *Silmarillion*, avec une préface inédite en français traduite par Vincent Ferré et Delphine Martin. Une traduction revue du *Seigneur des Anneaux* est aussi envisagée à l'époque, mais sera repoussée dans un premier temps. Après ces révisions, Bourgois s'attaque à la publication d'inédits en français : Vincent Ferré et Delphine Martin reforment leur tandem pour traduire les *Lettres* en 2005, et en 2006 le Québécois Daniel Lauzon devient

3 Comme il l'indique dans son entretien à Vincent Ferré dans *Tolkien, trente ans après* (2004).

officiellement traducteur de Tolkien avec la sortie des *Lais du Beleriand* (avec Elen Riot pour les poèmes), puis *La Formation de la Terre du Milieu* en 2007. L'année précédente, Christine Laferrière avait assuré la traduction des *Monstres et les Critiques et autres essais*, ensemble de textes critiques de Tolkien sur l'imaginaire. En février 2008, à peine un an après la sortie de l'ouvrage inédit en VO, paraît *Les Enfants de Húrin*, traduit par Delphine Martin. À la fin de lannée, *La Route perdue*, volume V de l'*Histoire de la Terre du Milieu*, sort, toujours proposé par Lauzon.

Après ce tir groupé, les traductions de Tolkien se diversifient: *La Légende de Sigurd et Gudrún* (2009), par Christine Laferrière, montre l'étendue du talent de Tolkien pour réécrire des mythes nordiques classiques, et Pierre Grammont traduit *Monsieur Merveille* (février 2009) pour le compte des éditions La Mercurie. L'un des très rares titres de Tolkien à échapper à Bourgois. Christine Laferrière passe à la vitesse supérieure avec *La Chute d'Arthur* en septembre 2013, et *Beowulf* deux ans plus tard, deux nouvelles réécritures mythiques.

Pendant ce temps, le chantier de révision des textes majeurs de Tolkien avance en arrière-plan. Après la retraduction intégrale du *Hobbit* en 2012 (dont c'est désormais le titre français chez Bourgois, avant que les éditions de poche ne suivent le mouvement), c'est également *Le*

Seigneur des Anneaux qui a droit à son toilettage intégral pour des sorties étalées de 2014 à 2016. On notera au passage le changement de titre du premier volume : *La Communauté de l'Anneau* se mue en *La Fraternité de l'Anneau*. En 2017 et 2019 paraissent les deux derniers des trois Grands Contes de Tolkien : *Beren et Lúthien* ainsi que *La Chute de Gondolin*, qui signe la retraite éditoriale de Christopher Tolkien. En 2021, la nouvelle traduction du *Silmarillion*, assurée par Lauzon comme les titres précédents de ce paragraphe, sort dans une belle édition illustrée par Ted Nasmith.

En 2023 devrait suivre le volume IX de l'*Histoire de la Terre du Milieu*, intitulé *La Défaite de Sauron*, et par la suite le volume X, *L'Anneau de Morgoth*, tous deux traduits par Daniel Lauzon. L'accélération du calendrier des traductions et révisions depuis une vingtaine d'années a permis aux Éditions Christian Bourgois de reprendre de manière cohérente la version française des œuvres de Tolkien. Et malgré ce changement de rythme, il reste encore de nombreux inédits. Les tolkienophiles francophones ont encore de nombreuses heures de lecture en perspective !

La nouvelle traduction du *Hobbit*, du *Seigneur des Anneaux* et du *Silmarillion* n'est encore que très récente, et côtoie l'ancienne sur les rayonnages des librairies et dans les collections des tolkienophiles. Par respect pour les travaux de chacun des traducteurs et des convictions des lectrices et des lecteurs, nous avons choisi d'inclure en annexe un tableau de correspondance entre les anciennes et les nouvelles traductions. Si un nom vous semble inconnu, n'hésitez pas à vous y référer.

INTERVIEW DE PAULINE LOQUIN

« C'est un travail exigeant, et je le suis tout autant avec moi-même, non seulement parce que ces textes me sont chers, mais aussi parce que j'aimerais que les lecteurs et lectrices les (re)découvrent dans les meilleures conditions. »

Pauline Loquin est une traductrice littéraire anglais/français. Elle a travaillé sur les retraductions des ouvrages Les Clés de l'œuvre de J.R.R. Tolkien[4] la Terre du Milieu, *de Paul H. Kocher,* La Carte du Hobbit *et* La Carte de la Terre du Milieu, *tous deux de Brian Sibley et sur d'autres ouvrages écrits sur Tolkien.*

Bonjour, Pauline ! Comment avez-vous découvert Tolkien ?

C'est par un heureux hasard (que ne renierait pas Gandalf) que j'ai découvert Tolkien. Nous sommes

4 Titre de la nouvelle traduction en 2022 : *Les Clés de la Terre du Milieu*

en 2001, je suis en sixième, et mon excellente prof de français a la merveilleuse idée de recommander à ses élèves un certain ouvrage: *Le Hobbit*. À l'époque, je n'ai aucune idée de ce que veut dire «Hobbit», mais quand elle mentionne la présence d'un dragon et d'Elfes, je comprends tout de suite que ce livre va me plaire!

J'emprunte donc le roman au CDI de mon collège, et sans même savoir cela, mon père décide, quelques jours plus tard, de m'emmener au cinéma pour voir la toute nouvelle adaptation, par un certain Peter Jackson, d'un roman qu'il avait lu dans sa jeunesse et qui l'avait beaucoup marqué: *La Fraternité de l'Anneau*.

Je n'ai pas tout de suite fait le lien entre *Le Hobbit* – que j'avais à peine commencé – et le film que je voyais à l'écran mais, quelques semaines plus tard, j'ai compris. Le début d'une grande histoire!

« C'est un univers complet, vaste et d'une profondeur incroyable, qui s'enrichit un peu plus à chaque lecture. »

Qu'est-ce qui vous a attirée dans son œuvre?

C'est difficile de pointer une chose en particulier, c'est plutôt un ensemble d'éléments cohérents, en phase avec mes goûts, tant en termes de littérature et de langue que d'histoire, de mythes et de folklore. Sans parler de l'émerveillement de chaque instant, des sentiments que transmettent les personnages, leur courage et leur résilience, et cette belle persévérance qui me touche chaque fois… leur complexité aussi.

C'est un univers complet, vaste et d'une profondeur incroyable, qui s'enrichit un peu plus à chaque lecture. Un ensemble de choses qui relèvent essentiellement de la méticulosité, de la culture et de la passion de son auteur, passion que l'on ressent à chaque page. Et tout cela baigne dans une marmite d'influences et de clins d'œil littéraires qui me parlent énormément.

Plus tard vous êtes devenue traductrice… Tolkien était-il alors parmi vos objectifs professionnels ?

Les textes de Tolkien m'ont amenée à la traduction, c'est certain, puisque je m'amusais à traduire pour moi ou mes proches certains textes encore inédits en français, et c'est ainsi que j'ai pris goût à cette activité. Mais je n'aurais jamais rêvé pouvoir un jour travailler avec les éditions Bourgois, même pendant mes études… et je n'arrive toujours pas y croire ! Donc non, ce n'était pas un objectif. Plutôt un doux rêve que je croyais inaccessible.

« Une fois mon mémoire terminé et validé, je lui ai envoyé quelques extraits du mémoire en question, sans vraiment m'attendre à rien. Visiblement, c'était une bonne idée. »

Comment s'est faite la rencontre avec les éditions Bourgois ?

Un heureux hasard, encore une fois ! J'étais en master de traduction littéraire à l'université Paris-Diderot, non loin de la BNF, l'année de l'exposition

« Tolkien : Voyage en Terre du Milieu ». Entre deux cours, je trouvais toujours moyen d'aller vagabonder dans l'exposition, j'y retournais très régulièrement. Et c'est comme ça que j'ai croisé à plusieurs reprises Vincent Ferré, co-commissaire de l'exposition. Nous avons souvent discuté et j'ai pu lui parler de mes études et de ma passion pour la Terre du Milieu. Une fois mon mémoire terminé et validé, je lui ai envoyé quelques extraits du mémoire en question, sans vraiment m'attendre à rien. Visiblement, c'était une bonne idée : quelques mois plus tard, il me mettait en contact avec les éditions Bourgois, qui m'ont rapidement proposé la révision des cartes, alors que je venais tout juste de me lancer dans la profession. Je serai éternellement reconnaissante envers Vincent Ferré et envers les éditions Bourgois pour cette fantastique opportunité et pour la confiance qu'ils m'ont accordée.

Vous entrez dans le grand bain avec la révision des textes accompagnant les cartes du Hobbit et de la Terre du Milieu, écrits par Brian Sibley. Pourquoi cette révision ?

Plusieurs raisons entrent en jeu : il y avait d'abord la mise à jour nécessaire de la nomenclature. Comme vous le savez, Daniel Lauzon nous a offert une nouvelle traduction du *Hobbit* et du *Seigneur des Anneaux* au cours des dix dernières années, et du *Silmarillion* en 2021. Une grande partie des noms propres ayant reçu une nouvelle traduction, plus conforme aux intentions de Tolkien, il fallait les incorporer à la version française de ces cartes (de Christopher Tolkien et redessinées par John Howe), et au texte de Brian Sibley, puisque l'ancienne édition s'appuyait majoritairement sur l'ancienne traduction, celle de Francis Ledoux.

Il y avait également quelques problèmes d'interprétation et de rares contresens dans la traduction des textes de Brian Sibley, qui s'expliquent tout simplement par le fait que Jacques Georgel, le traducteur de la première édition, ne connaissait pas précisément l'univers de Tolkien. On pouvait également trouver, sur les cartes mêmes, de rares erreurs toponymiques qui méritaient d'être corrigées.

Enfin, l'introduction de Brian Sibley n'avait pas été traduite à l'époque de leur parution, je m'en suis donc chargée pour cette nouvelle édition.

Très vite vous enchaînez sur un ouvrage de référence sur le Professeur, en collaboration avec Vincent Ferré et Aurélie Brémont: Les Clés de la Terre du Milieu, par Paul H. Kocher, chez Bragelonne. Comment s'est passée cette collaboration ?

Bragelonne m'a contactée pour traduire une partie de ce fameux chapitre 7 de l'ouvrage de Paul H. Kocher, chapitre qui n'avait pas été traduit lors de sa première publication française. C'était absolument passionnant de pouvoir plonger dans les analyses de Paul H. Kocher sur des textes que le grand public connaît beaucoup moins. Je me suis uniquement occupée des parties concernant *Smith de Grand Wootton*, *Les Aventures de Tom Bombadil*, le poème *Imram*, *Le Fermier Gilles de Ham* et *Le Retour de Beorhtnoth, fils de Beorhthelm* ; j'espère que les lecteurs et lectrices de Tolkien pourront ainsi découvrir ces merveilleux textes et en saisir la portée. J'aurais aimé pouvoir travailler sur la révision de la traduction de l'ouvrage dans son ensemble, comme me l'avait proposé Bragelonne, malheureusement mon calendrier ne me le permettait pas.

« Je travaille donc avec le plus de minutie possible, mon bureau est jonché de différents ouvrages de Tolkien, de cartes et de dictionnaires. »

On annonce également, à l'occasion des 40 ans de la sortie des *Contes et légendes inachevés*, une nouvelle édition illustrée par les trois meilleurs adaptateurs graphiques de Tolkien : Alan Lee, John Howe et Ted Nasmith. Et vous êtes attachée à la traduction de cette révision. C'est votre premier gros morceau, non ? Comment appréhendez-vous cette traduction ?

Eh bien, je suis en plein dedans ! Figurez-vous qu'il s'agit d'un ouvrage qui me tient particulièrement à cœur : je me souviens encore précisément de ma première lecture des *Contes et légendes inachevés*, il y a un peu plus de dix ans, et de mon enchantement ! Je venais de lire le *Silmarillion* pour la troisième fois et je découvrais qu'il y avait encore des couches abyssales de Légendaire ! Quel bonheur ! C'est après cette première lecture des *Contes et légendes inachevés* que j'ai plongé à corps perdu dans l'intégralité du Légendaire, alors que jusque-là, j'étais surtout restée sur les trois ouvrages les plus connus : *Le Hobbit*, *Le Seigneur des Anneaux* et *Le Silmarillion*.

C'est donc un immense honneur et un plaisir absolu de travailler sur cette révision, et pour une édition qui s'annonce superbe ! C'est un travail exigeant, et je le suis tout autant avec moi-même, non seulement parce que ces textes me sont chers, mais aussi parce que j'aimerais que les lecteurs et lectrices les (re)découvrent dans les meilleures conditions. Il s'agit aussi de rendre hommage au travail magistral de Christopher Tolkien, qui a tant fait pour l'œuvre de son père et pour ses lecteurs et lectrices.

Je travaille donc avec le plus de minutie possible, mon bureau est jonché de différents ouvrages de Tolkien, de cartes et de dictionnaires, et malgré la petite pression, je suis particulièrement honorée d'avoir reçu cette mission !

Comment collaborez-vous avec les autres traducteurs de la maison Bourgois ? Céline Leroy, Delphine Martin, Daniel Lauzon, Elen Riot ? Et avec Vincent Ferré, qui chapeaute ces traductions ?

Malheureusement, je n'ai pas eu l'occasion de rencontrer mes collègues (la situation sanitaire des deux dernières années n'aidant pas). Mais je suis très régulièrement en contact avec Vincent

Ferré, avec qui j'échange sur l'avancée des travaux ; son aide et son soutien restent extrêmement précieux.

Avez-vous d'autres traductions relatives à Tolkien en vue ?

Nous avons fait le tour ! Mais j'espère évidemment pouvoir continuer à me consacrer à l'œuvre du Professeur si on m'en donne l'occasion.

Pauline, merci.

DIX INFOS INSOLITES SUR TOLKIEN ET SON ŒUVRE

Le Seigneur des Anneaux a failli être adapté au cinéma par les Beatles, qui voulaient interpréter les quatre Hobbits, sous la direction de Stanley Kubrick, qui avait été approché pour réaliser le film, en 1965 ou en 1966.

Christopher Lee (Saruman) est le seul acteur de l'adaptation faite par Peter Jackson à avoir rencontré en personne J. R. R. Tolkien. Cela a eu lieu dans les années 1950, dans le célèbre pub oxonien *The Eagle and Child*, où le Professeur avait ses habitudes.

Leonard Nimoy, alias M. Spock dans la série *Star Trek*, a interprété une chanson sur Bilbo Bessac. « The Ballad of Bilbo Baggins » apparaît sur le second album de l'artiste, *The Two Sides of Leonard Nimoy*, sortie en 1968.

John Ronald Reuel Tolkien, farouchement anglais, est né en Afrique du Sud. Son père, Arthur, dirigeait une banque dans l'État libre d'Orange. Mais le climat chaud et sec local occasionnant des soucis de santé au jeune Ronald, sa mère l'a ramené en Angleterre avec son frère Hilary.

Les illustrations de Tolkien pour *Le Hobbit*, *Le Silmarillion* et les *Lettres du Père Noël* font l'objet d'un programme de tissage de tapis à la Manufacture d'Aubusson depuis 2017.

Tolkien a été guide touristique en France dans sa jeunesse, durant l'été 1913. Le séjour d'une famille de Mexicains qu'il accompagnait se termine de manière tragique : une tante meurt, renversée par une voiture.

Le petit-fils de Tolkien, Simon, est également écrivain. Il est l'auteur de plusieurs romans policiers historiques après avoir connu une grande carrière en tant qu'avocat.

Faith Faulconbridge, première épouse de Christopher, le plus jeune fils de Tolkien, était une sculptrice anglaise très connue. Elle a notamment réalisé un buste de son beau-père.

Tolkien a écrit un récit, *The Notion Club Papers*, se déroulant en 1986-1987, soit quarante ans après sa rédaction. Alors que l'immense majorité de son œuvre est une évocation du passé, celui-ci est un récit d'anticipation dans lequel les membres d'un club d'érudits (largement inspirés de ceux qu'il fréquentait) racontent leurs rêves.

Nourrissant une aversion extrême pour tout ce qui a trait à la technologie, Tolkien a possédé pendant plusieurs années une voiture, dont il se servait très mal, n'hésitant pas à emboutir d'autres véhicules sur son chemin. Un jour qu'il avait deux pneus crevés, il aurait réussi à rouler sur plusieurs kilomètres avant de rentrer dans un mur, accident heureusement sans gravité. Ces maladresses, ainsi que son rejet de la construction de nombreuses routes au travers de la campagne qu'il aimait tant l'ont amené à abandonner son véhicule.

TOLKIEN, UNE VIE DE HOBBIT, UN DESTIN HORS DU COMMUN

Qui est J.R.R. Tolkien ? Qui est cet homme, dont l'œuvre traverse le temps, a inspiré tout un pan de la littérature mondiale, renversé l'industrie cinématographique, influencé des scientifiques de tout bord et des créateurs diversifiés... De quoi ce phénomène culturel est-il le nom ?

UNE ENFANCE ET UNE JEUNESSE MODESTES

Arthur Tolkien, jeune employé de banque anglais, décide avec Mabel, son épouse, de partir dans l'État libre d'Orange (actuelle Afrique du Sud) à la fin des années 1880, afin de faire fortune. Deux enfants naissent de ce séjour en terre australe : John Ronald Reuel (1892) et Hilary (en 1894). Si ce dernier grandit et profite bien, son grand frère (que son entourage appelle Ronald) présente des soucis de santé. La famille décide alors de rentrer en Angleterre. Mais Arthur ne peut pas s'absenter longuement, et Mabel embarque seule sur le bateau, avec ses deux jeunes enfants, dans les premières semaines de l'année 1895. Par la suite, Arthur tombe rapidement malade et décède finalement d'une hémorragie due à une fièvre rhumatismale en février 1896, loin des siens. Les Tolkien s'installent dans la région de Birmingham, dans un village du nom de Sarehole. Ses forêts, ses cours d'eau et son atmosphère champêtre bercent les premières années de vie des deux enfants, qui en goûtent pleinement les plaisirs. Une atmosphère qui va également forger leur imaginaire, fortement marqué par ce goût pour la nature.

Leur éducation est assurée dans un premier temps par Mabel, qui va inculquer à ses enfants les valeurs portées par le catholicisme, dans un pays massivement anglican. Artiste dans l'âme, elle va également leur lire de nombreux récits classiques, des histoires de pirates aux contes les plus connus, en passant par l'œuvre de George MacDonald[5]. Lorsque Ronald atteint les 8 ans, il intègre la King Edward's School, à Birmingham[6], et la

5 Écrivain calviniste britannique (1824-1905).

6 Fondée en 1552 par le roi Édouard VI, c'est l'une des plus prestigieuses écoles du Royaume-Uni. De nombreux écrivains et lauréats du prix Nobel ont fréquenté ses bancs.

famille doit déménager à Moseley, dans la banlieue de la grande ville. C'est un décor très différent, caractérisé par une industrialisation omniprésente. Ronald trouve cependant un nouveau sujet d'enchantement : les langues. Les noms exotiques de villes galloises, croisés notamment sur les wagons de train passant près de chez lui, attisent sa curiosité. Le grec ancien, le vieil anglais et d'autres vont bientôt suivre, et le préadolescent va commencer à inventer ses propres langues, avec ses cousines. John Ronald Reuel Tolkien était un enfant espiègle, aventurier, qui faisait quelques farces aux paysans vivant près de chez lui, à Sarehole.

Le destin des Tolkien va basculer avec la rencontre du père Francis Morgan à l'oratoire de Birmingham. Touché par les conditions précaires dans lesquelles vivent Mabel et ses enfants, il va les prendre sous son aile. Pendant quelque temps leur quotidien s'améliore. Mais en 1904 le diabète de Mabel se déclare et, faute de traitement adéquat, elle décède avant la fin de l'année. Le père Francis se voit confier la tutelle des deux orphelins, qui sont dévastés par le chagrin. Peu après, il leur trouve une pension de famille peu onéreuse mais décente. Ronald y rencontre Edith, un peu plus âgée que lui, avec laquelle le coup de foudre est quasi immédiat. Elle est également orpheline, et sa passion de la musique la rapproche du jeune homme, qui, lui, commence à écrire des poèmes et à dessiner. Quelque peu détourné de ses objectifs d'étude à Oxford, Ronald échoue une première fois à ses examens. Le père Francis décide alors de leur faire changer, à Hilary et à lui, de logement, pour les éloigner d'Edith. Mais les jeunes amoureux jurent de se revoir à la majorité de Ronald (alors fixée à 21 ans), lorsque le jeune homme ne sera plus sous la tutelle de l'ecclésiastique. En décembre 1910, il obtient une bourse pour des études classiques au collège d'Exeter. Il trouve rapidement un équilibre dans sa vie étudiante : études, sport (notamment le rugby) avec ses camarades et séances d'émulation créative avec certains d'entre eux. Ils se lisent leurs productions (prose, poésie, essais…). Ainsi naît le TCBS, ou Tea Club and Barrovian Society[7]. Avec ses amis Christopher Wiseman, Robert Gilson et Geoffrey Bache Smith, ils se montrent leurs productions artistiques diverses, se lancent des défis, refont le monde, tout en dégustant du thé. Sa soif de découvrir des langues anciennes est abreuvée grâce aux fonds exceptionnels des différents *colleges* de l'université oxonienne. Son mentor est le professeur Joseph Wright, éminente figure de la philologie comparée, dont il va suivre assidûment les cours. Ronald développe peu à peu son imaginaire en adaptant le finnois, le gallois et le vieil anglais en fonction de ses propres inventions linguistiques, tout en s'initiant à la calligraphie et au dessin, offrant ainsi une dimension graphique et visuelle à ses histoires. Pendant ses années d'études à Oxford, il était toujours prêt à faire des blagues avec ses amis. On

7 Allusion à leur goût pour le thé, et le lieu de leurs réunions, à proximité des magasins Barrow's, à Birmingham.

dit qu'il aurait « emprunté » un bus à impériale pour le conduire dans les rues de la ville étudiante, embarquant quelques-uns de ses condisciples. Dans les premiers temps de sa relation avec Edith il fit également parler de lui avec de menues bêtises.

Les 21 ans du jeune homme approchent et Edith occupe toujours ses pensées. Malgré ses fiançailles récentes, la jeune femme accepte de le revoir, et les jeunes gens se fréquentent de nouveau. Edith accepte même, à contrecœur, de se convertir au catholicisme. Elle déménage à Warwick, au centre de l'Angleterre, avec son cher piano, qu'elle gardera toute sa vie, pas trop loin d'Oxford. Pour pouvoir payer les fréquentes visites qu'il lui fait, Ronald doit trouver un travail alimentaire : il joue les guides en France pendant ses vacances universitaires. Pendant son temps libre, le jeune homme commence à forger un univers, nourri par les paysages divers qu'il rencontre, les langues et les récits médiévaux qu'il étudie longuement dans les bibliothèques et sa chambre d'étudiant. Nous sommes en 1914, et l'Europe s'apprête à basculer dans le chaos. Ronald termine ses études en juin 1915 avec la mention « très bien ». Son premier poème publié[8] s'appelle *Goblin Feet*. En mars 1916, juste avant que Ronald parte pour la France et participe à la Première Guerre mondiale, les deux jeunes gens se marient. Le jeune homme attrape la fièvre des tranchées,

8 Dans *Oxford Poetry*, une revue annuelle de poésie publiée par l'université d'Oxford.

transmise par les poux à cause des conditions d'hygiène du front, et doit être rapatrié en Angleterre. Deux de ses plus proches amis qui faisaient partie du TCBS, Geoffrey Bache Smith et Robert Gilson, décèdent au cours du conflit. Il en fut particulièrement triste. Ronald passe sa convalescence dans un hôpital militaire, où Edith vient régulièrement le voir. Le jeune homme y développe son Légendaire[9] et la grammaire des langues qu'il invente pour faire vivre ses récits. Cette période constitue un autre point de bascule dans la vie de la famille Tolkien. À peine devenu adulte, il a déjà vu la mort de près avec le décès de sa mère, et perdu la moitié de ses amis.

LA VIE D'ADULTE

Plus ou moins rétabli[10], Tolkien commence sa nouvelle vie aux côtés d'Edith. Dès qu'il s'installe avec l'amour de sa vie, son attitude générale change : il se mue rapidement en patriarche attentif, tout en devenant une célébrité au sein de l'université de Leeds, puis d'Oxford. Tolkien, amoureux de la nature, ne déteste rien autant que l'industrialisation galopante de son pays, et par la suite les atrocités perpétrées durant

9 C'est ainsi qu'est surnommé l'ensemble de son œuvre.

10 Pendant deux à trois ans, il subira encore les effets secondaires de la fièvre des tranchées.

la Deuxième Guerre mondiale. La famille s'agrandit rapidement avec la naissance en novembre 1917 de John Francis Reuel, et les Tolkien s'installent à Oxford. En attendant de pouvoir enseigner à l'université, Ronald donne des cours particuliers, tout en étant engagé pour travailler sur la nouvelle édition de l'*Oxford English Dictionary*, ouvrage de référence en langue anglaise, lequel sortira finalement en 1928. Un deuxième garçon, Michael Hilary Reuel, naît en 1920, quelques mois avant que la famille déménage à Leeds, où le père obtient un poste d'enseignement en langue anglaise à l'université locale. Un poste qui, de par l'enthousiasme avec lequel il l'investit et les qualités pédagogiques qu'il y développe, lui vaut d'être très populaire auprès des étudiants. Il collabore à un glossaire du moyen anglais dans un ouvrage dirigé par Kenneth Sisam : *Fourteenth Century Verse and Prose*. En 1923, Ronald contracte une pneumonie, et passe sa convalescence dans la ferme de son frère Hilary dans le Worcestershire. Le calme de la campagne lui permet d'avancer dans ses travaux personnels, qui s'appelaient alors *Le Livre des contes perdus*.

En 1924 naît Christopher John Reuel. La vie de famille est très remplie ; Ronald, son épouse et leurs enfants se promenant régulièrement dans la campagne autour d'Oxford, et Ronald passant beaucoup de temps avec ses enfants, leur lisant de nombreuses histoires, dont certaines de son cru. La carrière de Tolkien est brillante, il est reconnu par ses pairs comme un expert des langues anciennes. Accompagné de son ancien élève, le Canadien Eric Valentine Gordon, il édite en 1925 une version érudite du récit arthurien *Sire Gauvain et le Chevalier vert*, une référence dans le petit monde de la philologie. La même année, il est nommé professeur titulaire d'anglo-saxon à Oxford. Tolkien y fonde le club des Coalbiters (« Croqueurs de charbon »), un cercle érudit dont l'objectif est de promouvoir l'enseignement de l'islandais dans les *colleges* locaux. En 1936, le Professeur donnera une conférence intitulée « *Beowulf*, les monstres et les critiques », qui fera date dans les années suivantes de par son érudition[11]. Son dernier enfant, Priscilla Mary Reuel, naît en 1929. Sa popularité est à son comble : sa gentillesse, sa facilité à se lier d'amitié avec tous ainsi que ses talents d'orateur lui valent d'être très apprécié par ses collègues et ses élèves. Amoureux de la nature, il est particulièrement inquiet quant à l'industrialisation galopante dans son coin d'Angleterre. Parmi ses amis rencontrés à cette époque figure C. S. Lewis, lui aussi professeur émérite du département d'anglais, et futur auteur du cycle de *Narnia*, avec lequel une saine émulation s'enclenche rapidement, notamment parmi les Inklings, un autre cercle au sein duquel les membres partagent et soumettent leurs travaux d'écriture. C'est dans ce club que ce qui deviendra *Le Silmarillion* est lu pour la première fois sous sa forme embryonnaire. Plus tard son fils

11 La conférence ne sera publiée qu'en 2014.

Christopher, qui est très intéressé par les travaux de son père et très apprécié pour ses talents oratoires, en fera également partie.

LE BASCULEMENT DU *HOBBIT*

Parmi les histoires que Tolkien raconte à ses enfants figure un récit évoquantl'étrange quête d'un personnage de petite taille, un Hobbit, accompagné d'une bande de Nains. Un récit prenant pied sur Arda, la Terre qu'il a inventée. Le récit circule parmi ses étudiants et parvient entre les mains d'une assistante éditoriale chez Allen & Unwin, l'une des maisons d'édition britanniques les plus en vue. Le fils du patron est chargé de le lire, pour la somme presque symbolique d'un shilling. Rayner Unwin le recommande chaudement à son père. L'histoire est en marche. Le 21 septembre 1937 paraît donc *The Hobbit*, avec un tirage initial de seulement 1 500 exemplaires. Il est rapidement épuisé. Ce premier tirage comprenait des dessins en noir et blanc de Tolkien lui-même, dans le second[12], quatre d'entre eux sont en couleurs. Au fil des années, une cinquantaine d'éditions anglaises et américaines (avec des contenus variables) ont succédé à ce premier tirage.

12 Qui date de la fin de l'année 1937.

La réception critique est enthousiaste, à la suite de la review faite par C. S. Lewis (anonymement) dans *The Times Literary Supplement*[13]. Le succès (on parle de 100 millions de copies aujourd'hui, au bout de quatre-vingt-cinq ans d'édition) est au rendez-vous, et Sir Stanley Unwin commande à Tolkien une suite, « *une sorte de* Hobbit ».

Tolkien aimerait que *Le Silmarillion*, qu'il peaufine depuis vingt ans, voie le jour, mais son éditeur insiste pour que cette suite mette en scène des Hobbits. Tandis qu'il commence à rédiger un nouveau récit d'aventures, qui deviendra *Le Seigneur des Anneaux*, la Deuxième Guerre mondiale éclate. Ronald, à 48 ans, est trop âgé pour être incorporé dans l'armée active. Il devient cependant vigile et patrouille dans les rues d'Oxford, se tenant informé avec une colère grandissante de l'évolution du conflit. À la fin de celui-ci, les trois fils d'Edith et Ronald ont quitté le foyer, et Tolkien échange beaucoup (par lettres notamment) avec son fils Christopher, qui semble suivre les traces de son père, en tant que philologue. Celui-ci lui sert également d'assistant, relisant son œuvre, et réalisera même la carte référence de la Terre du Milieu. La rédaction du *Seigneur des Anneaux* s'étire, Tolkien étant très pris par ses obligations académiques et sa vie de famille, très dense. Il est également perfectionniste, reprenant sans cesse ses écrits pour les transformer,

13 Le titre de la review était *A World for Children*.

les raturer, les reformuler. À la suite de désaccords, le roman a failli changer d'éditeur, mais l'entregent bénéfique de Rayner Unwin lui a permis de rester chez son éditeur historique. Le roman paraît finalement en trois tomes, répartis sur les années 1954 et 1955.

LE SEIGNEUR DES ANNEAUX, UNE NOUVELLE DIMENSION

Jusqu'en 1966, *Le Seigneur des Anneaux* connaît un succès d'estime, comparable à celui du *Hobbit*. Cette année-là, deux éditeurs américains sortent une version pirate (c'est-à-dire non autorisée par Tolkien et son éditeur original), qui connaît, elle, un succès phénoménal, notamment auprès de la jeunesse transatlantique. Totalement dépassé par cette notoriété soudaine, l'auteur, qui a pris sa retraite universitaire en 1959, réduit ses relations sociales à son cercle oxonien, à ses proches et à quelques lecteurs et lectrices, continuant à forger son *Silmarillion* et d'autres récits du même acabit, et prenant soin d'Edith, dont la santé s'est un peu dégradée. Le couple vieillissant déménage sur la côte sud de l'Angleterre, où l'air marin est plus bénéfique. Tolkien est assisté de Joy Hill, une secrétaire de son éditeur Allen & Unwin, qui doit l'aider à classer ses notes accumulées depuis une cinquantaine d'années afin d'arriver à publier

Le Silmarillion. Edith décède en novembre 1971, et Tolkien est dévasté. Il revient vivre à Oxford, où il bénéficie du prêt d'un logement et de personnel attaché à son service, des avantages accordés par l'université au regard de son statut et de ses états de service. Devenu écrivain à succès par hasard, il fuyait la célébrité comme la peste, préférant vivre modestement avec sa famille et ses amis. Ce n'est qu'après le décès d'Edith qu'il accepta de bénéficier d'avantages matériels. Lors d'un séjour chez un ami à Bournemouth fin août 1973, il tombe malade et meurt au bout de quelques jours. Ronald rejoint Edith dans leur tombe à Oxford ; sur la pierre est gravé :

> *« John Ronald Reuel Tolkien, Beren, 1892-1973*
> *Edith Mary Tolkien, Lúthien, 1889-1971 »*

Lúthien est l'un des plus beaux personnages du *Legendarium* de Tolkien, une princesse elfe qui vit une histoire d'amour passionnée et dramatique avec un humain, Beren, dans le conte *Beren et Lúthien*, publié après la mort de l'écrivain. Edith lui a inspiré le personnage.

L'ŒUVRE DE J. R. R. TOLKIEN

LE HOBBIT, LES DÉBUTS REMARQUÉS

« *In a hole in the ground there lived a hobbit.* »

Cet incipit est probablement l'un des plus connus des amatrices et amateurs de l'imaginaire mondial, dans sa traduction française toutefois (*Au fond d'un trou vivait un Hobbit*). Pourtant il s'en est fallu de peu que l'on n'y ait jamais accès. Si Tolkien n'avait, par exemple, jamais eu l'idée de faire circuler son manuscrit parmi ses étudiants et étudiantes. Si une assistante d'édition n'avait pas été amie avec l'une d'elles. Si un éditeur n'avait pas fait aveuglément confiance à son fils, bêta-lecteur, pour publier cette histoire peuplée de créatures jusqu'alors inconnues, ces petits hommes aux pieds poilus, qui vivent tranquillement dans une vallée verdoyante au nom passe-partout, le Comté. Un petit peuple dont un digne représentant, un certain Bilbo (Bilbon [A.T.] / Bilbo [N.T.] en version française) Baggins (Sacquet [A.T.] / Bessac [N.T.]), voit un jour débarquer dans son quotidien tranquille une compagnie de Nains, treize au total, décidée à l'enrôler pour une aventure hors du commun. C'est que, voyez-vous, un dragon du nom de Smaug a par le passé attaqué la cité d'Erebor, sise dans la Montagne Solitaire, au nord de la Terre du Milieu. Le danger que représente le dragon sur cette partie de la Terre du Milieu amène Gandalf, un magicien ami des Hobbits, à proposer aux Nains de monter une expédition pour récupérer le trésor. Et à utiliser ce fameux Bilbo, présenté comme un cambrioleur (qui n'avait en fait rien de fameux, n'ayant comme ambition que de savourer son thé dans son jardin et de se remplir la panse lors du prochain de ses six repas journaliers), pour aider les Nains.

Les Nains (et le magicien) débarquent donc chez un Bilbo sidéré par une telle fougue et d'abord effrayé par les dangers que représente cette quête. Mais, curieux, il décide d'accepter et se retrouve à arpenter des contrées dont il n'a jamais entendu parler. Cette aventure ne va pas le laisser indemne, et connaîtra une suite dans *Le Seigneur des Anneaux*.

Alors que Tolkien forge son *Silmarillion* (et le forgera jusqu'à sa mort), ce récit est une sorte de porte d'entrée vers son Légendaire, terme que l'on utilise pour désigner l'ensemble des récits et éléments qu'il a créés pour donner vie au monde d'Arda. Si les Nains, les Trolls et les dragons sont des personnages récurrents et classiques des mythologies nordiques (entre autres), Tolkien y introduit une race de son invention, les Hobbits. Ce sont des personnages directement inspirés par les agriculteurs qu'il a pu côtoyer dans sa tendre jeunesse dans la campagne anglaise, qui se caractérisent par leur joie de vivre, la volonté farouche de jouir (sans excès) des ressources de la nature, et le choix assumé de ne pas se mêler des affaires du monde. Ainsi les Hobbits sortent-ils peu de leur petit pays, le Comté, et sont-ils inconnus de la plupart des autres races de la Terre du Milieu. Dès ce premier roman, même si ce n'est pas conscient, Tolkien place son univers imaginaire sous le signe de l'écologie, de l'humilité et de la paix, puisque l'histoire nous est contée du point de vue de Bilbo, un petit bonhomme qui n'avait rien demandé, et non pas, comme dans d'autres récits de fantasy, d'un guerrier pétri de courage et de témérité. Le roman est une pièce à part entière de son gigantesque puzzle romanesque, mais il peut se lire tout à fait indépendamment, sans que l'on connaisse le reste de ce puzzle, Tolkien donnant toutes les informations utiles dans son récit. Alors qu'il est en train d'achever son *Lord of the Rings*, Tolkien décide de réviser *The Hobbit*, en particulier sur le passage qui concerne Gollum, pour le faire « coller » avec ce que deviendra la créature dans son deuxième roman. Cette « deuxième édition » sortit en 1951. Ainsi, dans la première version Gollum propose son Anneau en gage du jeu, et l'offre à Bilbo à la fin, puis l'accompagne vers la sortie. Le beau perdant s'efface derrière la créature hantée par le pouvoir de l'artefact, dans la suite. Tolkien joue avec les lecteurs en indiquant que la première version était celle que Bilbo avait racontée à ses compagnons, la seconde étant la « *véritable histoire* » obtenue par Gandalf. De menues corrections (par exemple l'utilisation du terme « gnomes » pour désigner les Noldor) interviendront encore sur *The Hobbit* en 1966 et en 1978.

Le Hobbit n'a pas révolutionné la fantasy. Ce ne fut pas, au début, un phénomène éditorial, mais il fit changer à Tolkien de dimension en tant qu'auteur. Il a gagné un prix littéraire américain en 1938, l'année suivant sa publication. Il a depuis été traduit en une quarantaine de langues, et s'est retrouvé étudié par des chercheurs. Il a été constamment réédité depuis quatre-vingt-cinq ans, parfois dans des versions survitaminées, comme *Le Hobbit annoté*, sorti en 2012 en France, comportant une préface inestimable écrite par Douglas A. Anderson retraçant de manière très érudite la composition du roman et son destin unique. Car ce récit est considéré comme une étape importante d'un genre littéraire alors balbutiant, la fantasy. Tolkien, à son corps défendant, va y poser les premiers éléments d'un ensemble de points de repère qui vont définir durablement le genre.

Au-delà des Hobbits, un personnage retient l'attention. C'est dans *Le Hobbit* qu'apparaît pour la première fois Gollum, un être solitaire, rongé par l'influence néfaste d'un objet maléfique, l'Anneau unique, qu'il a autrefois trouvé dans un cours d'eau, et qui l'a amené à tuer par convoitise. Gollum, un être pathétique au sens antique du terme, dont le chemin va recroiser celui des Hobbits dans *Le Seigneur des Anneaux*, dont il va être l'un des personnages principaux. Il marque durablement la lectrice ou le lecteur, au milieu d'une suite de passages emblématiques : le duel d'énigmes qu'il fait avec Bilbo, la rencontre avec les Trolls, la confrontation avec Smaug à Erebor… Une histoire qui ravira le jeune lectorat, mais aussi les adultes en mal d'aventures avec un grand A.

LE SEIGNEUR DES ANNEAUX, LE PHÉNOMÈNE ÉDITORIAL

Encouragé par le succès d'estime critique et public de *The Hobbit*, l'éditeur Stanley Unwin demande à son écrivain vedette d'écrire une suite. Tolkien, lui, aurait aimé que son *Silmarillion*, qu'il écrit et peaufine depuis vingt ans, soit sa seconde publication.

Mais cela devra attendre, son éditeur souhaitant un récit plus « grand public », moins complexe, et surtout une histoire avec des Hobbits. L'auteur reprend donc certains des personnages, tels Bilbo, Gollum et Gandalf, et fait (un certain temps après le début de la rédaction) de l'Anneau unique le moteur de la nouvelle histoire. Mais pour diverses raisons la rédaction n'avance pas vite. Ronald est un enseignant très demandé, très actif, ainsi que le père de quatre enfants, dont il ne néglige pas l'éducation. Les remous politiques qui commencent à agiter l'Europe (nous sommes en 1938) ne cessent de l'inquiéter, et perturbent l'humaniste et pacifiste qu'est Tolkien, qui revoit surgir les spectres de 1914-1918 et leur cortège d'horreurs. Sans compter le perfectionnisme qui animera l'auteur toute sa vie, l'amenant à remettre sans cesse son ouvrage sur le métier. Il sollicitera d'ailleurs l'aide d'au moins deux personnes, en tant que relecteurs : son ami Clive Staples Lewis, futur auteur d'une autre saga de fantasy célèbre, *Le Monde de Narnia*, et son plus jeune fils Christopher, fasciné par le travail de son père. Lorsqu'elle sera en âge de l'aider, sa fille Priscilla tapera deux chapitres du *Seigneur des Anneaux* à la machine.

La rédaction s'étalera sur une quinzaine d'années, et Tolkien finira épuisé, déclarant : « *Il est écrit avec mon sang, pour ce qu'il vaut, concentré ou dilué ; je ne pourrais l'écrire autrement.* » Plus de mille pages résultent de ce processus, mais les intentions de Tolkien sont encore une fois contrariées. En effet il aurait aimé qu'il fût publié en un seul volume. Mais ç'aurait été un grand risque commercial pour l'éditeur, d'autant plus que le prix du papier avait considérablement augmenté au début et au milieu des années 1950. Il est finalement découpé en trois opus : *The Fellowship of the Ring*[14], *The Two Towers*, et *The Return of the King*, pour des sorties échelonnées entre 1954 et 1955.

Très investi dans son œuvre, Tolkien avait prévu d'y adjoindre plusieurs illustrations de sa main (il est un illustrateur autodidacte au style naïf), ainsi que des pages partiellement brûlées reprenant le récit de la chute du royaume nain sous la montagne. Mais les coûts de fabrication étant alors trop importants, Unwin refuse, acceptant cependant d'inclure les cartes de la Terre du Milieu créées par Tolkien et redessinées par son fils Christopher. Un gros volume d'appendices vient proposer des éléments chronologiques, et des suppléments concernant les langues, toutes inventées par Tolkien. Un pis-aller pour le Professeur, qui rêvait de publier plus d'éléments de son Légendaire sous la forme du *Silmarillion*. Le premier tome est écoulé en quelques semaines, et Stanley Unwin accélère la publication du deuxième

14 En français : *La Communauté de l'Anneau* [A.T.], puis *La Fraternité de l'Anneau* [N.T.], *Les Deux Tours* et *Le Retour du Roi*.

afin de contenter les nombreux lecteurs et lectrices qui réclamaient la suite des aventures de Frodo et ses amis. Le succès devient phénoménal à partir de 1965, lorsqu'un éditeur new-yorkais, Ace Books, édite une version pirate du roman, qui se vend comme des petits pains. En pleine période hippie et de lutte pour les droits civiques aux États-Unis, *Le Seigneur des Anneaux* est devenu un symbole du combat pour la liberté, contre l'oppression. L'éditeur est traîné devant les tribunaux, Tolkien obtient gain de cause, et l'édition pirate est retirée de la vente.

Quittons d'ailleurs le grand H pour nous intéresser au petit h: *Le Seigneur des Anneaux* conte le montage d'une expédition dont les membres viennent de plusieurs races de la Terre du Milieu, pour mettre fin à la montée en puissance d'un tyran aux pouvoirs occultes dans les terres lointaines du sud-est du continent, par le biais de la destruction de l'Anneau unique. Menée par l'Istar[15] Gandalf, cette confrérie compte quatre Hobbits, un Nain, un Elfe et deux Humains. Les épreuves rencontrées en chemin vont à la fois renforcer leurs liens et provoquer leur éclatement. Leur quête, qui va mener certains d'entre eux jusqu'au cœur du Mordor, au-delà de leurs forces et de leur courage, et aux confins de la folie. Cela peut évoquer la Seconde Guerre mondiale.

15 Les Istari sont des créatures à la nature inconnue, à l'apparence humanoïde, qui débarquèrent avec les Maiar vers l'an 1000 du Troisième Âge, avec pour mission d'aider les Hommes et les Elfes à combattre le Mal.

Avec 150 millions d'exemplaires écoulés à travers le monde, *Le Seigneur des Anneaux* est le deuxième roman le plus vendu au monde, derrière *Le Conte des deux cités*, de Charles Dickens.

Les avis sont divisés quant au véritable héros du roman. S'agit-il de Gandalf, personnage le plus puissant de la Fraternité ? D'Aragorn, le plus noble ? De Frodo, qui sacrifiera sa santé (mentale, surtout) pour faire se rencontrer l'Anneau unique et son destin ? Tolkien a donné son avis dans une lettre de 1951 à Milton Waldman : il s'agit de Samsaget Gamgie, le jardinier dont la vie ordinaire contraste fortement avec son dévouement ; il est ainsi capable de faire de grands sacrifices pour de grandes causes.

Une suite au *Seigneur des Anneaux* était-elle prévue ?

Dans une lettre de 1964, Tolkien confie avoir entamé la rédaction d'un récit baptisé *The New Shadow* (« La Nouvelle Ombre »), censé se dérouler cent cinq ans après les évènements du *Seigneur des Anneaux*, sous le règne d'Eldarion, fils d'Aragorn. Mais il n'en a rédigé que treize pages, jugeant déprimante cette histoire de complots et de société satanique secrète. « *J'aurais pu écrire un thriller autour de ce complot, de sa découverte et de son anéantissement, mais ce ne serait que cela. Ça ne vaut pas la peine de le faire*[16]. »

16 *Lettres*, lettre n° 256, datée du 13 mai 1964.

Ce récit inachevé a toutefois été publié dans le volume XII de l'*Histoire de la Terre du Milieu : The Peoples of Middle Earth.*

LES INSPIRATIONS ET L'ŒUVRE UNIVERSITAIRE

L'œuvre de John Ronald Reuel Tolkien se situe dans un univers très vaste, mais quelle est son origine ?

Au début étaient les langues

Dès son enfance, Tolkien a été fasciné par les langues, la façon dont elles sont construites, vivent, évoluent et, parfois, meurent. Très tôt, il en a inventé, afin de donner corps à ses propres histoires. Plus tard, bénéficiant des enseignements de sa mère et du père Francis Morgan avant d'élargir ses horizons à l'époque universitaire, le jeune Ronald a lu de nombreuses histoires venues de tous les horizons. Émerveillé, il a pris de nombreuses notes, mais a aussi fait ce constat désolant : l'Angleterre a une mythologie propre inexistante. « *Il n'y a pas d'histoires qui aient la qualité que je recherche et que je trouve dans les légendes des autres pays. Il y a des histoires celtes, grecques, germaines, scandinaves, finnoises, mais il n'y a rien chez les Anglais, sauf un pauvre matériel de livre de vers.* » Dès qu'il s'est mis à écrire, Tolkien a été guidé par cette idée fixe, cette obsession de constituer lui-même un corpus légendaire pour son pays. Mais pour cela, il avait besoin de sources, d'inspirations, et ce sont ses activités professionnelles qui vont les lui procurer.

Tolkien, une fois ses diplômes en poche, va en effet devenir enseignant – et chercheur – en philologie. L'étude des langues anciennes va devenir son quotidien ; il va d'abord être attiré par les langues nordiques, grâce notamment au travail de William Morris, qui a compilé nombre de mythes du nord de l'Europe. Il va lui-même étudier directement certains de ces textes, tels que *La Légende de Sigurd et Gudrún*. Les personnages d'Aragorn et Túrin sont largement inspirés de Sigurd et Gudrún ; les trois personnages masculins viennent d'une lignée prestigieuse, et ont perdu ce prestige. Ils ont donc été élevés en dehors de cours de premier plan. Ils aiment des femmes avec de grands pouvoirs, mais doivent se servir de leurs épées (elles aussi particulièrement puissantes) pour arriver à recouvrer la place qui leur est due. Des épées qui, d'ailleurs, devront être reforgées après avoir été brisées une fois entrées en leur possession. Cela évoque en particulier l'histoire de Narsil, l'épée d'Elendil qui fut brisée et reconstituée en Andúril.

Les emprunts à la mythologie nordique sont légion. Ainsi dans ces traditions les anneaux sont-ils un symbole de pouvoir et de courage, que les héros recevaient après avoir accompli des prouesses. Chez Tolkien ils sont donnés aux peuples de la Terre du Milieu, aux rois des peuples elfes, nains et humains. Le nom même de « Terre du Milieu » (*Middle-earth* en VO) est la traduction littérale du Midgard de la mythologie nordique, qui désignait tout simplement… le plan d'existence des Hommes, au milieu des huit autres (les Alfes, les Dieux, etc.). Lorsque Odin, le dieu suprême nordique, descend en Midgard, il est décrit comme ayant l'apparence d'un vieillard à la barbe blanche, portant une tunique bleue et un chapeau bleu-gris. L'apparence même du magicien Gandalf, l'un des personnages principaux du *Hobbit* et du *Seigneur des Anneaux*. La faculté d'Odin à converser avec les animaux se retrouve chez Radagast, un autre magicien. Il y a bien d'autres liens, mais Tolkien va reprendre des éléments d'autres œuvres particulières.

Tolkien, en philologue spécialiste du finnois, entre autres, a lu l'*Edda poétique*, un ensemble de poèmes desquels émerge La *Völuspá* (*La Prophétie de la Voyante* en français), un long poème anonyme dans lequel une voyante expose à Odin l'histoire et le destin du monde. La connexion avec l'œuvre de Tolkien est présente dans la section consacrée aux Nains, où figure une liste de personnages dans laquelle se trouvent douze des treize Nains présents dans *Le Hobbit* : Bifur, Bofur, Bombur, Nori, Ori, Dori, Óin, Fili, Kili, Dwalin, Thorin et Glóin. Gandalf y apparaît également t désigne un Nain. On notera aussi dans ce poème la présence d'anneaux qui corrompent ceux qui les possèdent.

Un autre texte va plus encore inspirer Tolkien : le long poème en vieil anglais *Beowulf*, dont le manuscrit aurait été écrit entre 975 et 1025. Ainsi lui emprunte-t-il directement des personnages comme Beowulf, devenu Beorn, change-peau humain/ours, ou le dragon, devenu le terrifiant et complexe Smaug. Le palais du roi du Rohan, Meduseld, est très semblable à Heorot, celui du roi Hrothgar. Tolkien y a également puisé certains éléments de protocole, comme l'obligation de laisser ses armes à l'entrée du palais.

Le *Kalevala* est une autre source consciente de l'œuvre de Tolkien. Il s'agit d'une collection de poèmes finlandais, écrits entre les Vᵉ et XIVᵉ siècles. Soucieux de conserver cette trace inestimable de la tradition orale de son pays, le médecin et linguiste Elias Lönnrot a parcouru celui-ci au début du XIXᵉ siècle et a compilé de nombreuses histoires. Le *Kalevala*, comptant plus de 12 000 vers, est ainsi né en 1835. Une deuxième édition, enrichie (presque 23 000 vers), verra le jour en 1849. Tolkien a pu en prendre connaissance dans les bibliothèques universitaires d'Oxford, et s'y abreuver à loisir. L'un des personnages majeurs est Kullervo, maltraité dès son enfance, protégé par des pouvoirs magiques. Il deviendra un homme mauvais, aveuglé par la vengeance, et finira de la pire des façons, se jetant sur son épée. Une histoire qui trouve des échos dans l'un des trois Grands Contes de Tolkien, *Les Enfants de*

Húrin[17]. Ainsi le barde et Túrin connaissent-ils une fin tragique, subissant la cruauté du destin après avoir pourtant reçu l'amour de leur mère. Tolkien utilisera également le barde Väinämöinen pour construire Gandalf, avec lequel il partage la même apparence physique ; il affronte un autre personnage ayant des pouvoirs magiques, un affrontement dont il se sort en chutant longuement, et en étant sauvé par un aigle.

Plus proches géographiquement, les poèmes en vieil anglais et la tradition celtique sont aussi des sources d'inspiration pour l'auteur anglais. Le *Crist*, écrit par Cynewulf au VIIIe siècle, est une sorte de buffet philologique, dans lequel Tolkien picore des noms pour peupler son Légendaire, comme Earendel, personnage de l'un de ses premiers lais, qu'il va ensuite reprendre pour en faire un semi-elfe du nom d'Eärendil, lequel sera le père des Semi-Elfes d'Elrond et Elros, le premier jouant un rôle charnière dans *Le Seigneur des Anneaux*. Gandalf, ami d'Aragorn (futur roi Elessar d'Arnor et du Gondor), a des caractéristiques proches de celles de Merlin, conseiller du roi Arthur. Les deux ne sont pas humains, et la dernière fois que leur présence a été attestée, ils accompagnaient l'un son roi d'ami (Arthur/Merlin), l'autre un petit bonhomme au courage aussi grand qu'un roi (Frodo/Gandalf). Leurs apparences sont également comparables : une barbe blanche, une

17 Voir p. 104.

longue robe, un grand bâton leur servant de catalyseur de sorts

Tolkien, en tant que philologue spécialiste des langues nordiques et du vieil anglais, a bien évidemment travaillé sur ces textes, en proposant parfois des éditions érudites, dont certaines font encore autorité aujourd'hui. Une liste complète vous sera proposée en fin d'ouvrage, mais nous pouvons vous citer quelques autres titres marquants.

Finn and Hengest: The Fragment and the Episode[18] propose la traduction et le commentaire des deux héros éponymes, prenant pied au VIIIe siècle en Europe du Nord. C'était une histoire racontée auparavant dans deux poèmes en vieil anglais, *Beowulf* et *The Fight at Finnesburg*, mais la narration n'était pas aisée. La version donnée par Tolkien exalte des valeurs comme la vengeance ou la loyauté dans une danse du sang et de la mort au cours d'une bataille entre Danois et Jutes.

Beowulf a fasciné l'auteur anglais, qui en a livré une version en vers allitératifs dans les années 1920, puis une version en prose, qui combine respect du matériau d'origine et ajouts inspirés par le contexte historique.

En vieil anglais on trouve *Exodus*, un poème contant l'exode des Hébreux hors d'Égypte ; Tolkien

18 Publié en 1982 (au Royaume-Uni) par Alan Bliss chez Houghton Mifflin.

en a fait une traduction commentée, publiée de façon posthume sous le titre *The Old English Exodus* par Joan Turville-Petre en 1982.

La Chute d'Arthur propose la version tolkienienne de la fin du roi de Camelot, sa dernière campagne face à son ennemi mortel Mordred, alors qu'il est affaibli par la trahison de Lancelot et Guenièvre. Il s'agit de l'un des textes de base de la culture anglaise, une version différente de celle du *Morte d'Arthur* ou de *La Mort Artu*, une alternative fort appréciée de ses pairs.

Au-delà de ces influences issues de sa période d'enseignement universitaire, Tolkien s'est inspiré d'un certain nombre de lectures d'enfance ou de sa jeunesse. Ainsi l'auteur cite-t-il régulièrement George MacDonald et ses contes victoriens, fortement ancrés dans la société contemporaine. Plus anciens, les contes de Chaucer l'ont également marqué ; *The Pardoner's Tale* (*Le Conte du vendeur d'indulgences*) raconte comment trois amis trouvent un trésor, et le meurtre de l'un des trois par les deux autres. Une histoire qui rappelle comment Sméagol s'empare de l'Anneau unique après l'avoir trouvé avec son cousin Déagol. Les Hobbits seraient issus du roman d'Edward Wyke-Smith, *The Marvellous Land of Snergs*, sorti en 1927, les Snergs étant des humains de petite taille. On peut citer également Lord Dunsany, qui a écrit beaucoup de récits sur les Elfes, donnant sans doute des idées au Professeur. Idem pour Andrew Lang, qui a compilé dans plusieurs ouvrages des dizaines de contes de fées et dont l'influence a été reconnue par Tolkien lui-même.

Richard Wagner est aussi parfois évoqué comme une source d'inspiration du professeur, surtout en raison de son opéra *L'Anneau du Nibelung* ; mais Tolkien, grand spécialiste des mythes européens, réfute cette parenté avec énergie : « *Ces deux anneaux sont ronds, et c'est là leur seule ressemblance*[19]. » À ses yeux, Wagner a détourné et gâché les mythes rhénans. Une autre tutelle glorieuse, celle de Shakespeare, apparaît parfois chez les analystes de l'œuvre du Professeur, mais là encore il tient à s'en démarquer, disant vouloir « corriger » certaines erreurs du dramaturge. Ainsi sa marche des Ents et des Huorns sur l'Isengard fait-elle écho à la forêt qui marche dans *Macbeth*. Le Roi-Sorcier d'Angmar, et sa célèbre antienne « Nul homme ne peut me tuer » vient directement du texte de ce même *Macbeth*.

Pour en revenir aux langues inventées par Tolkien, il s'est inspiré de nombreux dialectes anciens réels, appliquant leurs principes de construction (préfixes, suffixes, etc.) aux langages qui vont animer la Terre du Milieu. Une quarantaine de langues a ainsi été recensée, à différents niveaux de construction et de

19 *Lettres*, lettre n° 229, 23 février 1961.

perfectionnement. Les Elfes sont particulièrement gâtés, avec cinq idiomes en tout, dont deux, le quenya et le sindarin, comportent plusieurs dizaines de milliers de mots. À l'inverse, certains langages se réduisent à une poignée de mots, pour ne pas dire moins, tout simplement parce que l'auteur n'en avait que peu l'usage.

La nature a tout inventé

Lorsqu'on lit une œuvre de Tolkien, on constate une omniprésence de la nature. Les paysages sont largement décrits, parfois au-delà du raisonnable. Mais la plupart du temps ces paysages existent déjà dans notre dimension: «*Je m'inspire, comme tout le monde, de "modèles" de la vie telle que je la connais*[20]. » L'auteur dit lui-même qu'Arda est notre Terre, située loin en arrière dans le temps.

Né dans l'État libre d'Orange, le jeune Ronald a découvert la campagne d'Angleterre à l'âge de 3 ans, en 1896. Il est instantanément tombé amoureux des collines, des forêts et des petits cours d'eau du Worcestershire, théâtre de nombreux jeux inventifs avec son frère Hilary. Sarehole, le hameau dans lequel s'est installée la famille, n'est qu'à huit kilomètres de Birmingham, alors en pleine révolution industrielle, mais il avait un cachet rural certain, avec l'omniprésence des chevaux, son calme et son moulin à eau. Ce

20 *Lettres*, lettre n° 181.

coin de paradis a inspiré à Tolkien sa contrée fétiche, à savoir le Comté, foyer des Hobbits, qui sont une transposition fictive des Anglais de la campagne. La parenthèse enchantée continua lorsque les deux enfants durent rejoindre les faubourgs de Birmingham après que leur mère fut tombée malade à cause du diabète. En compagnie du père Francis Morgan, ils purent profiter des collines boisées à proximité de l'oratoire d'Edgbaston. La configuration du Comté fut plus tard complétée par ses promenades aux alentours de la ferme qu'acheta son frère Hilary dans un autre coin du Worcestershire. Plusieurs contes écrits par Tolkien, *Roverandom*, *Le Fermier Gilles de Ham*, *Les Aventures de Tom Bombadil* et *Monsieur Merveille*, prennent pied de façon plus ou moins assumée dans ces campagnes entre le Worcestershire et l'Oxfordshire. Tolkien dissémine dans ses récits des noms de lieux réels au milieu de noms inventés, mais très évocateurs, comme Belleau pour désigner une localité hobbitienne. Dans l'un des récits présents dans *Les Aventures de Tom Bombadil* intitulé *L'homme dans la Lune est descendu trop tôt* (écrit en 1915), sont notamment évoqués la mer du Nord et le Norfolk.

L'analogie entre les deux pays, le réel et l'imaginaire, va plus loin, puisque suivant certaines interprétations la Terre du Milieu aurait plus ou moins la taille de l'Europe actuelle, entre Oslo et Tripoli du nord au sud, et entre l'Islande et la Crimée d'ouest en est. Le

Beleriand, avant son engloutissement, serait proche de l'Irlande, et Hobbiteville au niveau du sud des Pays-Bas, par exemple. Mais on la situe également au niveau d'Oxford. Si Tolkien s'est probablement servi de la topographie européenne comme point de départ de celle de son monde inventé, il s'en est largement éloigné pour la remanier à sa sauce.

D'où viennent les trous de Hobbits ?

Les Hobbits vivent dans des maisons enfouies sous la végétation, à flanc de coteau. Elles auraient été inspirées à Tolkien par des maisons souterraines en Islande. Ce pays intéressait beaucoup l'étudiant qu'était encore Tolkien au moment où il élabora les prémices du *Hobbit* ; de plus, son frère et lui avaient été gardés par des filles au pair islandaises, qui leur parlaient des Trolls, et sans doute de cet habitat particulier.

La Terre du Milieu existe

Les montagnes, au travers de plusieurs chaînes, sont présentes dans les récits de Tolkien, et jouent parfois un rôle moteur, comme lorsque la Fraternité tente de franchir les Montagnes de Brume via le Col du Caradhras, et en est empêchée par une tempête de neige sans précédent. Ces reliefs sont inspirés par des massifs que Tolkien a pu voir de près. Si les monts du Pays de Galles aperçus dans sa jeunesse semblent lui avoir inspiré les Montagnes Bleues à l'ouest du Comté, les Alpes l'ont beaucoup marqué.

À l'été 1911, alors qu'il s'apprêtait à entrer à Oxford avec son diplôme en poche, Tolkien et son frère Hilary furent conviés par leur tante maternelle Jane Neave à une randonnée à travers les Alpes suisses. Un groupe de quatorze personnes fut finalement constitué, pour un périple de plus de 100 kilomètres et trois semaines. Si la campagne est chère à son cœur, le spectacle offert par les sommets déserts le fascinait singulièrement: « *Mais si j'aime beaucoup et admire les petits chemins, les haies, le bruissement des arbres et les doux contours du relief d'une riche glèbe, ce qui m'émeut le plus et approche le plus la satisfaction au cœur est pour moi l'espace, et je serais prêt à troquer l'aridité contre lui; je pense en effet que j'aime les lieux arides pour eux-mêmes, pour ce que j'en ai vu. Mon cœur demeure encore du côté des hauts déserts de pierre, parmi les moraines et les débris venus de la montagne, silencieux malgré le son de petits ruisseaux glacés*[21]. » On notera au passage la puissance d'évocation de l'écrivain, même lorsqu'il écrit à son fils Christopher. Partie d'Interlaken, la compagnie arriva rapidement dans la vallée de la Lauterbrunnen, qui inspira au jeune Ronald ce qui allait devenir Fendeval dans *Le Seigneur des Anneaux*: sur une étendue de 800 mètres, bois et clairières se pressent entre des falaises calcaires d'environ 450 mètres de haut. Un glacier surplombant le lieu irrigue la vallée via 72 cascades et torrents,

21 *Lettres*, lettre n° 178.

qui alimentent la Lütschine blanche au fond de la vallée. Les sommets qui forment la ligne de crête de l'endroit lui ont également fourni les noms de ceux qui enserrent la Moria. Les évènements qui ont lieu durant cette tentative (tempête, duel de créatures montagneuses, chute d'énormes rochers...) ont d'ailleurs été vécus par Tolkien et ses compagnons lors de cette randonnée.

La tour d'Orthanc, dans laquelle Saruman ourdit ses forfaitures, est faite d'une pierre noire, « *taillée à même l'ossature de la terre dans l'antique tourment des collines*[22] ». Cela ressemble fortement à une formation montagneuse particulière, un bouchon volcanique, résultat du durcissement du magma dans une cheminée ayant résisté à l'érosion, qui a détruit la pierre plus tendre du cône qui entourait la cheminée. Le mont Hekla en Islande rentra en éruption en 1947, et Tolkien conservait une photo de l'évènement, lequel lui inspira une bonne partie de la séquence finale du Mont Destin dans le roman.

Passons à présent sous terre. Tolkien truffe ses récits de souterrains, de grottes, naturelles ou non. Il reprend ainsi un élément présent dans certains récits arthuriens, mais aussi dans l'un de ses livres de chevet préférés, *La Princesse et le Gobelin*, écrit par George MacDonald (1872). Il y place souvent

22 *Le Seigneur des Anneaux*, livre II.

ses Gobelins, comme dans ses *Lettres du Père Noël*, ou des créatures encore plus malfaisantes et inquiétantes, les Uruk-hai, dans *Le Seigneur des Anneaux*, sous Isengard. L'un de ses personnages les plus terrifiants, l'insatiable Araigne, est elle aussi recluse dans des tunnels inquiétants de l'Ephel Dúath, aux portes du Mordor. Pendant la bataille de la Gorge de Helm, Gimli promet à son ami Legolas de lui faire voir les splendeurs des Brillantes Cavernes, situées à proximité. Celles-ci sont directement inspirées des cavernes des Gorges de Cheddar (situées dans le Somerset, au sud-ouest de l'Angleterre), que Tolkien a visitées enfant et en 1940. Les concrétions calcaires aux motifs fantastiques et exotiques formées à l'intérieur des conduits lui auraient également inspiré la décoration du palais de Thingol et Melian, un ouvrage elfe inoubliable dans *Le Silmarillion*.

Un long fleuve tranquille

Parmi les éléments liquides – nombreux – présents dans l'œuvre, on peut relever que le Sirion, frontière naturelle entre l'est et l'ouest du Beleriand, coule sur 1500 kilomètres, et entre dans ledit Beleriand par « *une vallée étroite entourée de murailles couvertes de pins* », et est surveillé par des forteresses à sa source et sur Tol Sirion, une île en son centre. Une description qui ressemble beaucoup à celle du cours du Rhin, sur lequel Tolkien a navigué lors d'un séjour en Allemagne. Quant à la Bruinen (également appelée Bruyandeau dans la traduction française en raison du bruit qu'elle produisait), elle traverse la vallée de Fendeval suivant un parcours identique à la Lütschine, rencontrée par Tolkien lors de sa randonnée alpestre en 1911.

La paisible rivière Cherwell, près de laquelle Tolkien a élevé ses enfants à Oxford, lui a inspiré l'Oserondules dans *Le Seigneur des Anneaux* et *Les Aventures de Tom Bombadil*. On notera également les similitudes des cours de la Severn et de la Lhûn. Toutes deux viennent de hauteurs situées à l'ouest (les monts Cambriens au Pays de Galles et les Montagnes Bleues du Lindon), s'écoulent un temps vers l'est et après un quart de tour descendent vers le sud puis un peu vers l'ouest dans un golfe (le canal de Bristol et le golfe de la Lhûn). Les rivières revêtent une symbolique notable dans l'œuvre de Tolkien, avec Baie-d'or, la compagne de Tom Bombadil, qui en est l'incarnation. Une figure folklorique qui fait écho à celles de divinités animistes de l'Angleterre, comme Sabrina pour la Severn, ou Peg Powler, la naïade-esprit de la Tees dans le Yorkshire. La scène au cours de laquelle Déagol et Sméagol trouvent l'Anneau unique dans une crique de l'Anduin fait écho aux jeux d'enfant de Ronald et son frère Hilary dans l'étang de Titterford à proximité du village de Sarehole.

Un grand amour pour les arbres

Dès sa prime enfance, Tolkien a passé beaucoup de temps dans les bois. C'est pour lui une source perpétuelle d'émerveillement et de loisirs ; les arbres en particulier personnifient vraiment cet amour immodéré pour la nature. La Forêt de Grand'Peur, dite aussi Forêt Noire [A.T.] ou Vertbois-le-Grand, a sans doute été en partie inspirée à Tolkien par le bois près de Sarehole. On notera ce passage du *Hobbit* au cours duquel Bilbo est envoyé par la compagnie des Nains vers la canopée de Grand'Peur pour voir jusqu'où elle s'étend. Le Hobbit se retrouve alors « *dans un océan vert foncé agité çà et là par la brise* ». Cet instant de pure poésie est peut-être une réminiscence d'un souvenir d'enfance (ou de la période étudiante ?) de Tolkien.

Mais la forêt la plus émouvante ayant influencé l'œuvre tolkienienne est un sous-bois situé à Roos, dans le Yorkshire. Au cours de l'été 1917, Tolkien est enfin remis des effets néfastes de la fièvre des tranchées contractée au cours de la bataille de la Somme. Pendant quelques semaines de pur bonheur, Edith vient vivre avec lui, et c'est au cours de cette parenthèse enchantée qu'Edith danse devant son mari devant un parterre de fleurs blanches dans ce fameux sous-bois, appelé Dents Garth. Une scène que le futur auteur reprendra pour raconter la rencontre de Beren et Lúthien dans le récit du même nom. L'exemple le plus touchant – et intime – de l'utilisation d'éléments de sa vie par le Professeur. Celui-ci exploitera également un arbre à trois troncs du même sous-bois pour en faire le hêtre dans lequel le père de Lúthien enferme cette dernière, ainsi qu'un blason en pierre représentant une main tranchée, qui est également celui de Beren, qui a vu sa main arrachée par Carcharoth, un loup colossal.

Tolkien a aimé les arbres toute sa vie, mais son préféré était un pin noir du jardin botanique d'Oxford, au pied duquel il s'est fait prendre en photo.

Échos du passé

Le mimétisme entre la Terre du Milieu et l'Angleterre des campagnes est présent dans l'ambiance. Ainsi, lorsque Bilbo sort du Comté, il arrive dans les Terres Désolées, un paysage désertique parsemé de ruines inquiétantes sises au sommet de collines boisées. Si ces vestiges ne sont pas « expliqués » dans *Le Hobbit*, elles reçoivent de la contextualisation par le biais des récits des temps jadis faits par Aragorn lorsque Frodo et ses compagnons contemplent ces mêmes ruines. Cette ambiance typiquement gothique est empruntée à des récits de Lord Byron ou d'Horace Walpole avec son *Château d'Otrante* (1764) ; c'est aussi peu ou prou le paysage offert par une portion du sud-ouest de l'Angleterre, entre Oxford et Bridgport, où Tolkien aimait se promener. Les années 1850-1930 sont également une période de grandes découvertes archéologiques dans le pays, et il y a fort à parier que Le Bourg-du-Lac, pris pour cible par Smaug dans *Le Hobbit*, soit inspiré par certaines villes lacustres que les années de sécheresse ont mises au jour dans le secteur. Dans les années 1930, la famille Tolkien partait régulièrement en excursion vers des vestiges d'agglomérations ou de forteresses anciennes, parfois distants de quelques kilomètres seulement.

Cette proximité géographique entre les lieux habités et les sites archéologiques est clairement illustrée par l'épisode des Coteaux des Tertres. Ce plateau de petite superficie jouxte la Vieille Forêt, et recèle nombre de sépultures, reflets de batailles passées, dont les protagonistes trépassés n'ont peut-être pas trouvé le repos… Au-delà de procurer une atmosphère parfois lugubre, toutes ces réminiscences ont pour but de placer *Le Hobbit* et *Le Seigneur des Anneaux* dans un univers plus étendu, dont les racines s'enfoncent dans le passé.

INTERVIEW DE DAMIEN BADOR

« On peut compter une quarantaine de langues et dialectes inventés dans la conception finale de Tolkien. »

Damien Bador, spécialiste des langues et des systèmes d'écriture inventés par Tolkien et secrétaire adjoint de l'association Tolkiendil, a écrit de nombreux articles sur J. R. R. Tolkien, a participé à plusieurs ouvrages consacrés à celui-ci, à l'instar du

Dictionnaire Tolkien *(CNRS éditions, 2012) et est co-auteur de* L'Encyclopédie du Hobbit *et du* Monde des Hobbits *(Le Pré aux Clercs, 2013 et 2014).*

Bonjour, comment avez-vous découvert J.R.R. Tolkien ?

J'ai découvert Tolkien alors que je devais avoir 6 ou 7 ans. J'étais un grand lecteur pour mon âge, et mes parents m'ont donc proposé un livre un peu plus long que d'habitude : *Bilbo le Hobbit*. Passionné par cette aventure – c'était, je crois, le premier récit de fantasy que je lisais –, je leur ai demandé si Tolkien avait écrit d'autres romans. Ils m'ont alors confié *Le Seigneur des Anneaux*. Je garde un très vif souvenir d'avoir essayé à toute force de lire la nuit entière afin de terminer le premier tome, mais évidemment je n'y suis pas arrivé !

Les langues inventées dans son œuvre semblent vous intéresser particulièrement : pourquoi cette fascination ?

La version de poche du *Seigneur des Anneaux* que j'avais lue ne comportait que le fragment de l'histoire d'Aragorn et d'Arwen en guise d'appendice. C'était alors assez courant. Quelques années plus tard, je suis tombé sur le volume d'appendices que les éditions Bourgois avaient publié de manière indépendante. J'ai alors dévoré cet aperçu plus poussé de l'histoire de la Terre du Milieu. J'avais lu entre-temps de nombreux récits de fantasy et de science-fiction, mais c'était la première fois que je voyais emmenée aussi loin l'entreprise de création d'un univers cohérent et complexe. Les appendices sur les langues et sur les alphabets m'ont particulièrement intéressé, car j'ai alors réalisé que les problèmes de communication entre protagonistes de cultures différentes étaient généralement esquivés par la plupart des auteurs, mais que Tolkien s'était penché avec sérieux sur cette question pour y apporter une réponse crédible. J'ignorais alors qu'il avait été professeur de langue et de littérature anglaise à l'université d'Oxford…

« Au départ, le Légendaire était évidemment moins complexe, mais Tolkien n'a jamais cessé de revenir sur ses conceptions pour leur ajouter toujours plus de détails et de subtilités. »

Tolkien aurait inventé une quarantaine de dialectes, de quelques mots à des systèmes grammaticaux complets pour certaines langues elfiques. Comment expliquer cette disparité ?

On peut effectivement compter une quarantaine de langues et dialectes inventés dans la conception finale de Tolkien, si l'on englobe les différentes étapes d'évolution d'une langue comme des langues différentes (en distinguant, par exemple, l'adûnaïque de Númenor de l'occidentalien parlé dans l'ouest de la Terre du Milieu à l'époque de la guerre de l'Anneau). Au départ, le Légendaire était évidemment moins complexe, mais Tolkien n'a jamais cessé de revenir sur ses conceptions pour leur ajouter toujours plus de détails et de subtilités. Bien évidemment, la prolongation du récit des guerres de Beleriand par un Deuxième, puis un Troisième Âge a été pour lui l'occasion d'imaginer de nouveaux peuples et de nouvelles civilisations, lesquels devaient évidemment avoir leurs propres langues.

Quant à savoir pourquoi certaines langues inventées sont plus développées que d'autres, Tolkien y répond dans sa conférence « Un vice secret », posthumément publiée dans *Les Monstres et les Critiques et autres essais*. Il y affirme qu'une personne passionnée par l'invention de langues qui lui soient propres ne pourrait guère prétendre développer plus d'un chef-d'œuvre au cours de sa vie, ainsi que quelques esquisses de talent, car c'est une forme d'art trop complexe pour espérer en faire plus. En l'occurrence, ce que Tolkien n'indique pas dans cette conférence, c'est qu'il avait, lui, l'ambition de développer *deux* chefs-d'œuvre, qui sont finalement devenus le quenya et le sindarin du *Seigneur des Anneaux*. Ce sont les deux langues que Tolkien a façonnées selon ses goûts phonétiques profonds : les autres sont principalement là pour donner du réalisme à l'histoire linguistique et au récit, même s'il en a parfois élaboré la phonologie ou la grammaire lorsque l'occasion se présentait.

De quelles langues naturelles (langues n'ayant pas été artificiellement inventées par un individu ou un petit groupe de personnes) Tolkien s'est-il inspiré pour construire les siennes ?

Les inspirations de Tolkien varient bien sûr d'une langue à l'autre. Ainsi qu'il l'a indiqué dans plusieurs lettres, le quenya et le sindarin s'inspirent des langues naturelles qui lui plaisaient le plus : latin, grec ancien et finnois pour l'une, gallois pour l'autre. Dans des notes relatives à un tableau phonologique des années 1930, Tolkien associe la plupart des langues elfiques de sa conception d'alors avec un modèle d'évolution phonologique typique d'une langue en particulier, ce qui lui permet de s'assurer que chaque langue aura un caractère propre, sans être un calque de la langue dont il s'inspire : il rapproche ainsi le telerin du latin, le noldorin (ancêtre conceptuel du sindarin) et le doriathrin du gallois, la branche danienne du rameau germanique des langues indo-européennes (au sein de celles-ci, l'ossiriandais correspond au vieil anglais, le danien oriental au norrois et le taliska au gotique), le lemberin occidental à l'irlandais, le lemberin septentrional au finnois et le lemberin oriental au lituanien. Seul le qenya (ainsi orthographié à l'époque) n'a pas de type défini, sans doute parce qu'il s'inspire de plusieurs langues à la fois. Tolkien précise dans une lettre écrite bien plus tard que le khuzdul du *Seigneur des Anneaux* est fortement inspiré par les langues sémitiques, l'hébreu en particulier. Cela en dit long sur les connaissances linguistiques qu'avait Tolkien, bien au-delà de sa spécialité académique.

« L'un d'eux a même entrepris de traduire en (néo-) quenya l'ensemble du Nouveau Testament. »

Tolkien est décédé depuis cinquante ans, mais si l'essentiel de son œuvre romanesque a a priori été publié, il n'en est pas de même de ses travaux linguistiques... Il semble que la recherche soit très active à ce sujet. Pouvez-vous nous en dire plus ?

Au cours de la publication de la série intitulée *Histoire de la Terre du Milieu*, Christopher Tolkien a correspondu avec plusieurs passionnés américains et leur a dit qu'il regrettait de ne pas pouvoir inclure plus de détails linguistiques dans les volumes qu'il éditait. Après de nombreux échanges, il a confié à certains d'entre eux la tâche de publier les manuscrits en question, ce dont ils s'acquittent peu à peu depuis plus de vingt ans. Cette durée s'explique par le fait que ces textes sont bien plus nombreux que ne l'imaginerait le simple lecteur du *Seigneur des Anneaux*. Ils sont souvent d'une grande complexité et dans un désordre extrême, sans parler du fait qu'il s'agit fréquemment de notes que Tolkien écrivait pour lui-même, ce qui peut rendre leur déchiffrage ardu.

En parallèle de ces travaux d'édition, certains passionnés continuent à étudier les textes ainsi publiés afin de mieux comprendre les langues inventées par Tolkien, par pur plaisir ou dans le but de pouvoir à leur tour composer des textes dans ces langues. L'un d'eux a même entrepris de traduire en (néo-)quenya l'ensemble du Nouveau Testament, ainsi que de nombreux passages de l'Ancien, bien que cela implique évidemment de recourir à de multiples néologismes ou périphrases.

Quelles sont les principales différences entre le quenya et le sindarin, les deux principales langues elfiques présentes dans le Seigneur des Anneaux et l'essentiel de son œuvre ?

Ces deux langues fonctionnent selon des principes bien différents. Si l'on veut schématiser, le quenya est une langue hautement flexionnelle, dont les noms se déclinent (comme pour le latin, le grec ancien ou le finnois) et dont les verbes comportent des centaines de formes possibles suivant le temps et le mode. Pour prendre un exemple simple, au nominatif, cas où le nom est sujet de la phrase, « un navire » sera *cirya*, « deux navires » *ciryat*, « les navires (en général) » *ciryar*, « plusieurs navires » *ciryalí*. Ce nom prend d'autres désinences pour chacun des neuf autres cas que compte le quenya. Ainsi à l'allatif, qui désigne le lieu où l'on va, « vers un navire » sera-t-il *ciryanna*, « vers deux navires » *ciryanta*, etc.

Le sindarin, de son côté, ressemble au gallois par bien des aspects, le plus notable étant qu'il fait un grand usage des mutations phonétiques et grammaticales. Si l'on reprend le même exemple dans cette langue, « un navire » sera *cair*, « des navires » *cîr*. Le pluriel n'est pas noté par une terminaison spécifique, mais par une mutation en *-i* de la voyelle. Il n'y a pas non plus de déclinaisons, mais lorsque ce nom est précédé de l'article défini, la consonne initiale subit une mutation douce : ainsi « le navire » devrait logiquement être **i·gair* et « les navires » **i·gîr*[23] Lorsque ce nom est précédé d'une préposition se terminant normalement par une consonne nasale, comme *na(n)* « de, avec », c'est une mutation nasale qui s'applique, avec un résultat différent : « d'un navire » devrait être **na chair* et « de navires » sera *na chîr*. Certaines de ces mutations consonantiques sont encore mal comprises, d'autant que les textes de Tolkien susceptibles de les expliquer n'ont pas tous été édités.

« Pour lui, une langue s'inscrivait nécessairement dans la durée, ce qui impliquait de considérer son évolution et de pouvoir la comparer aux langues qui lui étaient apparentées afin de reconstruire son histoire antérieure. »

Un autre aspect fascinant est l'évolution des langues inventées. Tolkien a imaginé une langue primitive de laquelle ont découlé d'autres dialectes, puis de nouveau quelques autres, au fil des mouvements des populations sur le Beleriand puis en Terre du Milieu. S'est-il inspiré de mécanismes linguistiques réels ou les a-t-il inventés ?

En effet, Tolkien ne voulait pas inventer des langues statiques, isolées les unes des autres, ou sans liens avec

23 L'astérisque est là pour signaler que ces expressions ne sont pas attestées dans le vocabulaire actuellement publié.

l'histoire des peuples qui les parlaient. Pour lui, une langue s'inscrivait nécessairement dans la durée, ce qui impliquait de considérer son évolution et de pouvoir la comparer aux langues qui lui étaient apparentées afin de reconstruire son histoire antérieure. Puisque Tolkien avait donné à ses Elfes une origine commune, il était donc logique qu'ils aient tous parlé la même langue primitive, puis que la séparation des différents peuples elfiques ait occasionné des divergences aboutissant finalement à l'émergence de dialectes, puis de langues différentes, notamment le quenya et le sindarin. Dans ses essais consacrés à ses langues elfiques, Tolkien donna à l'occasion des exemples tirés des autres langues qu'il avait esquissées, afin d'illustrer certaines divergences, même si les langues en question ne jouaient guère de rôle dans ses récits.

Cette conception, que Tolkien représentait fréquemment sous la forme d'un arbre des langues, s'apparente bien sûr à la représentation classique des langues qu'on appelle indo-européennes. En effet, depuis la seconde moitié du XIXe siècle, les linguistes ont reconstitué de manière scientifique la parenté entre un grand nombre de langues du continent eurasiatique. On savait depuis longtemps que les langues romanes étaient des rameaux descendants tous du latin. De même, il était manifeste que les langues germaniques descendaient toutes d'une même langue primitive, qui n'a vraisemblablement jamais eu de forme écrite, mais dont le gotique ne devait guère diverger.

La comparaison systématique du vocabulaire et des évolutions phonologiques progressivement mises à jour a permis de déterminer qu'il en allait de même pour les autres rameaux de cette famille linguistique, comme les langues celtiques, les langues balto-slaves, etc. La grande avancée dans ce domaine a été la réalisation que ces différentes familles étaient apparentées entre elles et avec d'autres familles plus ou moins proches, en particulier les langues indo-iraniennes, ce qui a donné naissance à la dénomination d'indo-européen pour désigner la langue ancestrale dont toutes découlent. Bien sûr, cette langue ne peut qu'être partiellement reconstruite, puisque la seule manière de la cerner est de comparer les langues qui en descendent et dont nous disposons des traces écrites, afin d'en identifier les points communs. C'est le champ d'étude de la philologie comparative, dont les études indo-européennes ont longtemps – et encore aujourd'hui – été le fer de lance.

Tolkien était bien sûr familier de ces études ; il se fit même particulièrement remarquer lors de sa brève contribution à l'*Oxford English Dictionary* pour la qualité des comparaisons étymologiques qu'il établissait pour les mots dont il avait la charge de fournir la définition. Il n'est donc guère surprenant qu'il ait adopté exactement la même méthode lorsqu'il résolut de développer sa famille des langues elfiques. Il alla même jusqu'à imaginer la façon dont travaillaient les linguistes elfes, comme si la langue primitive des

Elfes, qu'il inventait en parallèle du quenya et du sindarin, avait elle-même été reconstituée au moyen de comparaisons scientifiques menées par certains personnages de son Légendaire.

Si l'on souhaite apprendre les langues inventées par Tolkien, quelles sont les ressources les plus fiables ?

Les ressources les plus fiables sont évidemment les textes linguistiques de Tolkien lui-même, à commencer par ceux qui figurent dans *Le Seigneur des Anneaux* et dans les différents volumes de l'*Histoire de la Terre du Milieu*, sans parler de ceux qui sont disponibles sur le site de l'association Tolkiendil[24]. Un grand nombre de textes elfiques de Tolkien sont aussi présentés sur le site de Glǽmscrafu[25] : L'inconvénient est qu'une partie significative des essais de Tolkien sur ses langues inventées n'a pas encore été traduite, à l'instar des notes linguistiques de *The Road Goes Ever On*[26] ou des textes édités dans le magazine *Parma Eldalamberon*. De plus, Tolkien a fréquemment changé d'avis au sujet de ses langues, ce qui signifie que l'histoire des langues elfiques qui figure dans *La Route perdue* diffère très significativement de la version canonique (mais très abrégée) que donne l'appendice F du *Seigneur des*

24 https://www.tolkiendil.com/tolkien/manuscrits

25 https://glaemscrafu.jrrvf.com/french/index.html

26 Compilation de chansons écrites par Tolkien lui-même (et mises en musique par Donald Swann) ayant comme cadre la Terre du Milieu.

Anneaux. Certains mots de vocabulaire, certaines tournures grammaticales de *La Route perdue* ne sont plus valables non plus dans la conception tardive qu'avait Tolkien du quenya.

Par ailleurs, ces textes permettent certes l'étude des langues inventées par Tolkien, mais ne constituent pas vraiment un mode d'emploi pour les utiliser soi-même. Les quelques grammaires écrites par des passionnés en anglais ou en français sont malheureusement obsolètes aujourd'hui ou affectées par des biais qui les rendent inutilisables. Il existe en revanche de nombreux articles qui étudient certains aspects des langues inventées par Tolkien. La plupart de ceux qui ont été écrits ou traduits en français se retrouvent dans la section « Langues » du site de Tolkiendil[27]. En anglais, outre les magazines *Vinyar Tengwar* et *Parma Eldalamberon*, il faut encore citer la série *Arda Philology*, qui reprend les textes présentés lors des *Omentielva*, des colloques bisannuels consacrés aux langues elfiques. Du côté des dictionnaires, le meilleur est désormais *Eldamo*, qui est quasi exhaustif, mais n'existe qu'en ligne et en version anglaise[28]. Pour le sindarin, le dictionnaire français-anglais d'Hiswelókë reste toutefois un très bon choix[29].

« Assez rapidement, il semble avoir décidé que les Elfes devaient même employer plusieurs alphabets différents. »

27 https://www.tolkiendil.com/langues
28 https://eldamo.org/content/search/search.html
29 https://omikhleia.github.io/sindict/dict-sd.html

Tolkien a aussi utilisé des runes, mais aussi des cirth ou des tengwar, des alphabets qu'il a lui-même inventés, pour des textes qui lui tenaient à cœur, en plus de certains de ses textes à lui. D'où viennent ces alphabets ? Quelles sont leurs inspirations ?

Dès la rédaction de son premier lexique de quenya, Tolkien s'est posé la question de savoir quels alphabets pouvaient employer ses Elfes. Leur faire employer l'alphabet latin aurait évidemment été anachronique, compte tenu du fait que les Elfes devaient avoir une très longue histoire derrière eux à l'époque où l'alphabet latin fut créé. Tolkien a donc résolu d'inventer ses propres alphabets. Assez rapidement, il semble avoir décidé que les Elfes devaient même employer plusieurs alphabets différents. Comme pour ses langues inventées, il semble avoir hésité pendant des années, voire des décennies, sur ce que devaient être les alphabets elfiques, mais, contrairement aux langues, la rédaction du *Seigneur des Anneaux* a été pour lui l'occasion de leur donner une forme définitive, au moins en ce qui concerne les variantes qui y sont représentées. Autant Tolkien paraît avoir été incapable de commencer à rédiger la moindre phrase en quenya ou en sindarin sans éprouver la tentation de modifier la grammaire de ces deux langues sur un point ou un autre, autant il semble avoir éprouvé un grand plaisir à utiliser ses alphabets elfiques pour faire des calligraphies. Paradoxalement, nous disposons de plus de calligraphies de Tolkien transcrivant des poèmes en anglais que nous n'en avons qui transcrivent des poèmes en langues elfiques. En effet, il pourrait avoir préféré mettre par écrit des textes qu'il connaissait par cœur ou dont un exemplaire figurait sur son bureau au moment où l'envie de calligraphier le prenait.

Il assez difficile de déterminer l'origine des alphabets elfiques qui ont finalement abouti aux tengwar du *Seigneur des Anneaux*, d'autant que Tolkien ne parle jamais de ses sources d'inspiration en la matière, contrairement aux langues qu'il a inventées. Le tout premier de ces systèmes d'écriture, l'alphabet de Rúmil, présente quelques parallèles avec les alphabets grecs archaïques, notamment la faculté de l'écrire de gauche à droite comme de droite à gauche, voire en boustrophédon. Les variantes de lettres peuvent là encore faire penser aux divergences existant entre les différents alphabets archaïques des villes et régions de la Grèce antique, avant l'adoption de la forme standard au IVe siècle avant notre ère. La ressemblance s'arrête toutefois là, car l'alphabet de Rúmil est conçu suivant une logique propre, qui ne correspond guère à l'énumération désordonnée des lettres de l'alphabet phénicien et de ses différents successeurs. Par leur forme, certaines lettres de l'alphabet de Rúmil évoquent la devanāgarī, un alphasyllabaire du sous-continent indien qui a notamment servi à noter le sanskrit et dont Tolkien devait avoir vu au moins quelques exemples dans le cadre de ses études. Il est toutefois difficile de dire s'il s'agit d'une simple coïncidence, d'une inspiration inconsciente ou d'un choix délibéré du Professeur. Quoi qu'il en soit, celui-ci s'est ensuite inspiré de l'alphabet de Rúmil pour inventer de nouveaux systèmes d'écriture, chacun se fondant sur les versions antérieures, sans influence extérieure discernable. Les tengwar sont ainsi le résultat d'une longue réflexion propre à l'auteur, dont les éventuelles sources d'inspiration initiales sont depuis longtemps devenues indiscernables.

En revanche, il est beaucoup plus facile de cerner l'origine des runes qui figurent dans *Le Hobbit* et *Le Seigneur des Anneaux*. En effet, Tolkien imagina initialement l'aventure du *Hobbit* pour distraire ses enfants. Il la plaça dès le départ dans le cadre de son Légendaire, tel qu'il le concevait alors, mais donna libre cours à son imagination pour l'onomastique[30] et la représentation de la carte de Thrór, plutôt que de se cantonner exclusivement à sa nomenclature et à ses systèmes d'écriture existants. C'est ainsi que les Nains du *Hobbit* se trouvèrent avoir des noms typiques des Nains de la mythologie scandinave et utiliser des runes… anglo-saxonnes ! Le succès éditorial du *Hobbit* posa dès lors des problèmes à Tolkien, surtout lorsqu'il fut question de lui donner une suite, qui devait dans son esprit être fermement ancrée dans son Légendaire. Il traita donc cette question

30 L'onomastique est une branche de la lexicologie et de la philologie qui vise à étudier les noms propres.

en détail dans les appendices E et F du *Seigneur des Anneaux*, expliquant que les noms des Nains étaient des traductions dans une langue germanique des noms qu'ils portaient réellement, tandis que les runes représentées sur la carte de Thrór étaient des transcriptions dans un système alphabétique germanique des véritables runes employées par les Nains. L'explication linguistique des noms des Nains était cohérente et lui permit aussi d'employer des noms anglo-saxons pour les Rohirrim, raison pour laquelle il la conserva dans son *magnum opus*. Par contre, l'explication de la transcription des runes lui parut assez faible, ce qui le poussa à inventer un nouveau système runique, en apparence fortement inspiré par les différents systèmes runiques germaniques, mais doté d'une organisation beaucoup plus logique : les cirth. Cela lui permettait même de donner une origine fictive aux runes germaniques primitives, dont l'origine réelle était alors débattue.

Au-delà de son Légendaire, Tolkien a également inventé d'autres langues… Pouvez-vous nous en toucher quelques mots ?

En réalité, Tolkien a inventé assez peu de langues en dehors de son Légendaire. Il y a bien sûr les langues inventées auxquelles il a contribué pendant sa jeunesse, l'animalique et le nevbosh. Il y a aussi le naffarin, la langue privée qu'il a imaginée après que ses cousines se furent désintéressées de ce hobby. Tolkien en parle dans sa conférence « Un vice secret », mais ne fournit que peu d'informations à leur sujet. Il est également possible, bien que j'en doute, qu'il ait inventé le fonwégien, la langue de l'île imaginaire de Fonway, spécialement pour cette conférence. Il est plus plausible que le fonwégien ait été inventé par un de ses proches, probablement l'un de ses enfants. Pour le reste, Tolkien trouvait plus commode de remployer les langues qu'il avait déjà construites, vu qu'elles lui plaisaient sur le plan phonétique et que cela lui évitait d'avoir à réinventer une grammaire originale. Ainsi, dans les *Lettres du Père Noël*, Ilbereth, l'Elfe qui est secrétaire du Père Noël, parle manifestement quenya, bien que les assistants du Père Noël soient plus proches des Elfes du folklore victorien que des Eldar du Légendaire tolkienien.

LE LÉGENDAIRE, LA TOILE DE FOND

Une grande partie des œuvres publiées par Tolkien appartient à un ensemble issu du même univers, que l'on appelle Arda. Cet ensemble est également surnommé « Legendarium » (Légendaire en français) par Tolkien puis ses exégètes, en raison de l'aspect épique de nombre de ces récits. La construction de cet ensemble a commencé lors de la décennie 1910. Pendant sa convalescence après la bataille de la Somme, Tolkien s'y est mis avec passion[31].

31 Voir le chapitre sur la biographie de Tolkien p. 39.

Dans le demi-siècle qui a suivi, Tolkien n'a cessé d'y revenir. Cependant, à sa mort, en 1973, seule une infime partie de ce Légendaire était disponible pour le public, pour plusieurs raisons. La première est que le Professeur était un perfectionniste, à jamais insatisfait de ses récits. La seconde est que, même s'il était résolu à faire publier *son grand œuvre*, les décisions éditoriales n'ont cessé de contrecarrer ses projets. Ainsi *Le Silmarillion*, clef de voûte de cet ensemble, ne verra-t-il le jour qu'en 1977, soit au moins soixante ans après ses premières esquisses, même si certains textes datent probablement de la fin des années 1960 ou du début des années 1970. D'autres pièces du puzzle sont encore aujourd'hui, cent trente ans après la naissance de l'auteur, quasiment inédites. Nous allons essayer, dans ce chapitre, de vous donner une idée de l'ampleur de ce Légendaire.

En plus du *Hobbit* et du *Seigneur des Anneaux*, Tolkien a pu publier de son vivant quelques fragments se déroulant en Terre du Milieu. Il s'agit des *Aventures de Tom Bombadil*, un recueil de seize poèmes[32], dont seulement deux ont un rapport direct avec Tom Bombadil, l'énigmatique personnage rencontré par les Hobbits au début du *Seigneur des Anneaux*. Dans l'introduction du recueil, Tolkien prétend ne pas en être l'auteur, mais le traducteur, comme pour *Le Seigneur des Anneaux*. L'origine du livre est une lettre d'une tante de Tolkien, Jane

32 Censés avoir été regroupés dans le *Livre rouge de la Marche de l'Ouest*.

Neave, dans laquelle elle lui demandait s'il « *n'allait pas publier un petit livre autour de Tom Bombadil, le genre de livre que nous, les vieux, pouvons nous permettre d'offrir comme cadeau de Noël* ». À l'instigation de son éditeur, qui souhaitait publier un recueil avec d'autres poèmes, Tolkien rechercha des textes écrits dans les années 1920-1930. Seul un poème (« Bombadil en bateau ») a été écrit spécialement. Un autre poème mettant en scène Tom Bombadil, *Once Upon a Time*, publié en 1965, fut intégré à l'ouvrage par la suite. Une autre anthologie, des chansons cette fois, fut publiée par Tolkien en 1965. Intitulé *The Road Goes Ever On: A Song Cycle*, ce catalogue de chansons spécialement écrites par Tolkien en collaboration avec Donald Swann, proposait pour la première fois des calligraphies elfiques ainsi que des explications sur ses langues inventées.

En 1973, au décès de son père, Christopher Reuel Tolkien est nommé son exécuteur littéraire. Il hérite de soixante-dix cartons de notes, cartes, dessins, graphiques et autres éléments dans le plus grand désordre. Il sait qu'il ne pourra pas s'en sortir seul. C'est ainsi que Guy Gavriel Kay, étudiant canadien à Oxford (et connaissance de la famille de Baillie Klass, seconde épouse de Christopher), est engagé l'année suivante pour assister le fils dans la remise en ordre de ce trésor littéraire. Humphrey Carpenter, alors enseignant à l'université oxonienne, vient également donner un coup de main et travaillera par la suite sur une biographie autorisée de l'auteur. Au fil de leur labeur, les trois hommes finissent par dégager un ensemble de textes qui vont devenir *Le Silmarillion*, mais aussi et surtout comprendre la façon dont son auteur travaillait. Nourri par ses lectures autant personnelles que professionnelles, il organisait ses histoires par strates, repassant régulièrement sur ses premiers jets, corrigeant, supprimant, ajoutant des éléments, changeant les noms, enrichissant l'intrigue, etc. Cette dimension sera largement prise en compte par Christopher dans son travail d'édition, indiquant dans les publications successives des histoires posthumes comment celles-ci ont pris forme.

En attendant la sortie du *Silmarillion*, Christopher Tolkien publie en 1974 une curiosité : *Guide to the Names in the Lord of the Rings*. Il s'agit d'une notice, rédigée par Tolkien lui-même, pour donner aux traductrices et traducteurs des directives pour traduire les noms propres présents dans le *Seigneur des Anneaux* ; une notice rédigée alors que seules les traductions suédoise et néerlandaise étaient sorties. Une bible qui n'a pourtant pas été suivie par un certain nombre d'éditeurs et traducteurs, dont les Français.

Le Silmarillion

Le Silmarillion, sorti en 1977 en version originale, constitue un morceau de bravoure, car il contient des versions « stabilisées » de certains des grands récits du Légendaire. Ceux-ci sont regroupés en cinq parties. La première, l'*Ainulindalë*, raconte la création du monde d'Arda. Eru, l'être suprême, engendre des entités divines appelées Ainur et leur fait jouer une symphonie dessinant les caractéristiques de ce monde. Les choses se corsent lorsque l'Ainu appelé Melkor décide de sortir du thème imposé par son créateur et de jouer sa propre partition. Celle-ci va continuer lorsque les Ainur sont envoyés sur Arda pour le régir, puisque Melkor va s'opposer frontalement à ses congénères.

Dans la *Valaquenta* (« conte des puissances », en quenya), l'auteur résume l'intrigue de l'*Ainulindalë* et décrit les Valar, les Ainur qui ont été envoyés sur Terre pour continuer à la forger et à la régir. Ce sont ces quinze personnages, ainsi que leurs vassaux, les Maiar (eux aussi d'essence divine), qui sont décrits dans ce récit.

Ces considérations cosmogoniques posées, la *Quenta Silmarillion*[33] constitue le cœur de l'ouvrage, puisque les vingt-quatre chapitres qui la composent content les aventures des Elfes qui sont les premiers habitants d'Arda, jusqu'à la chute de Melkor, qu'ils appellent Morgoth (« Noir Ennemi », en sindarin).

L'*Akallabêth* (« celle qui a chu », en adûnaïque) est un court récit contant l'apogée des Hommes

33 Histoire des Silmarils, en quenya.

au Deuxième Âge, avec l'île de Númenor, qui finit engloutie par les eaux lors d'un cataclysme.

Les Anneaux du Pouvoir et la fin du Troisième Âge raconte l'histoire de la Terre du Milieu jusqu'à la Guerre de l'Anneau et au-delà. Une période dans laquelle s'insèrent les évènements contés dans *Le Hobbit* et *Le Seigneur des Anneaux*.

L'ensemble de ces récits couvre plusieurs milliers d'années, des centaines de personnages, dont certains ont des destinées tragiques, dans un monde en perpétuelle évolution. Les Silmarils qui donnent son titre à l'ouvrage sont des joyaux[34] convoités par Melkor et contenant la lumière générée par les deux grands Arbres de Valinor. Représentant l'air, l'eau et la terre, ils étaient les premiers artefacts de pouvoir dans le monde d'Arda et servent de fil rouge à l'ensemble des intrigues de la *Quenta Silmarillion*.

L'ouvrage est complété par des arbres généalogiques, des indications sur les langues elfiques et quelques cartes.

Nous l'avons indiqué précédemment, *Le Silmarillion* ne constitue qu'une version incomplète du Légendaire de Tolkien. Face au volume des notes inédites qui

34 Forgés par Fëanor, un Elfe de grand talent.

s'inscrivaient dans ce vaste ensemble, Christopher décida d'aller plus loin.

Les Contes et légendes inachevés

Ainsi l'héritier propose-t-il, en 1980, des versions particulières de certains des récits présents en germe dans *Le Silmarillion. Contes et légendes inachevés* est divisé en trois parties (un seul volume pour l'édition originale, trois en poche), qui chacune concerne un Âge de la Terre du Milieu.

La première partie comporte deux textes. *De la venue de Tuor à Gondolin* est une réécriture tardive de *La Chute de Gondolin* écrite vers 1916-1917, l'un des premiers textes composant son Légendaire. Cette version s'achève à l'arrivée de Tuor à Gondolin. Le deuxième texte, le *Narn i Hîn Húrin* (*Lai des enfants de Húrin*), raconte les mésaventures de Túrin Turambar et de sa sœur Nienor. Le début et la fin de ce lai sont les versions définitives, alors que la grosse partie centrale est constituée de brouillons épars. Ces textes sont deux des trois Grands Contes de Tolkien et feront l'objet de publications séparées ultérieures.

Les quatre textes du Deuxième Âge sont divers : *Une description de l'île de Númenor* propose une présentation succincte de l'île légendaire, sur les plans géographique et botanique. La carte qui l'accompagne est l'œuvre de Christopher, fondée sur une version préliminaire de son père. Tolkien n'a écrit qu'un seul véritable récit prenant pied sur l'île-continent : *Aldarion et Erendis*. C'est l'histoire d'un prince héritier du royaume de Númenor, Aldarion, dont la passion des bateaux et de l'océan l'amène à beaucoup voyager, y compris après avoir épousé Erendis, de la lignée de Bëor. Une histoire pleine d'aventures, de passion et de dépit amoureux. *La Lignée d'Elros* est une généalogie des rois locaux sur sept générations, arbre généalogique compris, depuis le premier roi. *Galadriel et Celeborn* est un ensemble de textes courts relatifs aux souverains elfes de la Lothlórien, rencontrés dans *Le Seigneur des Anneaux*.

La troisième partie de ces *Contes et légendes inachevés* s'attache aux récits les plus connus de Tolkien, tous se déroulant au Troisième Âge. La mort d'Isildur, roi du Gondor et de l'Arnor, nous est contée dans *Le Désastre des Champs d'Iris*. Les relations entre le Gondor et le Rohan font l'objet de quelques textes rassemblés dans *Cirion et Eorl*. Si vous vous demandez ce qu'il s'est passé juste avant *Le Hobbit*, *L'Expédition d'Erebor* vous apprendra ce qui a amené les Nains à chercher un cambrioleur du côté du Comté. *La Quête de l'Anneau* a la même fonction vis-à-vis du *Seigneur des Anneaux*, avec en bonus un petit texte sur Gandalf, Saruman et l'herbe à pipe du pays des Hobbits, le tout commenté par Christopher Tolkien. *Les Batailles des Gués de l'Isen* est une version détaillée d'évènements qui ne sont qu'effleurés dans *Le Seigneur des Anneaux*, à savoir les affrontements entre les Rohirrim[35] et les troupes de Saruman.

Cette troisième partie est suivie d'une petite quatrième, composée de textes épars au sujet des Drúedain, une peuplade d'hommes sauvages des bois vivant au Gondor, des Istari (les magiciens comme Gandalf et Saruman), les Palantíri (ou Pierres de Vision).

Histoire de la Terre du Milieu

Fort du succès des *Contes et légendes inachevés*, Christopher Tolkien décide de publier progressivement l'ensemble des textes qui ont construit le Légendaire, toutes leurs strates exploitables, en les accompagnant autant que possible de commentaires de son cru. Ainsi, de 1983 à 1996, paraissent douze volumes, dans l'ordre de rédaction des textes par son père.

Les deux premiers volumes constituent *Le Livre des contes perdus*, contenant les versions initiales de ce qui deviendra *Le Silmarillion*. Il s'agit d'un récit encapsulé, dans lequel Eriol, un marin anglo-saxon (de notre monde donc), arrive sur l'île de Tol Eressëa, où il rencontre des Gnomes (les Elfes dans son versant fictionnel) qui lui racontent l'histoire de la Terre du Milieu (appelée *TerreS* du Milieu dans ces ébauches).

---

35 Habitants du Rohan.

Ce point de vue permet à Tolkien de raccrocher ce début fictionnel à son ambition d'écrire en quelque sorte une mythologie de l'Angleterre. Ces premiers textes ne contiennent que des textes se déroulant lors du Premier Âge.

Le volume III, *Les Lais du Beleriand*, propose deux longs textes, considérés comme des segments majeurs de son Légendaire, deux de ses trois Grands Contes. Le premier s'attache aux mésaventures de Túrin, le second à celles de Beren et Lúthien[36]. Alors que l'essentiel du Légendaire est disponible en prose, Christopher Tolkien nous a livré dans ce volume III des versions en vers de deux des Grands Contes de son père : le *Lai de Leithian*, qui conte les aventures de Beren et Lúthien. Le *Lai des enfants de Húrin* raconte le destin tragique de Túrin Turambar. Les deux textes comportent respectivement 4 200 et 2 300 vers.

Le volume IV, *La Formation de la Terre du Milieu*, propose des versions évoluées de certains textes du *Silmarillion*, remis au propre par Christopher Tolkien après les *Contes et légendes inachevés*. Le volume suivant, *La Route perdue*, reprend un certain nombre de textes du Légendaire sur lesquels travaillait Tolkien lorsque son éditeur lui demanda, en 1937, d'écrire une suite au *Hobbit*. On y trouve ainsi une version mise à jour des *Annales du Valinor* et *du Beleriand*,

36 Pour en savoir plus sur ces contes, rendez-vous dans la partie suivante, « Les trois Grands Contes », p. 104.

une *Quenta Silmarillion* plus développée que dans les éditions précédentes, une nouvelle version de la *Musique des Ainur* (*Ainulindalë*). On y trouve également une histoire des langues (le *Lhammas*) et des *Étymologies* contenant une grande quantité de vocabulaire. Ce volume relate également les prémices de l'histoire de Númenor, avec les premières ébauches de ce qui deviendra l'*Akallabêth* et un roman inachevé, *La Route perdue*.

Pour rendre compte des différentes strates de construction du *Seigneur des Anneaux* (qui a couru de 1937 à 1954, rappelons-le), Christopher Tolkien a livré, dans les volumes VI à IX, une grande partie des archives en sa possession. La fin du volume IX propose quant à elle une histoire plus développée de Númenor[37]. Les volumes X et XI proposent les derniers textes manquants du *Silmarillion*, certains inédits comme *The Wanderings of Húrin*, et un long essai sur les noms que les Elfes se donnent entre eux, ainsi qu'aux autres peuples de la Terre du Milieu.

L'*Histoire de la Terre du Milieu* propose un tableau complexe et parfois brouillon de l'étendue de l'univers créé par John Ronald Reuel Tolkien. À l'issue de sa publication, en 1996, son fils Christopher a éprouvé le désir de mettre en lumière trois récits

37 *The Notion Club Papers*, une histoire singulière présente dans le volume IX de l'*Histoire de la Terre du Milieu*, comporte également des éléments relatifs à l'histoire de Númenor.

particulièrement forts, que l'auteur qualifiait de « Great Tales ». Ce sera son dernier gros travail d'édition de l'œuvre de son père.

Les trois Grands Contes

Douze ans après le dernier volume de l'*Histoire de la Terre du Milieu* sort donc *The Children of Húrin*. Melkor, que les Elfes surnomment Morgoth (« Noir Ennemi », en sindarin), est en lutte avec les Elfes (alliés aux Hommes) pour la suprématie de la Terre du Milieu. Húrin, seigneur de la cité de Dor-lómin, au nord-ouest du continent, est capturé par le Seigneur Sombre. Il refuse de lui livrer le secret permettant d'accéder à Gondolin, une puissante cité elfique. En conséquence, il se retrouve enchaîné pendant vingt-huit ans au sommet d'une montagne dominant toute la région. Il assiste, impuissant, à l'anathème que Morgoth lance sur ses enfants Túrin et Nienor. Le premier vit une existence de vagabond puis de hors-la-loi après le meurtre accidentel d'un notable elfe. Après une période troublée au sein du royaume elfe de Nargothrond, il décide de partir à la recherche de sa mère et de sa sœur. Il retrouve cette dernière sans la reconnaître, tandis qu'elle-même a perdu la mémoire à cause du dragon Glaurung. Tous deux tombent amoureux et font un enfant. Mais le destin funeste édicté par Morgoth les rattrape et l'issue se révélera dramatique. Racontée dans *Le Livre des contes perdus*, cette histoire, conçue par Tolkien sur le front de la Première Guerre mondiale en France, est l'une des plus sombres de son Légendaire. La destinée des enfants de Húrin a des accents shakespeariens, avec la tragédie comme caractéristique principale. L'énorme travail de classement, de relecture et de réécriture de Christopher Tolkien a permis de découvrir ce texte épique et intense.

La première version de *Beren et Lúthien* date de 1917, et le texte est proposé dans une édition digne de ce nom un siècle plus tard. Ce premier jet est présenté tel quel, avant que Christopher ne présente et commente des évolutions plus tardives. Beren, le seul rescapé humain d'une bataille contre Morgoth, se réfugie en Doriath, un royaume elfe caché. Il tombe amoureux de Lúthien, la fille du roi Thingol. Celui-ci consent à lui accorder la main de la jeune Elfe à condition qu'il parvienne à dérober un Silmaril[38] dans la couronne du Seigneur Sombre. Il s'agit d'une plaisanterie, mais Beren monte une expédition et est fait prisonnier par Sauron, lieutenant de Morgoth. Lúthien vole à son secours, et avec l'aide du chien Huan, parvient à libérer son fiancé. Le couple repart en quête du joyau. La mission sera en partie accomplie, mais Beren n'en sortira pas indemne. Le personnage de Lúthien a été inspiré à Tolkien par son épouse Edith, la rencontre entre l'Elfe et l'Homme se déroulant dans un bois, lorsque la première danse au milieu d'un parterre de fleurs. Une scène vécue par le jeune couple Tolkien. Au-delà de l'émotion procurée par l'intimité de ce

38 Les Silmarils, au nombre de trois, sont des joyaux contenant la lumière des deux Arbres de Valinor, forgés par l'Elfe Fëanor.

passage, le récit comporte quelques éléments importants de l'histoire de la Terre du Milieu, comme le rôle clé joué par Sauron, futur Seigneur Sombre, le choix de la princesse elfe de renoncer à son immortalité[39], ou encore la présence des Silmarils. Le conte de *Beren et Lúthien* est aussi vierge que possible des notes qui parsèment les éditions de l'*Histoire de la Terre du Milieu*, peut-être pour donner une vision aussi pure que possible de cette histoire qui tient une place particulière dans le Légendaire. Seule une liste explicative des noms propres figure en fin de volume.

La Chute de Gondolin est la première grande histoire écrite par Tolkien, et paradoxalement, la dernière à être éditée. Christopher avait indiqué en avoir fini avec l'héritage littéraire de son père après la publication de *Beren et Lúthien*, mais il est sorti de sa retraite pour livrer ce dernier Grand Conte. Le texte a connu sa première version en 1916-1917, et la dernière (bien qu'inachevée) en 1951. C'est ainsi que ce volume, sorti en 2018, cumule trois traducteurs: Tina Jolas pour la version présente dans les *Contes et légendes inachevés*, Adam Tolkien (petit-fils de l'auteur et fils de Christopher) pour celle qui a été publiée dans *Le Livre des contes perdus*, et Daniel Lauzon, qui avait précédemment officié sur *Le Hobbit* et *Le Seigneur des Anneaux*, pour les autres versions, ajouts, corrections et les commentaires de l'éditeur.

---

39 En épousant un Homme, donc un mortel, *Lúthien* devient elle-même mortelle. Une destinée qui préfigure celle d'Arwen et Aragorn, protagonistes du *Seigneur des Anneaux*.

Ce texte fait suite aux *Enfants de Húrin*, avec la cité elfe de Gondolin, qui est convoitée par Morgoth. Le Vala Ulmo, qui a parrainé la construction de la cité, craint que Morgoth n'arrive à ses fins. Il apparaît à un Homme errant, Tuor[40], afin qu'il trouve la cité cachée et prévienne Turgon, son souverain, du danger imminent. Avec l'aide d'un Elfe rencontré en chemin, Tuor parvient à Gondolin, instruit Turgon et y réside avec un statut de semi-captif qui ne l'empêche pas d'épouser (lui aussi) la fille du roi, Idril. La duplicité et l'imprudence du cousin de cette dernière, Maeglin, vont amener Morgoth vers la cité, et une bataille sanglante va s'ensuivre. Il y a donc trois versions de l'histoire, chacune comportant des passages différents très développés.

Le style est flamboyant, la nature du Beleriand y est d'ailleurs abondamment décrite, et la richesse de l'écriture n'en renforce qu'encore plus la frustration de ne jamais connaître la suite et la fin réécrites de l'histoire de Tuor et des siens, même si la fin « originale » de 1917 existe.

À la lecture de ces trois Grands Contes, on comprend pourquoi Christopher a tenu (pour les deux premiers, du moins) à proposer des versions aussi complètes et respectueuses que possible de ces histoires, qu'elles soient épiques, tragiques ou romantiques, parfois tout cela à la fois. Cette importance est aussi caractérisée

40 Qui se trouve être… le neveu de Húrin.

par le fait que Tolkien, n'ayant jamais abandonné l'idée de voir un jour son *Silmarillion* publié, n'a eu de cesse d'y revenir pendant un bon demi-siècle, reprenant, coupant des passages, en ajoutant d'autres.

Un grand merci à Christopher Tolkien de nous avoir offert ces joyaux.

The Nature of Middle-earth et textes annexes

Le fils de l'écrivain disparu en 2020, la plupart des textes d'importance issus du Légendaire ont eu le bonheur d'une publication érudite et aboutie. Il reste, cependant, encore quelques rares matériaux inédits. C'est Carl F. Hostetter, le chercheur et scientifique de la NASA et également l'éditeur de *Vinyar Tengwar*, une revue consacrée à l'étude des langues chez Tolkien, qui édite ce recueil. *The Nature of Middle-earth* regroupe des écrits tardifs (1959-1973) de Tolkien. Comme son titre l'indique, le recueil propose un certain nombre de textes courts (environ soixante-dix au total) relatifs à la nature (terres, faune, flore) de la Terre du Milieu, ainsi que de Númenor, mais aussi sa nature philosophique et morale. Comme *Contes et légendes inachevés* peut être considéré comme un volume XIII de l'*Histoire de la Terre du Milieu*, ce volume pourrait en constituer le quatorzième.

Un certain nombre de textes et travaux annexes sont encore inédits. Leur volume est difficile à évaluer, même si leur localisation est connue. Ainsi de nombreuses illustrations, lettres et autres matériaux ont-ils été dévoilés au public lors de l'exposition *Tolkien: Maker of Middle-Earth* qui s'est déroulée en juin 2018 à Oxford et qui a été transférée en 2019 à la Bibliothèque nationale de France. Catherine McIlwaine, responsable des archives de la Bodleian Library à Oxford, en a livré un catalogue précieux du même nom[41], accompagné d'essais sur différents sujets par des figures de l'exégèse tolkienienne (Verlyn Flieger, Tom Shippey, John Garth, par exemple). Deux revues, spécialisées dans l'étude des langues (essentiellement elfiques) inventées par Tolkien, permettent d'approfondir ce sujet : il s'agit de *Vinyar Tengwar*, sous la houlette de Carl F. Hostetter, et de *Parma Eldalamberon*, dirigée par Christopher Gilson. Ces textes, souvent pointus, sont plutôt intéressants car ils enrichissent le corpus de recherche sur Tolkien et son œuvre.

LE RESTE DE L'ŒUVRE

Le Légendaire est donc un ensemble de textes qui regroupe l'essentiel de l'œuvre de John Ronald Reuel Tolkien, mais la réduire à cet ensemble serait inexact. Au-delà de ses travaux universitaires, il existe un

41 En 2018, édité par The Bodleian Library, traduit en 2019 par Hoëbeke. À noter que les éditions Bourgois ont édité en 2018 *Trésors de Tolkien* (traduction de Vincent Ferré), qui se concentre sur les pièces réellement exposées.

certain nombre d'« autres » travaux remarquables, qui donnent une idée plus précise du talent de l'auteur du *Seigneur des Anneaux*.

Les œuvres diverses

L'un des premiers écrits publiés de Tolkien est *La Bataille du Champ oriental*, révélé au public dans *The King Edward's School Chronicle* (vol. 26, n° 186, p. 22-26), poème parodiant *The Lays of Ancient Rome* de Thomas Babbington Macaulay[42]. En 1915, *Goblin Feet* (« Pieds de Gobelin ») est publié dans *Oxford Poetry*[43]. L'œuvre poétique complète de Tolkien est remarquable par son volume : plus de soixante-dix poèmes sont ainsi recensés, et seulement une partie a été publiée dans des ouvrages à grande diffusion.

Doworst, également appelé *Visio Petri Ara-toris de Doworst*, est un poème vraisemblablement écrit en 1932. Il s'agit d'une vision satirique des vivas, moment critique dans la vie des étudiants pendant lequel ils passent devant un jury pour un examen oral. Dans ce poème, les étudiants anxieux commettent d'énormes gaffes devant les examinateurs, parmi lesquels Tolkien lui-même, ainsi que son ami C. S. Lewis. Le style du poème s'inspire de *Piers Plowman* (« Pierre le laboureur »), un long poème

---

42 Traduction par Damien Bador dans *L'Arc et le Heaume* n° 5 (2017).

43 Il est traduit dans *Le Hobbit annoté*, publié en 2012.

allitératif en moyen anglais de William Langland, auteur de la fin du XIVe siècle.

Noel est un poème dévotionnel chrétien, contant la naissance du Christ, publié dans la revue annuelle de Our Lady's School en 1936. Il a été découvert par Wayne G. Hammond et Christina Scull en 2013.

Quand Tolkien écrit pour ses enfants

Après (et pendant qu'il le fait) avoir écrit pour lui et pour ses camarades, et avant de voir ses œuvres rendues accessibles au grand public, John Ronald Reuel Tolkien a composé pour ses enfants de nombreuses histoires relevant souvent du merveilleux, voire du conte.

Ainsi à la fin des années 1920 Tolkien écrit-il *Le Fermier Gilles de Ham*[44], qui conte l'histoire d'un paisible fermier qui met en déroute par hasard un géant venu dévaster ses plantations. Il hérite d'une épée magique et d'une réputation flatteuse. Il se retrouve en première ligne lorsque Chrysophylax, un redoutable dragon, attaque le Petit Royaume où vit Gilles. Après plusieurs remaniements, le conte fut publié par Allen & Unwin en 1949, avec des illustrations de Pauline Baynes.

Roverandom est un conte écrit en 1925. Il conte les aventures débridées d'un chien nommé Rover,

44 *The Farmer Giles of Ham*, en anglais.

provoquées par son altercation avec un magicien qui lui a donné vie, lui qui n'était auparavant qu'un jouet. Il part sur la Lune puis au fond de la mer, rencontre plein d'autres animaux, mais aussi Michael, le fils de l'auteur. L'histoire aurait été écrite après que l'enfant eut perdu sur une plage son jouet favori, un petit chien en plastique.

Monsieur Merveille a été écrit dans les années 1928 ou 1930 (les différentes sources n'ont pu le déterminer), mais n'a eu l'honneur d'une publication qu'en 1982 (2009 en France). Affublé de hauts-de-forme vraiment très hauts, Monsieur Merveille vit de drôles d'aventures avec sa voiture, et rencontre en chemin une bande d'ours, un âne sympathique et bien plus. Le personnage principal est probablement inspiré de Tolkien lui-même, en référence à ses ennuis fréquents avec sa voiture, machine qu'il avait en horreur. Accompagné de nombreuses aquarelles de l'auteur, c'est un récit au charme désuet, un peu répétitif.

Le morceau de choix de ces écrits destinés à ses enfants est devenu une sorte de légende. Entre 1920 et 1943, John, Michael, Christopher et Priscilla, les enfants de la famille, ont reçu des lettres signées du Père Noël – en vérité écrites par leur père –, agrémentées parfois d'aquarelles dont il a le secret. Dans ces histoires, le Père Noël raconte sa vie quotidienne, entouré d'un ours polaire, de quelques Elfes et d'hommes des neiges. C'est Baillie Tolkien, la femme de son fils Christopher, qui édite ces *Lettres du Père Noël*, en 1976. La deuxième édition, en 2004, est un objet d'une grande beauté, qui laisse à voir les différents talents de Tolkien. L'une des lettres est ornée de tengwar créés par le Professeur, quand l'ours polaire s'exprime en arctique, une langue proche du quenya parlé par les Elfes du Légendaire.

On sait que Tolkien, malgré ses travaux universitaires et d'écriture très prenants, a été un père attentif qui n'hésitait pas à inventer des histoires merveilleuses pour égayer leur quotidien. Un certain nombre de ces histoires sont parvenues jusqu'à nous, montrant qu'il avait de véritables appétences pour ce public sans doute sans concession. Loufoques, tendres, elles constituent une belle porte d'entrée vers Tolkien pour les plus jeunes, avant d'attaquer *Le Hobbit*.

Les curiosités

Nous avons sciemment omis de citer *Smith of Wootton Major*[45] dans la liste précédente, mais, s'il s'agit indubitablement d'un récit destiné à la jeunesse, il n'a pas été écrit pour les jeunes Tolkien. Dans les années 1960, l'éditeur Pantheon Books s'apprête à publier *The Golden Key*, un roman de George MacDonald ; Tolkien est pressenti pour écrire la préface, car il apprécie particulièrement l'auteur.

45 Smith de Grand Wootton, puis Ferrant de Bourg-aux-Bois dans la version française.

Rien ne se passe comme prévu quand un éditeur demande à Tolkien d'écrire quelque chose. Soucieux de donner un exemple concret de magie féerique, Tolkien se met à élaborer un conte, ce qui renvoya la préface aux calendes grecques. Grand Wootton (ou Bourg-aux-Bois) est un village réputé pour sa cuisine. Le maître-queux Nokes est angoissé par l'approche d'une fête culinaire au cours de laquelle un repas est servi à vingt-quatre enfants. Un gâteau surmonté d'une étoile (retrouvée dans les affaires du prédécesseur de Nokes) est le clou de la fête. Pourtant Alf, l'apprenti cuisinier, avait prévenu qu'elle venait de Faërie, le royaume des fées… Un enfant avale l'étoile et la recrache des années plus tard pour se la coller sur le front. En grandissant il devient Smith le forgeron[46], également apprécié pour ses talents de chanteur. Il aime à se promener aux alentours du village et finit par découvrir le pays de Faërie, dont il va fréquenter les habitants.

Le conte sort finalement en 1967, et en 2005, Verlyn Flieger en propose une version étendue en 2005, avec des notes de Tolkien et d'autres ajouts analytiques.

Passons à *Faërie*, justement. Il s'agit d'un recueil hybride, contenant à la fois un essai et trois nouvelles, qui ont pour au moins deux d'entre elles été publiées à part, ainsi que des poèmes. La première

46 Notez au passage le nom du forgeron : en anglais un forgeron se dit en effet « *smith* ».

édition éditée par les Éditions Christian Bourgois[47] regroupait les nouvelles *Le Fermier Gilles de Ham*, *Smith de Grand Wootton* et *Feuille, de Niggle* publiés respectivement en 1949, en 1957 et en 1964. En conclusion du recueil, on trouve l'essai *Du conte de fées*. Les deux premières nouvelles ont été passées en revue plus tôt. Penchons-nous un peu sur *Feuille, de Niggle*.

L'origine du texte est singulière. Vers 1938-1939, Tolkien était un peu bloqué dans l'écriture de ce qui deviendra *Le Seigneur des Anneaux*. À la même époque, l'une de ses voisines lui avait fait part de son intention de faire abattre un grand peuplier à proximité de chez lui, ce qui le contrariait, lui, l'ami des arbres. Un beau matin, il s'est réveillé avec une histoire complète, celle de Niggle, en tête. Il s'est empressé de la coucher sur le papier. Quelques années plus tard, le périodique *The Dublin Review* lui a demandé d'écrire un texte exaltant la foi catholique ; il a spontanément proposé ce texte, qui a finalement été publié en 1945 sous le titre *Leaf, by Niggle*. Niggle est un peintre qui, un jour, se rend compte que, de tous ses travaux, une seule peinture, encore inachevée, l'intéresse. Il est tenté de ne se consacrer qu'à cette toile, mais doit partir en voyage auparavant. Dans l'ombre, nous avons droit aux pensées de Parish, son voisin, un homme sérieux et qui n'a pas de temps pour les frivolités, qui tient l'artiste pour

47 En 1974.

tout ce que la bonne société en pense : il est immoral, immature et ne sert à rien. Niggle va passer par un hôpital, puis par un paysage verdoyant qui se trouve être celui de son tableau...

Feuille, de Niggle tient une place particulière dans la production de Tolkien. On peut y voir une représentation allégorique de Tolkien lui-même, qui, en tant que chercheur et enseignant à l'université, a entre autres des obligations de publication. Il est également un écrivain passionné par ses travaux en cours, qu'il ne parvient pas à achever. Le Professeur est en effet un besogneux de l'écriture : ses récits sont constamment réécrits, repris, réorganisés. Le récit peut être vu en quelque sorte comme une plongée superficielle dans le professionnel qu'est notre auteur, tiraillé entre ses obligations alimentaires et ses appétences pour la création d'un monde secondaire[48].

L'essai *Du conte de fées* provient d'une conférence que Tolkien a donnée à l'université de St Andrews en 1939, et qui a été publiée pour la première fois en 1947, après révision. D'autres éditions ont été réalisées au fil du temps, la dernière en date, en 2008, ajoutant des éléments jusqu'ici inédits. Lors de cette conférence, le Professeur s'est posé trois questions

48 Ce terme de « monde secondaire » a été théorisé par Tolkien lui-même pour désigner un monde fictionnel dans son essai *Du conte de fées*.

visant à définir le conte de fées. Qu'est-il ? Quelles sont ses origines ? Quelle est leur utilité ?

C'est surtout la troisième question qui attire l'attention, car Tolkien y développe sa théorie relative à la subcréation, secondaire par rapport à celle de Dieu. La lecture de cette création, du fait d'un auteur ou d'un conteur, doit permettre le recouvrement, c'est-à-dire la possibilité de retrouver la capacité à s'émerveiller. Tout cela dans un but d'évasion, au sens noble du terme. Enfin, l'auteur y évoque la notion d'eucatastrophe, ou de « catastrophe heureuse », que l'on pourrait résumer par un « retournement joyeux et soudain » qui apporte consolation et joie après les terribles épreuves traversées et alors même que tout semblait perdu. C'est un essai particulièrement remarquable, qui a marqué la recherche en son temps.

Dans sa deuxième édition française en 2003, plusieurs textes viennent enrichir ce portrait en creux certes incomplet de l'auteur Tolkien. D'abord on trouve l'introduction à *Tree and Leaf*, l'ouvrage paru en 1964 et regroupant les deux textes dont nous venons de parler. Cette introduction est signée par Christopher Tolkien. Vient ensuite *Le Retour de Beorhtnoth, fils de Beorthelm*, un texte en trois parties dont le segment central est un dialogue entre deux personnages après la bataille de Maldon[49]. Ce seg-

49 Qui opposa Anglo-Saxons et Vikings dans le sud-est de l'Angleterre, en 991. Tolkien s'est inspiré du fragment de chronique titré justement *The Battle of Maldon* pour écrire ce dialogue.

ment est introduit par un essai de Tolkien sur le fragment de chronique qui évoque cette bataille et la façon dont elle l'a inspiré, et conclu par un autre court essai sur le terme en vieil anglais *ofermod*[50]. Ce texte est important car il aurait permis à Tolkien de redéfinir, de réhabiliter pour mieux en casser les codes, la figure du héros épique nordique. Les analystes voient ainsi en Sam Gamgie (en particulier dans sa dévotion pour Frodo) un anti-héritier de Beorhtnoth, en Boromir une figure directement inspirée par le héros de Maldon. La position de Gandalf face au Balrog de la Moria pourrait également être une correction des erreurs tactiques de Beorhtnoth.

Après l'essai *Du conte de fées* et les trois nouvelles déjà évoquées, l'éditeur français a ajouté *Mythopoeia*, un poème qui n'avait été publié qu'en 1988 en version originale, sans que sa date de composition soit connue. Il semblerait que lors d'une discussion, son ami C. S. Lewis ait décrié la valeur des mythes, qui n'étaient pour lui que « *des mensonges soufflés dans de l'argent* ». En réaction, Tolkien aurait composé ce poème, exaltant justement ces mythes, en opposition au rationalisme et au matérialisme. On en revient à sa théorie de la subcréation introduite dans *Du conte de fées*, indiquant que l'auteur est comme « *un petit fabricant* » qui brandit son « *propre petit sceptre d'or* ». Profondément catholique, le Professeur croit

50 Lequel désigne un orgueil démesuré, un terme qui inspirera à Tolkien d'autres personnages, comme Fëanor et Túrin, par exemple.

cependant dur comme fer à la vocation démiurgique des auteurs.

On peut voir le triangle formé par ces trois récits et essais (*Du conte de fées*, *Feuille, de Niggle* et *Mythopoeia*) comme les fondements du manifeste de Tolkien en tant qu'auteur. À la fin du recueil sont également présents les quinze poèmes formant la série *Les Aventures de Tom Bombadil et autres vers tirés du Livre Rouge*, par ailleurs éditée à part.

LES THÈMES PRIVILÉGIÉS

Comme dans toute œuvre d'envergure, le Professeur a brassé un certain nombre de thèmes et de motifs récurrents.

La magie

L'univers original de Tolkien, fondé sur la compilation de mythes, de folklores et de légendes de toute l'Europe, porte le sceau de la magie, du shamanisme et des croyances ésotériques. Aussi n'est-il pas étonnant de voir la place considérable de différentes formes de pratiques occultes dans son œuvre. C'est, par ailleurs, devenu l'une des caractéristiques récurrentes du genre littéraire dans lequel le Professeur s'inscrit désormais comme la référence principale.

La musique des Ainur, qui avait pour but de créer Arda, semble être à l'origine de la magie dans le monde. Cet art n'est pas partagé entre toutes les créatures en Arda. Tolkien lui-même, peu à l'aise avec le terme, l'utilisait par défaut car le sens généralement admis était le plus proche de ce qu'il souhaitait décrire : « *Quoi qu'il en soit, une différence dans l'utilisation de la "magie" dans cette histoire est que l'on ne peut la produire par le "savoir" ou les sortilèges : c'est au contraire un pouvoir inné, que ne possèdent ni ne peuvent acquérir les Hommes en tant que tels*[51]. » Seules trois « catégories » d'individus, auxquelles il faut ajouter quelques « invités », peuvent la manipuler. Ces trois catégories sont les Valar, les Maiar et les Elfes. Leur point commun est qu'ils sont étroitement liés à leur monde. Ils font partie de la magie, sont des êtres d'essence magique.

Les Valar sont des créatures d'essence divine, dont les pouvoirs ont contribué à façonner le monde à son commencement. Ainsi, Aulë a-t-il créé les reliefs, Varda les étoiles, et Yavanna a-t-elle donné forme aux Arbres (Telperion et Laurelin), à la faune et à la flore. Ulmo, figure tutélaire des eaux, a créé les océans et les cours d'eau, tandis que Morgoth a détourné des créatures primitives pour en faire des alliés maléfiques.

---

51 *Lettres*, lettre n° 155.

Les Maiar sont également d'essence divine, cependant ils sont des auxiliaires et des sujets des Valar. On ne connaît pas leur nombre, et seule une poignée est citée dans les œuvres de Tolkien, comme Melian, dont la douce voix ensorcela Thingol, seigneur des Teleri (ou Elfes marins), avec lequel elle eut un enfant, Lúthien. Arien était l'esprit du feu qui devint, après la destruction des deux Arbres, une flamme pure en conduisant le Soleil. Tilion, amoureux d'Arien, était le conducteur de la Lune, à laquelle il faisait parfois prendre des trajectoires erratiques. Autre esprit du feu, le Balrog Gothmog fut corrompu par Morgoth et joua un rôle important dans les guerres contre les Elfes. Ossë, vassal d'Ulmo, avait l'autorité sur la faune et la flore marine avec son épouse Uinen, également maia. Ses fréquentes colères pouvaient déclencher de mémorables tempêtes. Ses pouvoirs lui ont par ailleurs permis de faire surgir l'île de Númenor des abysses, mais aussi de figer celle de Tol Eressëa près de Valinor. Salmar, serviteur d'Ulmo, fabriqua à partir de grandes conques blanches des cornes magiques qui avaient le pouvoir d'emplir de la nostalgie de la mer quiconque les entendait jouer.

Sauron était au départ un serviteur d'Aulë. Corrompu par Morgoth, il en devint l'un des principaux lieutenants. Comme il est dit dans *Le Silmarillion*, « *il devint le plus grand et le plus fidèle serviteur de l'Ennemi, et le plus dangereux, car il pouvait prendre maintes formes. Il put longtemps apparaître à son gré si noble et si beau que seuls les plus méfiants n'en étaient pas trompés*[52] ». Sauron avait par ailleurs un grand pouvoir de manipulation mentale. Il tenta d'asservir les Peuples Libres par le biais des Anneaux de Pouvoir, qu'il fit forger par les orfèvres elfes d'Ost-in-Edhil, en Eregion.

Les Istari sont un groupe particulier de Maiar. Face à la puissance croissante de Sauron, les Valar envoyèrent des émissaires en Terre du Milieu en l'an 1000 du Troisième Âge. Alatar et Pallando, deux d'entre eux, disparurent assez rapidement. Les trois autres se firent connaître sous le nom de Saruman, Gandalf et Radagast. On en sait très peu sur les pouvoirs de ce dernier, sa seule caractéristique étant son grand amour pour les animaux, et particulièrement les oiseaux. Gandalf, dont le nom d'origine était Olórin, utilisait un bâton comme vecteur de son pouvoir, qu'il utilisait cependant avec parcimonie. Il pouvait influer sur les pensées de ses interlocuteurs, et lancer des éclairs blancs par le biais de son épée. Lors de son combat contre le Balrog dans la Moria, Gandalf a recours à plusieurs sorts contre ceux de son adversaire. Il manipule parfois des sorts mineurs pour allumer un feu[53]. Saruman était le chef des Istari ; il pouvait employer sa voix pour galvaniser ses troupes ou infléchir la pensée de ses interlocuteurs. Lui aussi

---

52 *Les Anneaux de Pouvoir et le Troisième Âge.*

53 « *Naur an edraith ammen !* » est l'incantation qu'il lance alors, dans le chapitre « L'Anneau prend le chemin du sud ».

se servait d'un bâton pour concentrer son pouvoir. Il se servait d'un Palantír, un autre objet magique, afin d'observer ce qu'il se passait à des milliers de kilomètres, à proximité d'une autre de ces pierres.

Premiers-nés en Terre du Milieu, les Elfes ont toujours bénéficié de pouvoirs et d'objets magiques. On peut citer les Silmarils, des gemmes pouvant guérir les blessures les plus redoutables ; même chose pour l'Elessar, un autre type de pierre réputé pour soigner les victimes des Orques et autres créatures de Morgoth. Les Palantíri, cités plus haut, sont également des créations elfiques permettant de dialoguer à distance avec d'autres détenteurs de ces pierres de vision. Enfin, les Anneaux de Pouvoir ont été forgés par des Elfes. Les trois Anneaux destinés à leur peuple ont un supplément de pureté, car n'ayant pas été touchés par Morgoth.

Le plus puissant de ces Anneaux est Vilya, et se trouve, au moment des évènements contés dans *Le Seigneur des Anneaux*, au doigt d'Elrond, à Fendeval. Il lui confère probablement un puissant pouvoir de guérison (qui se révélera cependant insuffisant pour Frodo), et provoque la crue de la rivière Bruinen. Nenya est au doigt de Galadriel en Lórien. L'artefact lui procure des pouvoirs de vision, qu'elle utilise grâce à son miroir d'eau. Ainsi, elle peut voir ce qui fut, ce qui est et ce qui (peut-être) sera. Narya est arrivé entre les mains de Gandalf après avoir appartenu à différents seigneurs elfes. C'est un objet qui lui permet de lutter mentalement contre les forces maléfiques (contre le Balrog, contre Saruman). Les trois objets procurent donc des pouvoirs psychiques plutôt que physiques.

Parmi les créatures n'appartenant pas aux trois catégories citées plus haut, on trouve Tom Bombadil, Beorn et Ungoliant. L'essence de Tom Bombadil reste le grand mystère de l'œuvre de Tolkien, car, s'il a un pouvoir de persuasion sur les arbres et les animaux, il semble se rire des enjeux et des manigances de ses contemporains en Terre du Milieu. Beorn, personnage croisé par Bilbo et ses compagnons dans *Le Hobbit*, a la faculté unique de se changer en ours. Ungoliant est une créature nimbée de mystère ; visible sous l'apparence d'un arachnide de très grande taille, elle peut générer un manteau d'invisibilité autour d'elle pour surprendre ses adversaires. Sa nourriture est la lumière, et c'est elle qui absorba la sève des deux Arbres après que Melkor les eut percés. On notera que Tolkien lui-même fait référence à la possibilité que même les Orques soient utilisateurs de magie, sans toutefois y faire référence par ailleurs ; ainsi Gandalf déclare-t-il devant la porte de la Moria : « *Je connaissais tous les sorts dans toutes les langues elfiques, humaines ou même orques, qui étaient employés dans ce but.* »

Les sorciers comme Gandalf n'ont pas le monopole de l'incantation. Au-delà du célèbre *mellon* capable d'ouvrir la porte de la Moria, on notera que Tom Bombadil chante pour chasser l'Esprit des Tertres qui a attaqué les Hobbits. Une caractéristique qui renforce l'idée qu'il serait une incarnation terrestre d'Eru Ilúvatar, qui n'agit en quelque sorte qu'en chantant. Lors de l'attaque des Spectres de l'Anneau sur la Fraternité à Montauvent, Frodo met en échec le Roi-sorcier d'Angmar avec l'antienne « A Elbereth Gilthoniel ». À un niveau plus « divin », Yavanna créa les Arbres en chantant une ballade d'une beauté renversante, et Felagund lutta contre Sauron en chantant. Dans le conte *Beren et Lúthien*, la jeune Elfe use de sa parole pour neutraliser Carcharoth, le loup géant qui garde l'entrée du domaine de Morgoth : « *Levant les mains, elle lui ordonna de dormir, en disant : "Ô esprit engendré par le malheur, tombe maintenant dans une nuit profonde et oublie pour un temps le lourd destin de la vie." Et Carcharoth s'écroula, comme frappé par la foudre.* »

Le chef des Nazgûls semble aussi utiliser la magie : « *Alors le chef, qui était déjà au milieu du gué, se dressa menaçant sur ses étriers et leva la main. Frodo fut frappé de mutisme. Il sentit sa langue se coller à son palais et son cœur battre à tout rompre. Son épée se brisa et tomba de sa main tremblante.* »

L'utilisation de la magie nécessite des ressources importantes[54], et peut épuiser celui ou celle qui en

54 *Le Seigneur des Anneaux* : *La Fraternité de l'Anneau*, « Fuite vers le gué ».

use, comme le révèle Gandalf dans le chapitre « Le Pont de Khazad-dûm ».

Philologue, Tolkien met souvent des mots dans la bouche de ses personnages pour déclencher la magie. Il y a des exceptions, comme lorsque Sam utilise la fiole donnée par Galadriel contenant la lumière d'Eärendil pour faire fuir Araigne : « *Comme si son esprit invincible avait mis son pouvoir en mouvement, le verre s'enflamma soudainement comme une torche blanche dans sa main. Il s'enflamma comme une étoile qui glisse du firmament*[55]. » On peut ainsi imaginer que l'occultisme était présent dans des objets, qui pouvaient être utilisés en tant que tels par un profane ou un être dénué de cette faculté, simplement en utilisant la bonne formule pour activer leur caractéristique magique. Autre exemple, lorsque Sam cite le nom de Galadriel, une corde donnée par la dame de la Lórien se détache apparemment toute seule… Les runes de protection, tradition naine gravée sur des portes ou des éléments d'armures, sont aussi une manifestation des pratiques occultes : on peut ainsi citer les runes lunaires de la carte de Thrór ou de la porte secrète de la Montagne Solitaire, qui jouent un rôle important dans la quête d'Erebor[56].

La religion

Lorsqu'on regarde la biographie de Tolkien, on comprend que la religion catholique, dont il a été

55 Dans le chapitre « Les choix de Maître Samsaget ».
56 Dans *Le Hobbit*.

instruit par sa mère et le père Francis, tient une grande place dans sa vie. Dans son œuvre, elle n'apparaît pas de prime abord. Mais un examen approfondi permet de nuancer cette impression, et ce dès les récits contant les débuts de son Légendaire, à savoir l'*Ainulindalë* (*La Musique des Ainur*), premier segment de ce qui deviendra *Le Silmarillion*. On y apprend qu'Eru, l'Être suprême, invite ses disciples et primocréatures à composer avec lui la musique primale qui va modéliser le futur monde d'Arda. Parmi eux, Melko (ou Melkor) va jouer sa propre partition, qui se démarque de la symphonie collégiale. Le dissident va être banni, et envoyé sur le monde qu'il va continuer à modeler. Après des millénaires de lutte contre ses semblables puis contre les Elfes, apparus en cours de route, Melkor finira dans le néant. Cela rappelle fortement le mythe de Lucifer, un ange déchu pour avoir privilégié ses désirs par rapport à ceux de son maître, Dieu. Melkor et Lucifer, deux êtres dont la nature n'est pas malveillante, mais qui sont devenus, chacun dans leur univers, l'incarnation du Mal du fait des circonstances.

Les Elfes, justement, vont voir leur histoire fortement perturbée : ils sont chassés de leurs terres à plusieurs reprises, ce qui provoque des désaccords, des scissions et des conflits internes. Une histoire qui rappelle notamment celle du peuple juif, opprimé du fait de sa religion.

Sur Arda, aucune divinité n'est mentionnée clairement, mais il existe quelques exemples de rites votifs : on voit par exemple le capitaine Faramir prier à table dans son refuge d'Henneth Annûn[57], et Sauron incite les Númenoréens à construire un temple à la gloire de Melkor. Et pourtant, comme le sous-entend Gandalf à la fin du *Hobbit*[58], une entité impalpable, ineffable, est à l'œuvre, visant des objectifs qu'un simple demi-homme est bien incapable d'appréhender... L'Istar réitère ses propos sibyllins dans *Le Seigneur des Anneaux*, lorsque Frodo s'interroge sur le bien-fondé d'avoir laissé la vie sauve à Gollum. Gandalf lui indique alors que la créature avait encore un rôle à jouer dans le destin de l'Anneau unique.

D'autres éléments marquent également l'inscription du *Seigneur des Anneaux* dans un décorum religieux : Galadriel peut être vue comme une relecture de la Vierge Marie, Aragorn comme une figure thaumaturgique (notamment en raison de son don de guérison par apposition des mains), mais aussi royale, ce même don étant l'une des caractéristiques des rois de France, par exemple. Gandalf, quant à lui, semble mourir pour ressusciter dans un processus qui garde presque tout son mystère. Frodo, autre figure christique, a 33 ans lorsqu'il quitte le Comté, et ses compagnons et lui

57 En Ithilien.
58 Chapitre 19 : « La dernière étape ».

consomment du lembas[59], dont les vertus peuvent être rapprochées de celles de l'hostie. Il y a d'autres clins d'œil, comme l'ascension du Mont Destin qui rappelle celui du Golgotha, ou l'intervention des Aigles à la fin de l'histoire, que l'on pourrait qualifier de providentielle, au sens religieux du terme. La Providence semble également à l'œuvre lors de la bataille de la Gorge de Helm.

Les figures du Bien et du Mal s'affrontent constamment dans l'œuvre de Tolkien, et bien que des figures ambiguës (Gollum, Túrin Turambar, etc.) soient présentes, le calvaire vécu par les porteurs de l'Anneau (Frodo, Gollum et Sam) est caractéristique de la figure du chrétien, qui doit trouver son salut dans un chemin chaotique, en proie aux affres du doute. Autre thème éminemment religieux, la catabase et l'anabase, à savoir – allégoriquement – la descente aux enfers et l'arrivée dans un endroit sûr, rassurant, sécurisé. À ce titre, la traversée de la Moria et le séjour des membres de la Fraternité de l'Anneau dans la Lórien sont très évocateurs, tout comme l'épisode des Gobelins suivi de l'arrivée chez Beorn dans *Le Hobbit*.

On notera par ailleurs que des cultes sont présents en Terre du Milieu, sous des formes primitives : d'une part les Númenoréens, au sujet desquels il nous

59 Pain elfique.

est dit que : « *Et il y avait au milieu des terres une haute et abrupte montagne appelée Meneltarma*[60], *le Pilier du Ciel, en haut de laquelle était un endroit consacré à Eru Ilúvatar. C'était un temple sans murs et sans toit, et aucun autre ne s'élevait au pays des Númenoréens.*[61] » Ce culte était répandu au sein du peuple des Dúnedain, réparti entre les deux royaumes d'Arnor et du Gondor.

D'autre part, l'autre manifestation cultuelle est celle vouée par leurs sujets à Morgoth et à Sauron. Un culte caractérisé par l'esclavage, dont la seule manifestation dans *Le Seigneur des Anneaux* se fait lors de la victoire d'Aragorn sur les Pirates d'Umbar[62] à Pelargir.

Elfes, Nains et Hommes ont donc des cultes un peu primitifs dans leur expression, sans que la religion ait une position vraiment prégnante dans cet univers.

Malgré la présence très discrète de l'entité citée plus haut, probablement Eru, Tolkien ne laisse pas de place à l'ambiguïté : « Le Seigneur des Anneaux *est bien entendu une œuvre religieuse et catholique. D'une façon inconsciente au départ, puis consciemment*

60 Point culminant de l'île de Númenor.
61 *Le Silmarillion* : Akallabêth.
62 Umbar est un petit royaume côtier situé au nord du Harad, et au sud du Gondor. Il est peuplé essentiellement de Númenoréens Noirs, une peuplade humaine sous la coupe de Sauron.

durant la révision. C'est pour cela que j'évite toute référence à une religion, culte ou pratique. Le symbole religieux est cependant absorbé dans l'histoire et le symbolisme[63]. » En réalité, ce soin apporté au gommage d'un grand nombre de références à la religion a pour but d'indiquer que son monde secondaire (c'est-à-dire celui qu'il a créé) n'est en aucun cas une allégorie (dans son intention, du moins), qu'il s'agit bien d'un univers imaginaire. Tolkien, pétri de culture religieuse, n'a pas pu enlever toutes les références, et la lecture de son œuvre par ce prisme prend une autre ampleur.

Quelques créatures originales de Tolkien en Terre du Milieu

« *Au fond d'un trou vivait un Hobbit.* »

C'est donc par cette phrase écrite par Tolkien au dos de la copie d'un étudiant qu'il a amorcé la création d'une peuplade originale, du moins dans ses caractéristiques. Le terme lui-même n'est – peut-être – pas du fait de Tolkien. Un étudiant anglais, Michael Denham, a en effet composé un recueil de notes folkloriques (*The Denham Tracts*) écrites entre 1846 et 1859. Un exemplaire d'une réédition de cet ouvrage se trouvait à la bibliothèque universitaire de Leeds lorsque J. R. R. Tolkien y était enseignant. Il est donc possible qu'il ait pris connaissance de ces notes, et qu'il ait conservé le terme (dont la

63 *Lettres*, lettre n° 142, datée du 2 décembre 1953, adressée à Robert Murray.

signification n'était pas précisée), qui se trouvait dans une liste de personnages folkloriques. Une autre piste à suivre est le mot en vieil anglais *holbytla*, qui signifiait littéralement « creuseur de trous », selon Tolkien, qui était philologue avant tout. Il est probable qu'il ait simplement utilisé le terme descriptif correspondant à la créature qu'il était en train de construire et l'ait adapté, ou bien qu'il ait proposé cette explication a posteriori. Dans l'esprit du Professeur, les Hobbits sont des doubles de papier des Anglais typiques de la fin du XIXe siècle, vivant à la campagne, et jouissant de plaisirs simples – bière, nourriture et tabac –, tout en respectant la nature qui les entoure. Les Hobbits font ainsi six repas par jour.

Les Hobbits sont les personnages principaux des deux romans publiés du vivant de J.R.R. Tolkien. Dans *Le Hobbit*, un Istar et une bande de Nains viennent chercher le paisible Bilbo pour qu'il les aide à récupérer un trésor et une forteresse tenus par un dragon. Dans *Le Seigneur des Anneaux*, l'influence et la soif de pouvoir de Sauron menacent la paix en Terre du Milieu. Frodo, qui a hérité de l'Anneau unique acquis par son oncle Bilbo lors de l'expédition d'Erebor, est accompagné par des représentants des Peuples Libres dans une quête visant à détruire l'anneau.

Les Hobbits sont donc des créatures humaines de taille modeste (entre 60 et 120 centimètres), qui vivent principalement dans des tunnels aménagés sous des collines ou des talus. Ces habitats, appelés smials, se trouvent dans le Comté, petite contrée verdoyante de l'Eriador, à l'ouest de la Terre du Milieu[64], et à Brie, village situé à quelques kilomètres du Comté. Les origines des Hobbits dans le Légendaire sont obscures. Leur première mention date de 1050 au Troisième Âge, lorsque Sauron commença à étendre son influence sur Vertbois-le-Grand. Les Hobbits sortirent alors du bois, et vinrent s'installer à Brie, puis six cents ans plus tard, le roi d'Arthedain céda à deux frères, Marcho et Blanco, une vallée située plus à l'ouest, que ses nouveaux habitants appelèrent le Comté.

Si leur race est relativement uniforme (l'une de leurs caractéristiques est d'avoir les pieds recouverts d'une épaisse fourrure et portés par un cuir très résistant), on distingue trois groupes : les Piévelus, les Peaublêmes et les Fortauds. Ces distinctions sont fondées sur leurs caractéristiques physiques. Leur osmose avec la nature environnante leur confère une aptitude naturelle à pouvoir se camoufler. Bien que n'ayant absolument pas de velléités belliqueuses, ils savent également se servir d'armes de jet ou de leurs poings pour défendre leurs champs face aux prédateurs. La vie d'un Semi-Homme (ou d'une Semi-Femme) est rythmée par les saisons, chaque solstice étant l'occasion de faire la fête. Leurs cultures et la nature leur permettant d'être autosuffisants, les

64 Région inspirée du Warwickshire, au centre de l'Angleterre, où Tolkien a passé une partie de son enfance.

Hobbits sortaient peu du Comté et ne se mêlaient pas des affaires du monde. Les rares hauts faits de leur peuple sont la participation de quatre d'entre eux à la Quête de l'Anneau, dont l'une des phases conclusives fut l'occupation et le sac du Comté, en novembre 3019 (Troisième Âge). L'ancienne langue indigène, le hobbitique, a évolué vers l'occidentalien (ou parler commun) à l'époque des récits mettant en scène Bilbo, Frodo et consorts. Les noms hobbits sont souvent très descriptifs, et liés à la nature : Lavande Fouisseur, Hob Lahaie, Saphira Blairotte, etc. Un Hobbit vit quatre-vingts ans en moyenne, mais certains pouvaient vivre jusqu'à 130 ans et plus, comme Bilbo Bessac, qui quitta la Terre du Milieu pour les Terres Immortelles à 131 ans.

Les Ents, gardiens des arbres

« *Les Onodrim, ou Enyd, étaient le plus antique des peuples encore existants au Troisième Âge. Ils étaient connus des Eldar depuis les temps anciens, et c'est d'ailleurs aux Eldar que les Ents attribuaient, non pas leur propre langue, mais leur désir de parole*[65]. » Ceux que le peuple du Rohan appelle Ents sont des créatures géantes dont la vocation est de garder les bois. Leur mode de vie est calqué sur celui des arbres : ils vivent ainsi de manière très lente. Leur quasi-absence des chroniques d'Arda en ont fait, au fil du temps, des figures légendaires. Elles ont été créées

65 *Le Seigneur des Anneaux*, appendice F.

directement par Ilúvatar à l'initiative de Yavanna, et leur rencontre avec Pippin et Merry dans *Le Seigneur des Anneaux* relève de l'incongruité. D'autant plus qu'il ne reste qu'une cinquantaine d'individus encore en vie puisque les Ents-Femmes ont disparu depuis plus de trois mille ans à cette époque. Mis au courant par les deux Hobbits des projets de Saruman, les Bergers des Arbres, menés par Barbebois (également appelé Fangorn, du nom de la forêt qu'il surveillait) décident d'aller punir l'Istar en sa forteresse d'Orthanc, dans une séquence mémorable qui a peut-être été inspirée à Tolkien par une scène de *Macbeth*, la tragédie de Shakespeare, au cours de laquelle des soldats dissimulés dans des branchages se déplacent en direction de la colline de Dunsinane[66].

Il est à noter que le terme « Ent » vient du vieil anglais, et a pour signification « géant, monstre ».

Qu'étaient les Balrogs ?

« *Elle s'avança près du feu, et le rougeoiement se voila comme si un nuage s'était penché dessus. Puis, d'un formidable élan, elle bondit par-dessus la faille. Les flammes rugirent, s'élevant à sa rencontre et se lovant autour d'elle ; une fumée noire tournoya dans l'air. Sa longue crinière s'embrasa et flamba derrière elle. À sa main droite était une lame pointue semblable à une langue de feu ; sa main gauche tenait un fouet aux multiples lanières*[67]. »

66 Au cours de l'acte V.

67 *Le Seigneur des Anneaux*, Livre II, chapitre 5.

La scène de la bataille entre le Balrog de la Moria et le magicien Gandalf dans *Le Seigneur des Anneaux* reste dans les mémoires de nombre de lectrices et de lecteurs. L'origine de ces créatures est-elle claire ? Les Balrogs font partie des Maiar, ces créatures attachées au service des Ainur. Ces démons de puissance (la signification de leur nom en sindarin) sont les séides de Melkor, les plus puissants après Sauron. Ils se présentent sous la forme d'humanoïdes de très grande taille, entourés d'une couronne de feu, cornus et armés de fouets. Ils participèrent à tous les combats de leur maître contre les Elfes du Beleriand pendant le Premier Âge. Des légions de cette époque, peu ont survécu après la chute de leur leader, Gothmog, durant la Guerre de la Colère[68]. Une poignée de membres de ce groupe s'en sortirent et se retirèrent sous les montagnes. Un seul d'entre eux fit parler de lui, lors de cette traversée de la Moria, dans un combat au cours duquel Gandalf rencontre son destin. Le Balrog avait auparavant été « réveillé » par les Nains de la cité de Khazad-dûm, qu'il décima, rendant ainsi service à Sauron.

L'importance de la nature

Nous avons cité plus haut les Hobbits, symboles d'une vie de symbiose avec l'environnement, puis les Ents, directement en phase, sinon partie intégrante

68 Conflit opposant Melkor-Morgoth à la coalition formée par les Valar, qui dura de 545 à 587 au Premier Âge, et qui mit fin à son règne.

de celle-ci. Ce serait cependant une faute de ne pas consacrer quelques lignes à Tom Bombadil.

Tom Bombadil, élémentaire

« *L'Aîné, voilà ce que je suis. Croyez-m'en, mes amis : Tom était ici avant la rivière et les arbres ; Tom se souvient de la première goutte de pluie et du premier gland. Il traçait des sentiers avant les Grandes Gens et a vu les Petites Gens arriver. Il était ici avant les Rois, et les tombeaux, et les Esprits des Tertres. Quand les Elfes ont passé dans l'Ouest, Tom était déjà ici, avant que les mers soient fléchies.* »

Voilà comment Bombadil se présente aux Hobbits lors de leur rencontre[69]. On n'en saura pas (beaucoup) plus sur ses origines. Son aspect est celui d'un garde forestier : courtaud, affublé d'une barbe, toujours d'humeur guillerette. Ses yeux bleus sont surmontés d'un chapeau entouré d'un ruban dans lequel est plantée une plume bleue. Sa veste est bleue et ses bottes jaunes. Dans *Le Seigneur des Anneaux*, il apparaît pour sauver Pippin et Merry, pris au piège du Vieil Homme-Saule, un arbre acariâtre aux confins de la Vieille Forêt. Il invite les quatre Hobbits chez lui, leur présente son épouse Baie-d'or, autre personnalité énigmatique. Frodo et ses amis passent deux nuits sur place, écoutant religieusement les contes et les chansons déclamés par le drôle de petit bonhomme. Le surlendemain, Bombadil les sauve une seconde fois

---

69 *Le Seigneur des Anneaux*, Livre I, chapitre 7.

sur les Tertres, et les remet sur le bon chemin en leur donnant des dagues récupérées dans les sépultures du secteur. Il ne se manifeste plus dans la suite du récit, mais le séjour dans la Vieille Forêt est perçu comme une parenthèse enchantée, et le personnage suscite plus de questions que n'importe quel autre personnage de la Terre du Milieu. Pourquoi, par exemple, Elrond déclare-t-il qu'il aurait dû être présent au Conseil de l'Anneau à Fendeval ? Autre indication de son importance : à la fin du roman, Gandalf envisage d'aller lui rendre une longue visite.

Si le personnage entretient de bonnes relations de voisinage avec les Hobbits du Pays-de-Bouc et le fermier Magotte, du côté du Comté, il vit complètement retiré des considérations du monde qui l'entoure. Il est pourtant connu de tous, portant un nom différent pour chaque race de la Terre du Milieu. Il est cependant très puissant, car lorsque Frodo lui fait essayer l'Anneau unique, rien ne se passe. Il y a fort à parier que les créatures malveillantes les plus fortes n'auraient aucune prise sur lui. Les spéculations sur sa véritable nature vont bon train parmi les exégètes et les amateurs de Tolkien : incarnation terrestre d'Ilúvatar, Elfe ayant changé physiquement avec le temps, etc. Robert Foster, auteur de *The Complete Guide to Middle-Earth* (1978) pense plutôt à un Ainu, créature semi-divine (comme Ulmo, Yavanna, Aulë) déchue. La réponse de Tolkien lui-même, dans l'une de ses lettres, est ambiguë : « *L'esprit de la campagne d'Oxfordshire et du Berkshire.* » Une incarnation de la nature, amusante, bruyante et gaie. On n'en sait pas plus, et le mystère qui entoure Tom Bombadil en fait l'un des personnages les plus aimés de l'œuvre de Tolkien, alors que son apport à l'histoire est minime.

La nature en tête

« *En fait je suis un Hobbit, en tout sauf en taille. J'aime les jardins, les arbres, les cultures non mécanisées ; je fume la pipe, j'aime la bonne nourriture simple (pas congelée) et je déteste la cuisine française ; j'aime les gilets brodés, et j'ose même en porter en ces temps de grisaille. J'adore les champignons (pris dans les champs) ; j'ai un sens de l'humour très simple (qui lasse mes critiques les mieux disposés) ; je me couche tard et me lève tard (quand je peux). Je ne voyage guère*[70]. »

Cet alinéa de la plume même de Tolkien contient certains des traits les plus forts de sa personnalité, et nous livre l'un des thèmes directeurs de son œuvre : l'amour de la nature. Celui-ci prend ses racines dans la jeunesse de l'auteur, passée en partie dans la campagne du sud-est de l'Angleterre. Entre champs, forêts et rivières, les possibilités offertes par ce vaste terrain de jeux ont façonné le caractère du jeune Ronald, qui aime plus que tout vivre en communion avec la nature. À la mort de sa mère en 1904, son frère et lui ont dû quitter ce cadre enchanteur pour aller dans la ville polluée de Birmingham. Une association

---

70 *Lettres*, lettre n° 213, 1958.

industrie/Mal/mort qui perdurera dans son œuvre, avec l'usine souterraine d'Orthanc, par exemple. Les forêts présentes dans son œuvre offrent, cependant, des atmosphères différentes. La première rencontrée par les Hobbits dans *Le Seigneur des Anneaux*, la Vieille Forêt, est inquiétante : les sous-bois laissent passer peu de lumière, les arbres semblent vivants. Celle de la Lothlórien est apaisante, elle constitue un refuge pour Frodo et ses amis après les coups durs subis durant leur voyage.

Comme il le sous-entend dans sa lettre, la société idéale à ses yeux est celle des Hobbits : les ressources procurées par la terre suffisent aux besoins de la population, qui l'exploitent de manière raisonnée et respectueuse. Les propriétés privées sont une notion très répandue, mais les fruits de cette symbiose sont équitablement répartis. À l'inverse, l'épuisement des ressources, au Mordor et en Isengard, est dû à des comportements malveillants : l'influence de Sauron pour l'un, la déforestation et l'industrialisation galopante pour l'autre.

Pendant le voyage de ses personnages, Tolkien se permet parfois des pauses. Nous voyons par leurs yeux la nature qui se déploie sur la Terre du Milieu. Une nature çà et là ponctuée par des constructions en ruine qui laissent affleurer d'autres histoires. Au fil de ces respirations, les fleurs, les plantes et bien sûr les arbres sont abondamment décrits. Les cours d'eau sont également régulièrement évoqués, Tolkien ayant quelques connaissances en hydrographie. Les royaumes présents sur Arda sont souvent délimités par des obstacles naturels comme les rivières, et fréquemment les reliefs. Plusieurs chaînes traversent ainsi le nord-ouest du continent, et certaines, comme les Montagnes de Brume, jouent même un rôle important dans la progression de la Fraternité de l'Anneau. Les montagnes, comme le Taniquetil, peuvent aussi être la demeure des dieux. Dans *Le Hobbit*, l'objectif est la Montagne Solitaire, dans laquelle le dragon Smaug s'est installé. Une autre élévation est l'Orodruin, ou Mont Destin, un cône volcanique situé au nord du Mordor et dans les feux duquel Sauron a forgé l'Anneau unique. Les volcans sont des lieux où le Mal règne, chez Tolkien : ainsi Morgoth, lors de son retour sur Terre, s'installe-t-il dans l'ancienne forteresse d'Angband et fait se dresser trois volcans, appelés Thangorodrim. Sur le flanc de l'un d'entre eux, Morgoth attache Maedhros, le fils de Fëanor, par le poignet[71]. Au sommet d'un deuxième, il installe Húrin sur un siège afin qu'il soit témoin de la ruine de sa famille[72].

La nature est partout dans l'œuvre de Tolkien. Elle est dispensatrice de bienfaits, et peut aussi se montrer menaçante, ou servir les desseins des créatures les plus puissantes sur Arda. Certains, comme les Hobbits et les Elfes, sont les garants de l'intégrité de cette nature, tandis que d'autres n'hésitent pas à la blesser, comme Saruman et ses Uruk-hai.

71 *Le Silmarillion*, Quenta Silmarillion.
72 Dans *Les Enfants de Húrin*.

INTERVIEW D'EMMANUEL CHASTELLIÈRE

Emmanuel Chastellière est cofondateur du site elbakin.net, référence dans le domaine de la fantasy. Il est également traducteur et auteur.

« Avec deux amis, nous avons décidé d'unir nos efforts pour créer notre propre site. Et l'œuvre de Tolkien représentait la pierre angulaire de notre trio. »

Bonjour, Emmanuel ! Comment avez-vous découvert Tolkien ?

Eh bien, souvenir d'un autre temps, j'ai découvert la Terre du Milieu au CDI de mon collège, en même temps que *Dune*. Une double claque, qui m'a ouvert les portes de la littérature de l'imaginaire, qui restait une notion assez floue alors.

La création d'un site comme Elbakin.net découle-t-elle de cette découverte ?

Tout à fait, en bonne partie. Quelques années plus tard, l'adaptation du *Seigneur des Anneaux* par Peter Jackson a été mise en chantier, et c'était en parallèle l'époque de l'émergence d'Internet en France, pour le grand public. Avec deux amis, nous avons décidé d'unir nos efforts pour créer notre propre site. Et l'œuvre de Tolkien représentait la pierre angulaire de notre trio.

« J. R. R. Tolkien a abattu toutes les barrières et attiré des générations entières de lectrices et de lecteurs vers la fantasy. »

Selon vous, quelle place J. R. R. Tolkien tient-il dans la fantasy ?

Il y a eu des œuvres de fantasy avant Tolkien (chez Lord Dunsany, E. R. Eddison, et d'autres), donc on ne peut pas en faire le créateur de toute cette branche de la littérature. Mais avec son succès américain dans les années 1960-1970, l'influence qu'il a eue sur tant d'autres auteurs qui ont forgé la fantasy des années 1980-1990 (pour le meilleur et pour le pire), sans même parler de tout ce que l'univers du jeu de rôle lui doit (à commencer par *Donjons & Dragons*), J. R. R. Tolkien a abattu toutes les barrières et attiré des générations entières de lectrices et de lecteurs vers la fantasy.

Quels auteurs et/ou autrices considérez-vous comme ses dignes héritiers et héritières ?

Aucun. Et je ne crois pas que ce serait rendre service à quelqu'un de vouloir le ou la désigner en tant qu'héritier ou héritière d'un tel auteur. En tout cas, je n'ai jamais croisé une prose qui m'a autant marqué que *Le Seigneur des Anneaux*, et surtout *Le Silmarillion*, à l'époque.

Quel regard portez-vous sur les adaptations audiovisuelles des œuvres du Professeur ?

Ah, je me souviens encore des débats acharnés, et souvent menés avec une bonne dose de mauvaise foi, autour de la trilogie de Peter Jackson… Malgré des écarts et des raccourcis qui semblaient de toute façon pour la plupart impossibles à éviter, surtout dans *Les Deux Tours*, je conserve un très bon souvenir de ces longs métrages. C'est beaucoup moins le cas avec l'adaptation du *Hobbit*, trop longue et sans passion. Les deux ouvrages sont très différents, à commencer par l'ambiance, et vouloir rapprocher *Le Hobbit* du *Seigneur des Anneaux* sur le plan de la dimension épique m'a paru une fausse bonne idée.

Quant à la série Amazon, les premières photos et images semblent démontrer que l'argent a été bien dépensé côté costumes ou décors, mais difficile de savoir à quoi s'attendre en ce qui concerne le scénario, qui ne pourra pas se baser sur quelque chose d'aussi détaillé et dense que *Le Seigneur des Anneaux*.

« Récemment, j'étais très heureux par exemple de voir arriver une nouvelle traduction du Silmarillion. »

Quels ouvrages signés de son nom aimeriez-vous voir traduits en français ?

Je crois que les publications françaises suivent de près la bibliographie anglo-saxonne, alors je dois dire que je n'ai pas de souhait particulier depuis quelques années maintenant. Récemment, j'étais très heureux par exemple de voir arriver une nouvelle traduction du *Silmarillion*.

Êtes-vous également un rôliste intéressé par les jeux de rôle adaptés de son œuvre ? Quel est votre rapport avec cette déclinaison de son œuvre ?

Un rapport assez détaché. Je ne sais pas si la Terre du Milieu se prêtait à une adaptation aussi portée sur les règles que celle de *JRTM* (*Jeu de rôle des Terres du Milieu*). Si l'on prend la magie dans l'œuvre de Tolkien, c'est quelque chose de très insaisissable, alors retrouver des Maiar pourvus de points de vie (si je ne dis pas de bêtises !), c'est tout de même un concept assez étrange à mes yeux.

Emmanuel, merci.

Voici la bibliographie d'Emmanuel Chastellière :

- *Le Village* (roman), Les Éditions de l'Instant, 2016 ;
- *Poussière fantôme* (roman), Scrineo, 2018 ;
- *L'Empire du Léopard* (roman), Éditions Critic, 2018 ;
- *Célestopol* (roman), Libretto, 2019 ;
- *La Piste des Cendres* (roman), Éditions Critic, 2020 ;
- *Shusharrah* (roman, avec Anthelme Hauchecorne), Scrineo, 2021 ;
- *Célestopol 1922* (roman), Éditions de l'Homme Sans Nom, 2021.

TOLKIEN À L'ÉCRAN

La richesse de l'univers construit par John Ronald Reuel Tolkien ainsi que le potentiel visuel de ses histoires ont attiré de nombreux artistes et producteurs dès les années 1960, lorsque *Le Seigneur des Anneaux* a connu un succès phénoménal. L'auteur, malgré sa renommée et son succès, ne roulait pas sur l'or. C'est ainsi qu'il a vendu à cette époque les droits d'adaptation de ses deux seuls romans.

Il a résisté pendant un certain temps à la convoitise des producteurs hollywoodiens. Il aurait ainsi reçu, en 1958 ou en 1959, une proposition d'adaptation en dessin animé du *Seigneur des Anneaux* de la part de Forrest J. Ackerman (créateur de *Vampirella* et inspirateur de gens comme Steven Spielberg, Tim Burton, Frank Darabont…). Si le Professeur a examiné le projet sans a priori, il n'a pas donné suite à cause d'une recomposition narrative qui aliénait notablement ses intentions et le cheminement de l'histoire. Les *character designs* proposaient, en outre, des Orques affublés de becs et de plumes… Les Beatles, qui se destinaient aux rôles des quatre Hobbits, ont aussi tenté d'amadouer Tolkien, mais sans succès. Nombre d'autres projets ont été proposés, certains sont même allés au bout (parfois sans autorisation de Tolkien ou de ses héritiers), mais seule une poignée a connu à la fois le succès et la survivance dans le temps.

***The Hobbit*, par Arthur Rankin Jr. et Jules Bass (1 h 17, États-Unis, 1977)**

Il aura donc fallu attendre quarante ans pour que les aventures de Bilbo et ses amis nains soient portées à l'écran dans un long métrage d'animation diffusé à l'époque par la NBC. Doté d'un graphisme « rond », il bénéficie d'une grande fidélité au roman et de nombreuses chansons. En dépit de son animation qui a mal vieilli et de créatures au design parfois étrange, il s'agit, probablement, de la plus fidèle adaptation du *Hobbit*, à ce jour.

***The Lord of the Rings*, par Ralph Bakshi (2 h 12, États-Unis, 1978)**

Le titre est trompeur, car en réalité Ralph Bakshi (connu précédemment pour avoir réalisé *Fritz the Cat*) n'a adapté que le premier volume et environ la moitié du deuxième pour son film. Alors un peu en rupture de ban, Bakshi a cru au potentiel d'une adaptation et a racheté les droits à United Artists avant de les proposer à Metro-Goldwyn-Mayer, et d'obtenir l'autorisation de Priscilla Tolkien, la fille du Professeur. Pour l'époque, c'était une vraie superproduction (8 millions de dollars de budget), avec une équipe de 3 000 animateurs notamment. Si le public est au rendez-vous dans les salles, la critique éreinte la version de Bakshi, à cause essentiellement du choix technique de la rotoscopie (mêlant prises de vues réelles et peintures animées). Visuellement, le résultat est déroutant, dérangeant. Les personnages sont notamment mal gérés, souvent ridicules. Arwen et Tom Bombadil, en revanche, y ont échappé : ils ont été évincés de l'histoire. Après la sortie du film, Bakshi s'est disputé avec son producteur Saul Zaentz, selon lui responsable du défaut de communication au sujet de l'adaptation partielle (et non intégrale) du *Seigneur des Anneaux*. Malgré ses maladresses et son aspect suranné, le film conserve une certaine notoriété.

***The Return of the King*, par Arthur Rankin Jr. et Jules Bass (1 h 37, États-Unis, 1980)**

Trois ans après *The Hobbit*, la même équipe (américaine et japonaise, par le biais du studio Topcraft) produit une adaptation du troisième volume du *Seigneur des Anneaux*, succédant officieusement au film de Bakshi. La même atmosphère sympathique baigne ce deuxième film, mais les scénaristes-producteurs-réalisateurs ont fait le choix de tronquer la présence de plusieurs personnages et d'atténuer l'atmosphère parfois sombre du roman.

***The Lord of the Rings*, par Peter Jackson (2 h 58, 2 h 59 et 3 h 21, Nouvelle-Zélande, États-Unis, 2001-2003)**

À la toute fin des années 1990, la sphère des tolkienophiles est en ébullition : le réalisateur néo-zélandais Peter Jackson, connu surtout pour des films gore, annonce travailler sur une adaptation cinéma en trois films du *Seigneur des Anneaux*, respectant ainsi le découpage éditorial d'origine. Le tournage fait l'objet de nombreux reportages dans la presse spécialisée, à la télévision et sur Internet, et le projet s'annonce comme pharaonique. Le casting fait appel à des acteurs confirmés tels Ian Holm, Ian McKellen, Christopher Lee ou Sean Bean, pour encadrer des inconnus qui ne le seront plus après le tournage. Malgré le côté très européen des paysages décrits par Tolkien, Jackson prend le parti de presque tout filmer dans les paysages naturels de son pays, eux aussi très diversifiés. L'immense majorité de l'équipe technique et des figurants est elle aussi néo-zélandaise. Le choix de tourner les trois films simultanément (pour une durée totale au cinéma excédant les neuf heures) mobilise l'ensemble de l'équipe pendant plus de cinq ans, une première dans l'histoire du cinéma.

L'identité visuelle, d'une précision et d'une exigence jamais atteintes, est avant tout inspirée par le travail d'Alan Lee et de John Howe, deux des meilleurs illustrateurs de l'œuvre de Tolkien. Pour les besoins de la production, ils livrent des milliers de croquis, et leur patte est visible à tout moment dans le film : les décors, les costumes, les créatures, etc. La musique envoûtante d'Howard Shore accompagne un voyage hors du commun, tandis que le logiciel Massive, jusque-là à peine exploité dans l'industrie cinématographique, amène les scènes de combat à des niveaux de réalisme inédits. Autre technique ayant franchi un palier, la *motion capture*, qui permet à Gollum d'être un personnage crédible, grâce à la gestuelle et aux performances vocales d'Andy Serkis. Malgré la réussite technique, critique (17 Oscars, essentiellement techniques, récompenseront les trois films) et du public[73], l'adaptation de Peter Jackson, Fran Walsh et Philippa Boyens fait l'impasse sur des passages parfois emblématiques de l'œuvre originale. Ainsi Tom Bombadil disparaît-il de cette version, et Arwen voit-elle son rôle « augmenté ».

La famille Tolkien n'a pas eu son mot à dire sur cette production, les droits ayant été vendus par Tolkien dans les années 1960, sans qu'il soit question de laisser un droit de regard à ses ayants droit. Christopher Tolkien a alors publiquement critiqué le projet néo-zélandais, son aspect mercantile étant en contradiction avec l'ambition créative de son père. L'affaire se régla devant les tribunaux, et le Tolkien Estate récupéra un gros chèque. Jackson, lui, a réussi son pari au-delà de ses attentes. Sa trilogie a

73 Le public s'est rué en salles à chaque fin d'année entre 2001 et 2003, pour des recettes cumulées qui approchent les 3 milliards de dollars.

révolutionné l'industrie du cinéma, relancé l'intérêt des producteurs pour la fantasy à l'écran, et nettement affecté l'économie de son petit pays. Le roman de Tolkien a aussi bénéficié de la hype : lors de la sortie du premier film, les ventes ont bondi de 1 000 % au Royaume-Uni.

The Hobbit (2 h 49, 2 h 41 et 2 h 24, Nouvelle-Zélande, États-Unis, Royaume-Uni, 2012-2014)

Peter Jackson a braqué le cinéma mondial. Il a des décors somptueux et des équipes techniques parmi les meilleures au monde. Il décide donc de lancer la production de l'adaptation de l'autre roman de Tolkien, *Le Hobbit*. Usé, il propose au réalisateur mexicain Guillermo del Toro (*Hellboy*, *Pacific Rim*...) de prendre en charge la réalisation. Cependant, del Toro jette l'éponge après deux ans de préproduction, essentiellement en raison des difficultés financières rencontrées par la Metro-Goldwyn-Mayer, qui avait récupéré les droits d'adaptation. Jackson récupère la réalisation et réécrit le scénario, passant de deux longs métrages à trois (de près de huit heures), gonflant considérablement de nombreuses scènes.

Après de multiples soucis artistiques et liés à la production, le tournage (simultané, là encore) a lieu en Nouvelle-Zélande. Si une grande partie de l'équipe technique et quelques membres du casting sont communs avec *Le Seigneur des Anneaux*, les « augmentations » narratives et le recours fréquent aux effets spéciaux pour satisfaire des caprices visuels vont à l'encontre de l'esprit du roman de Tolkien. Jackson efface même presque complètement son caractère de roman pour enfants par l'ajout de scènes de combat graphiquement explicites dans leur violence.

Les autres adaptations

Il ne s'agit là que des adaptations les plus connues de l'œuvre de Tolkien. Depuis les années 1960, de nombreux fans de tous les pays se sont essayés à l'exercice dans des courts métrages aux réussites artistiques diverses. Par ailleurs, la série britannique *Jackanory*, en 1979, a proposé une version « racontée » du *Hobbit*. En 1991, un court métrage russe d'animation s'est lui aussi attaqué au roman jeunesse. Deux ans plus tard, *Hobitit* est une version finlandaise, live, du *Seigneur des Anneaux* du point de vue des Semi-hommes. De nombreuses adaptations radiophoniques et scéniques ont également vu le jour. En novembre 2017, date des premières annonces, l'univers de Tolkien va connaître un nouvel avatar télévisuel, dont la première saison est prévue pour septembre 2022.

Les Anneaux de Pouvoir

Game of Thrones et *The Witcher* ont relancé avec succès la fantasy sur petit écran. Amazon Prime a acquis à prix d'or les droits d'adaptation des histoires prenant pied au Deuxième Âge. Une période peu explorée par Tolkien[74], ce qui laisse potentiellement beaucoup de liberté aux *showrunners* des *Anneaux de Pouvoir*, John D. Payne et Patrick McKay, ainsi qu'au réalisateur espagnol Juan Antonio Bayona (*L'Orphelinat*, *The Impossible*, *Jurassic World: Fallen Kingdom*, etc.), qui doit réaliser les deux premiers épisodes. Les informations sont distillées au compte-gouttes par la plate-forme de streaming, afin de faire monter la pression. Tournée en Nouvelle-Zélande, avec une partie des équipes techniques formées sur les six films de Peter Jackson, la série clame sa filiation ou sa parenté avec ceux-ci, ce qui ne laisse pas les puristes de glace. On pourrait avancer que la série ne sera pas *une adaptation de l'œuvre de Tolkien*, mais plutôt *une création se déroulant dans l'univers créé par Tolkien*.

---

74 Ces récits sont présents dans les appendices du *Seigneur des Anneaux*.

TOLKIEN, LE SEIGNEUR DES JEUX

Cartes sur table

De par la richesse de sa géographie, sa cosmogonie, l'histoire d'Arda, ses personnages, ses monstres, l'univers créé par Tolkien est devenu, après sa mort, un terrain de jeu aux dimensions illimitées. C'est d'abord dans le jeu de rôle qu'il trouve son avatar ludique, dans la franchise bien connue *Donjons & Dragons*, avec sa race d'*halfelin* (*halfling* en version originale) qui a tous les attributs du Hobbit. Il faudra toutefois attendre 1984 et l'autorisation donnée à ICE (et à Hexagonal pour la version française, deux ans plus tard) pour que la déclinaison soit officielle. Ainsi *Middle-Earth Role Playing Game* (*MERP* pour les intimes[75]) est-il apparu sur les tables des rôlistes, avec de nombreuses extensions. En choisissant votre

75 *JRTM* pour les joueuses et joueurs francophones, contraction de *Jeu de rôle des Terres du Milieu* (sic).

race, vos fonctions et un certain nombre de caractéristiques qui vont influer sur le comportement de votre personnage au cours d'une partie, vous pouviez arpenter la Terre du Milieu durant le Troisième Âge, environ 1 400 ans avant les évènements racontés dans les deux romans de Tolkien.

Le succès fut immédiat et presque constant jusqu'en 1997, lorsque ICE a mis la clé sous la porte. La licence a perduré jusqu'en 2002, quand Decipher a édité *The Lord of the Rings Roleplaying Game*[76], plus proche de l'esprit du roman original, mais tout de même fortement inspiré par les films de Peter Jackson. En 2011, Cubicle 7 a sorti *The One Ring: Adventures over the Edge of the Wild*, traduit en français par *L'Anneau unique : Aventures dans les Terres sauvages*.

Les jeux de rôle sur table nous amènent vers les jeux de plateau, qui se sont multipliés depuis 1975, mais surtout au début des années 2000. Il s'agissait essentiellement de la vague multimédia générée par les films de Peter Jackson. On voit ainsi deux influences se côtoyer dans les boutiques spécialisées : les adaptations (plus ou moins libres) des écrits de Tolkien et les déclinaisons d'une franchise cinématographique. Tolkien n'échappe également pas aux *escape games*, et c'est par exemple 404 Éditions qui vous propose

76 *LotR RPG*, ou *Jeu de Rôle du Seigneur des Anneaux* (JdRSA) pour la version française, sortie en 2002.

de sortir de la forteresse de Durthang, en compagnie (ou non) de Gollum[77]. En 2022, l'éditeur allemand Kosmos a également lancé son propre *escape game*: *Exit: The Game – The Lords of the Rings: Shadows over Middle-Earth*.

La célèbre gamme de livres-jeux appelée *Le Livre dont vous êtes le héros*, bien connue des rôlistes dans les années 1980 et 1990, et dont certains titres sont directement inspirés du jeu de rôle *Donjons & Dragons*, s'est aussi emparée du phénomène. La collection *Tolkien Quest*, plus tard renommée *Middle-Earth Quest*, compte ainsi officieusement une douzaine de titres, mais certains n'ont jamais vu le jour. Édités par Iron Crown Enterprise (ICE, l'éditeur de *MERP*), ces volumes difficiles à trouver en sont en quelque sorte un complément. Au travers d'une grande interactivité, le joueur ou la joueuse navigue au sein des paragraphes d'un livre (parfois plusieurs centaines) afin d'effectuer une quête, ou juste d'essayer de survivre dans un environnement hostile.

Tolkien en pixels

L'industrie du jeu vidéo, parfois en panne de scénarios originaux, est également venue puiser sans vergogne dans la source Tolkien, de manière assumée, autorisée… ou non. Durant les années 1980 et 1990, un certain nombre de jeux sont apparus,

77 Escape Box *Le Seigneur des Anneaux*.

mais l'exploitation de la licence générée par les films de Peter Jackson a provoqué une nouvelle vague. Le premier jeu connu s'appelait *Shadowfax*, du nom de la monture de Gandalf, et proposait de simplement slalomer entre des Nazgûls. Un jeu s'appelant sobrement *The Hobbit* permettait de passer d'un tableau à l'autre en tapant des commandes de texte. Pendant la décennie 2000, treize jeux identifiés « Tolkien » ont été édités, dont neuf directement développés à partir des productions cinématographiques, en en reprenant l'identité visuelle, la voix des comédiens, ou même en intégrant des séquences issues des films. Deux titres méritent que l'on s'y attarde plus longuement.

Avec le développement d'Internet et le succès de la trilogie cinématographique, le studio Turbine a développé un titre relevant du MMORPG[78], *Le Seigneur des Anneaux Online*, permettant à tout un chacun d'incarner un personnage en Terre du Milieu, et d'interagir avec d'autres joueurs et joueuses connectés sur le même serveur.

La firme danoise Lego, également actrice de l'industrie vidéoludique, a proposé des jeux combinant l'ambiance des films néo-zélandais avec leurs propres mécanismes de jeux, sur autant de supports que possible. Depuis 2007, avec un *gameplay* proche de *World of Warcraft*, le jeu *The Lord of*

---

78 *Massive Multimedia Online Role Playing Game*, ou en français : jeu de rôle en ligne massivement multijoueur.

the Rings Online permet une immersion jusque-là inédite sur les traces de la Fraternité de l'Anneau, dans un monde ouvert. Les participants et les participantes peuvent ainsi jouer en solo ou en groupe, suivre les quêtes principales ou annexes, partir en exploration des différentes régions de la Terre du Milieu. Les personnages joués peuvent voir leur niveau s'élever, faire de l'artisanat, du commerce, développer des relations sociales au sein de guildes. Une grande qualité du *gameplay* ainsi que le remplissage des « trous » dans la géographie permettent au *Seigneur des Anneaux Online*[79] d'avoir un pouvoir d'attraction élevé, toujours actif quinze ans après son lancement.

Sept ans plus tard, des nouveaux titres d'aventure-action sont lancés sous la bannière Warner Bros. Games, développés par Monolith. Dans *Middle-earth: Shadow of Mordor* et *Middle-earth: Shadow of War*, on peut incarner Talion, un Coureur chargé de la Porte Noire du Mordor, abattu par une horde d'Orques. Il revient d'entre les morts, attaché au fantôme d'un Elfe. Si les jeux sont techniquement corrects, leur divergence marquée avec l'esprit de la création de Tolkien et leur manque d'originalité dans des genres déjà bien fournis sont sans doute à l'origine du très relatif succès de cette licence.

79 *The Lord of the Rings Online* (ou LOTRO), en version originale.

Merchandising

Avant la bombe marketing générée par les films de Peter Jackson, il n'y avait que très peu de jouets inspirés par l'œuvre de Tolkien. La firme Weta Workshop, créée par le réalisateur néo-zélandais, a développé une énorme gamme de statuettes, de reproductions d'objets des films et d'autres produits dérivés. La firme Topps a, quant à elle, édité des centaines de cartes à collectionner. La firme danoise Lego, rendue célèbre par ses briques, a exploité la licence en proposant des centaines de sets et de figurines inspirés des films.

La bombe cinématographique signée Peter Jackson s'est doublée d'un tsunami en matière de merchandising, avec des centaines d'objets, de figurines, des jeux sur différents supports physiques et virtuels, ancrant une empreinte visuelle durablement dans l'industrie des loisirs à l'échelle mondiale.

TOLKIEN L'INSPIRATEUR : EST-IL L'INVENTEUR DE LA FANTASY ?

J. R. R. Tolkien possède une place unique dans la littérature mondiale : arrivé relativement tôt dans un genre longtemps considéré comme mineur, la fantasy, il la propulse en l'espace de deux romans sur le devant de la scène. Pour autant, a-t-il « inventé » la fantasy ?

Qu'est-ce que la fantasy ?

Si l'on reprend la définition donnée par Anne Besson dans l'avant-propos de son *Dictionnaire de la fantasy*[80], il s'agit de l'ensemble des œuvres dont le monde fictionnel, qu'il s'agisse du nôtre ou d'un « monde secondaire » autonome, qu'ils communiquent ou prennent place dans un « multivers », est marqué par la présence du surnaturel magique.

80 Éditions Vendémiaire, 2018.

Avant de nous rapprocher de Tolkien, un petit tour d'horizon de la fantasy avant Tolkien s'impose.

La fantasy fait appel à la suspension de l'incrédulité du lecteur, une expression a priori due au poète Samuel Coleridge[81]. Un concept qui a fait les beaux jours de nombreux récits au fil des siècles, depuis les plus anciennes mythologies, qui regorgent de dieux, de faits surnaturels et de créatures irrationnelles. Le récit le plus ancien intégrant ces éléments est probablement les tablettes formant l'histoire de Gilgamesh, roi d'Uruk, dans sa quête de l'immortalité. Un mythe probablement écrit entre le XVIIIe et le XVIIe siècle avant notre ère. En descendant le temps, le duo formé par l'*Iliade* et l'*Odyssée*, attribuées à Homère (VIIIe siècle avant Jésus-Christ) regorge d'évènements surnaturels. Un bond dans le temps et l'espace nous amène au Moyen Âge, avec la matière de Bretagne, ensemble d'histoires épiques mettant en scène des chevaliers capables de faire des prouesses incroyables. La mise à l'épreuve de ces chevaliers est souvent mêlée à une grande présence du merveilleux. Les récits arthuriens découlent de cette tradition narrative. Geoffroy de Monmouth, Wace et Chrétien de Troyes ont ainsi compilé de la matière orale, l'ont réécrite, développée. Créatures mythiques, fées, sorciers, forêts enchantées, foisonnent dans ces histoires qui ont rencontré un grand succès à leur époque.

81 *Biographia Literaria, 1817.*

Le *Morte d'Arthur*, œuvre de Thomas Malory, fixera la forme moderne du cycle arthurien en 1485. Un mythe qui inspirera d'autres auteurs, comme T. H. White et Marion Zimmer Bradley jusqu'à l'époque contemporaine.

Entre le XVIe et le XVIIIe siècle, le conte de fées a le vent en poupe, grâce au travail de compilation de gens comme Charles Perrault, les frères Grimm ou Hans Christian Andersen (ce dernier étant plus un créateur qu'un collecteur). Contre toute attente, c'est le dramaturge anglais William Shakespeare qui exerce une forte influence sur les écrivains locaux, avec deux récits marquants: *Le Songe d'une nuit d'été* (1600) conte les amours croisées d'humains et de fées, contrariées par un lutin. La pièce *La Tempête* (1610-1611) prend pied sur une île dominée par le magicien Prospero, qui s'entoure d'illusions et de créatures fabuleuses. Andrew Lang publie entre 1889 et 1910 une série de recueils de contes, les *Fairy Books*. Parallèlement, Walter Scott ramène, avec des récits comme *Ivanhoé* (1819) le décorum médiéval à la mode. William Morris, George MacDonald s'inscrivent dans cette mouvance au long du XIXe siècle. Nul doute que Tolkien, nourri par ses lectures, s'en est quelque peu inspiré pour construire son imaginaire.

Si l'on s'approche de la déclinaison de la fantasy dans laquelle émarge le Professeur, on a cette proposition de définition, toujours selon Anne Besson:

« Souvent forts d'une dimension épique, de thèmes sérieux et de grands enjeux, les récits relevant de la high fantasy *narrent la quête d'un(e) jeune héros/héroïne ou d'un groupe de héros/héroïnes luttant contre un(e) redoutable ennemi(e) : un(e) méchant(e) sorcier ou sorcière ou un Seigneur du Mal. »*

On peut donner quelques indices sur la place qu'occupe le Professeur dans la fantasy. Passionné dès son enfance par les langues, il est probablement le plus érudit des auteurs et autrices s'inscrivant dans ce genre, y compris jusqu'à aujourd'hui. Sa connaissance inégalable des mécanismes régissant les langues lui a fourni la méthode pour construire ses langages et le monde qui allait avec. Un monde qui, bien que pétri de magie, était régi selon de nombreux principes qui organisent également le nôtre, avec un aspect certes médiéval, mais des valeurs et des personnages qui nous renvoient à notre quotidien. Un monde d'une grande richesse, qui a, cependant, été peu exposé de son vivant.

La fantasy s'est aussi développée parallèlement à Tolkien. Parmi ses contemporains, on peut citer Lord Dunsany, nom de plume d'Edward John Moreton Drax Plunkett, baron de Dunsany (1878-1957), dont la production littéraire comprend romans, nouvelles, essais et pièces de théâtre, dont l'inspiration vient de la Bible ainsi que des contes orientaux. Dès 1905, ses histoires mettent en scène des dieux capricieux dans des mondes qui n'ont rien de commun avec le nôtre. Son roman *La Fille du roi des Elfes*[82] est également considéré comme une borne kilométrique de la fantasy, car comportant de nombreux éléments « canoniques » (un monde secondaire cohérent, un bestiaire dominé par les fées et une magie omniprésente). Son quasi-oubli du grand public et des éditeurs est probablement dû à son style archaïsant et ampoulé.

Un autre auteur de l'époque a également largement puisé dans le patrimoine biblique pour construire ses histoires. Il s'agit de Clive Staples Lewis (1898-1963), enseignant spécialiste de l'exégèse de la littérature populaire, et notamment… de la fantasy. À l'instar de Tolkien, dont il fut un ami proche pendant plusieurs décennies, c'était un homme d'une grande érudition, qui affirme que sa conversion au catholicisme en 1931 découle de lectures de MacDonald, Charles Williams et de conversations avec le futur auteur du *Hobbit*. Des lectures et conversations qui l'ont convaincu que le christianisme se trouve à l'intersection du mythe et de l'histoire. Ses histoires se veulent comme des moyens de transmission du message chrétien. Ses deux cycles les plus connus, *Le Monde de Narnia* et *La Trilogie cosmique* (ce dernier relevant plutôt de la science-fiction). *Narnia* contient des figures de la mythologie celtique, telles que des nains, des géants, des dryades, ou encore des animaux parlants. Le

82 Publié en 1924, soit treize ans avant le *Hobbit* de Tolkien.

sens du merveilleux baigne la plupart des histoires de Lewis, dont la carrière littéraire serait née d'un pari avec Tolkien. Ce dernier devait raconter une histoire décrivant un voyage dans le temps, et Lewis un voyage dans l'espace. Voilà comment a pu naître la fantasy moderne, tout comme un jeu littéraire aurait permis d'avoir, un siècle plus tôt, *Frankenstein*[83] et *Le Vampire*[84], deux textesfondant le récit d'épouvante moderne.

Le Texan Robert Ervin Howard n'a vécu que trente ans[85], mais il a eu le temps de créer l'un des personnages les plus marquants de la fantasy : Conan le Cimmérien. À l'inverse de certains de ses contemporains, il écrit de nombreuses nouvelles qui paraîtront dans des revues, *Weird Tales* en particulier. Il a inventé un monde combinant des périodes et des régions aux apparences réalistes, l'Âge Hyborien, dont il a rédigé une chronique détaillée, des fiches descriptives et dessiné des cartes précises, en ayant pour ambition d'y placer une multitude d'histoires non nécessairement interconnectées. Un personnage, iconique, va s'imposer dans cet univers. Conan est une brute, un pillard, qui ne fait pas confiance à la société et à son époque (tout comme Howard), et qui fuit en avant par le biais de la bataille, de l'aventure.

83 Par Mary Shelley, en 1818.
84 Œuvre de John William Polidori, publiée en 1819.
85 De 1906 à 1936.

Howard s'est affranchi de nombreuses contraintes formelles pour construire son univers, sombre et violent, et cela le rend également unique, ou du moins précurseur. Les premières histoires sont parues de 1932 à 1936, cependant, l'essayiste Lyon Sprague de Camp, sous couvert d'une « collaboration posthume », adapta et réécrivit certains récits de Howard pour sortir une anthologie sobrement intitulée *Conan* en 1967 – l'année suivant l'explosion du *Seigneur des Anneaux* aux États-Unis. Les deux sagas se posent comme des symboles de leur époque : l'une comme la résistance à l'oppression, l'autre comme nihiliste.

Mervyn Peake (1911-1968) occupe une place singulière dans le genre qui nous intéresse. Il n'y a pas de magie ni de fées dans ses deux romans *Titus d'Enfer* (1946) et *Gormenghast* (1950), mais ils ont tout à fait les attributs du monde secondaire. Les deux ont pour principal lieu d'action la forteresse immense et composée de couloirs sinueux et mystérieux de Gormenghast (qui donne son nom au cycle), dans une contrée et à une époque indéterminées. Une ambiance malfaisante règne sur les lieux, validant une autre des composantes de la fantasy : la lutte contre le Mal. L'ensemble échappe à la classification, car elle comporte également des éléments typiques du roman gothique, ainsi que de nombreuses scènes grotesques, au sens premier du terme.

Clark Ashton Smith (1893-1961) est un auteur américain qui écrivit de nombreux récits de *dark fantasy* mettant en scène des sorciers, des démons et des vampires dans des décors dantesques au sein de mondes perdus ou oubliés. Expurgée de violence, son œuvre se distingue par son onirisme et son côté poétique.

Fritz Leiber, avec son *Cycle des Épées*, va construire un classique de *Sword and Sorcery*, qui va compter de nombreux romans et nouvelles, à partir de 1939.

C'est l'universalité, la richesse de la création de Tolkien qui en font la valeur, et qui placent celle-ci comme un jalon essentiel de la fantasy, dont l'influence est visible dans des sagas plus récentes, comme *Le Trône de Fer* et *Harry Potter*, pour ne citer que celles qui ont eu l'heur d'une adaptation ambitieuse au cinéma ou à la télévision. Il ne faut cependant pas oublier les nombreux autres auteurs qui ont également construit ce genre très riche qu'est la fantasy, y apportant chacun leur pierre, et celles et ceux qui continuent à modéliser et à trahir ces chemins balisés.

Au-delà de la fantasy, l'influence de Tolkien s'exprime tous azimuts dans les arts visuels

Avant d'être adaptée sur petit et grand écran, l'œuvre de J. R. R. Tolkien a inspiré nombre d'artistes visuels, les illustratrices et les illustrateurs en premier lieu, que ce soit de leur propre chef ou en raison de commandes éditoriales. Et grâce à la démocratisation des outils numériques et aux possibilités infinies de diffusion permises par Internet, on découvre chaque jour de nouveaux artistes. Dans les temps précédents, ils furent aussi nombreux, ne serait-ce qu'à l'occasion des différentes traductions illustrées. Le site Internet Elrond's Library[86] recense ainsi 70 langues et 68 pays. Il serait fastidieux de toutes et tous les recenser, nous vous proposons cependant quelques mots au sujet d'une dizaine d'entre eux.

Pauline Diana Baynes (1922-2008) est une illustratrice anglaise dont le *Daily Telegraph* indiqua après son décès: « *En 1948, Tolkien rendit visite à ses éditeurs, George Allen & Unwin, pour parler de sa déception relative aux illustrations qu'ils avaient commandées pour sa nouvelle* Le Fermier Gilles de Ham*; il vit alors, sur un bureau, quelques réinterprétations intelligentes de notes médiévales tirées du* Lutrell Psalter *qui l'enchantèrent. Celles-ci avaient été envoyées par Pauline Baynes, alors toujours inconnue. Tolkien demanda à ce que l'artiste travaillât à illustrer sa propre nouvelle et fut enchanté par le résultat. Il déclara par la suite que Pauline Baynes avait "réduit [s]on texte à de simples commentaires sur ses dessins". La collaboration se poursuivit et une longue amitié naquit. Plus tard, elle lui montra une affiche représentant Frodo et Bilbo Bessac, et*

86 http://www.elrondslibrary.fr/

l'écrivain fit un geste de la tête et murmura: "Les voici, les voici." » C'est ainsi qu'elle a collaboré avec le Professeur sur *Les Aventures de Tom Bombadil*, *Le Fermier Gilles de Ham*, *Smith de Grand Wootton* et divers poèmes. Elle aurait dû illustrer *Le Seigneur des Anneaux*, mais le coût aurait peut-être été trop élevé. Du fait de sa formation de cartographe, elle a réalisé les cartes grand format de la Terre du Milieu. Devenue amie proche de Tolkien et de son épouse Edith, elle tient une place particulière dans la galaxie des illustrateurs de cet univers. Elle est également connue pour ses illustrations du *Monde de Narnia*, de C. S. Lewis, autre ami de Tolkien.

Cor Blok (1934-2021), né à La Haye (Pays-Bas), se fait remarquer par l'éditeur Rayner Unwin lors d'une exposition de ses travaux en 1961, dans laquelle sont présentées une vingtaine de peintures inspirées du *Seigneur des Anneaux*. C'est la partie émergée de l'iceberg, car depuis trois ans le néerlandais a réalisé 140 illustrations sur le même thème. Unwin le recommande à Tolkien, à qui l'illustrateur néerlandais envoie quelques aperçus de son travail. Enthousiasmé, le Professeur lui achète deux tableaux et entame même une correspondance avec lui. Les travaux de Blok deviennent dès lors indissociables de Tolkien dans son pays, trois de ses créations égayant les traductions locales du roman. En 2011, l'ensemble de ces illustrations est rassemblé dans l'ouvrage *Une tapisserie pour*

Tolkien[87], sous la houlette de Pieter Collier (webmaster du site Tolkien Library). Son style minimaliste, anguleux et naïf a su séduire un certain nombre de lecteurs et lectrices, du fait de cette rupture visuelle avec d'autres artistes.

Frank Frazetta (1928-2010). Le légendaire dessinateur de comics (*Vampirella*, *Eerie*, *Creepy*, l'affiche du *Bal des vampires*, ou de *L'Épreuve de force...*) avait été contacté par The Middle Earth Portfolio Publishing Company pour réaliser une série d'illustrations pour *Le Seigneur des Anneaux*. Illustrateur débridé, Frazetta propose des tenues très échancrées pour Eowyn et pour les Orques, ce qui déplaît fortement aux tolkienophiles... L'ensemble d'illustrations[88], qui dégage une grande puissance, est encore trouvable sur Internet, mais n'a hélas pas connu de diffusion massive.

Ingahild Grathmer (née en 1940) fait parvenir à Tolkien dans les années 1970 quelques dessins et aquarelles inspirés de son œuvre. Par la suite, ses travaux vont illustrer les éditions danoises du *Seigneur des Anneaux*, ainsi que les pochettes de disques du groupe The Tolkien Ensemble. Incongruité : ce pseudonyme est celui de l'actuelle reine du Danemark, Margrethe II (depuis 1972).

---

87 Traduction par Vincent Ferré, publication chez Christian Bourgois en 2011.

88 Sept en noir et blanc, une en couleurs mettant en scène Gollum.

Greg (né en 1939) et Tim Hildebrandt (1939-2006) sont des illustrateurs américains connus pour avoir réalisé le premier poster de *Star Wars*, ainsi que pour avoir fourni les illustrations des *Tolkien Calendars* de 1976 à 1978. Leurs travaux, caractérisés par une utilisation accrue de la lumière et des tons jaunes et ocre, ont fait d'eux les meilleurs adaptateurs graphiques de Tolkien des années 1970 et 1980.

John Howe, né en 1957, s'est fait connaître par le recueil *Le Monde de Tolkien : Visions des Terres-du-Milieu*, comportant de très belles illustrations. Il va par la suite illustrer *Le Hobbit*, avant d'être engagé au début des années 2000 par le réalisateur néo-zélandais Peter Jackson, en compagnie d'Alan Lee, pour travailler sur l'identité visuelle du *Seigneur des Anneaux*. Les deux compères rempileront pour *Le Hobbit*, produisant des milliers de croquis qui ont pris vie à l'écran. Fasciné par la nature, les « gueules » et les dragons, le Canadien John Howe est un grand voyageur qui se sert de tout ce qu'il voit pour nourrir son œuvre.

Tove Jansson (1914-2001) est une illustratrice suédoise au style naïf qui a connu beaucoup de succès, notamment avec sa série de bande dessinée *Moomins*. Elle a réalisé une cinquantaine de dessins et de couvertures pour *Le Hobbit*, qui seront utilisés pour les versions en suédois et finnois.

Alan Lee (né en 1947) est un illustrateur britannique passionné par l'œuvre d'Homère et la mythologie celtique. La qualité de son travail lui a valu d'illustrer l'édition du *Seigneur des Anneaux* publiée à l'occasion des cent ans de la naissance du Professeur, en 1992, et le *Calendrier Tolkien* l'année suivante. Il est également le premier illustrateur des ouvrages édités par Christopher Tolkien, qui appréciait son travail. Par la suite, il a collaboré avec John Howe à construire l'identité visuelle des films de Peter Jackson.

En janvier 1967, sa secrétaire faisait parvenir à Tolkien l'ouvrage *The Children's Treasury of Literature*, qui contenait entre autres le premier chapitre du *Hobbit*, illustré par 18 dessins de Robert Lee (1921-1994), un ouvrage sorti l'année précédente. Après avoir loué la qualité de l'ensemble des illustrations du recueil, le Professeur déclara que celles illustrant *Le Hobbit* étaient les pires, selon lui trop inspirées du style Disney (qu'il abhorrait), à dominante comique et aux couleurs criardes et complètement différentes des indications qu'il avait données dans son roman.

Ted Nasmith (né en 1956) a découvert Tolkien pendant ses études. Inspiré par la dimension mythique et l'atmosphère mystérieuse qui se dégageait de son œuvre, l'auteur canadien griffonnait des scènes se déroulant en Terre du Milieu à ses heures perdues.

De fil en aiguille, son travail inspiré par les artistes victoriens néo-classiques et le luminisme américain l'ont amené à collaborer aux fameux *Calendriers Tolkien*, puis à illustrer des éditions de poche du *Hobbit* et du *Seigneur des Anneaux*. Depuis 1996, il est l'auteur associé au *Silmarillion*, l'aspect grandiose de ses travaux correspondant tout à fait à la dimension divine ou semi-divine des différents récits.

Et à tout Seigneur (des Anneaux) tout honneur, nous terminerons par John Ronald Reuel Tolkien. La mère de Ronald, très sensible aux talents artistiques, l'a initié très tôt (entre autres) au dessin. Crayons, encre et aquarelle furent pendant longtemps ses alliés dans le développement de ses histoires. Ainsi *Les Lettres du Père Noël* et *Le Hobbit*, entre autres, destinés à ses enfants, ont-ils eu la chance d'être illustrés par leur auteur, qui maîtrisait les jeux de lumière et la composition. Son point fort était les paysages, plutôt que les personnages, souvent représentés en tout petit dans ses dessins. Ses illustrations, sur son insistance, ont été incluses dans les premières éditions du *Hobbit*, mais il n'a pas rempilé pour les aventures de Frodo et compagnie, hormis pour les cartes (rapidement reprises par son fils Christopher) et la porte de la Moria, le Tombeau de Balin* ou l'Anneau unique. Il estimait que son style naïf était trop en décalage avec l'histoire, plutôt sombre. Cela ne l'a pas empêché de réaliser de nombreux croquis, qui seront publiés bien plus tard et de façon séparée.

Cette liste non exhaustive donne un aperçu des talents visuels qui ont été inspirés par l'œuvre du Professeur. Cinquante ans après la mort de ce dernier, avec une œuvre dont l'intégralité n'est toujours pas éditée, les artistes se bousculent au portillon pour donner leur vision de telle ou telle scène du *Seigneur des Anneaux* ou des différents récits présents en germe dans *Le Silmarillion*. Cette richesse témoigne de l'universalité des thèmes, de la puissance d'évocation des mots écrits par Tolkien.

De l'influence de Tolkien dans l'art

Ses œuvres ont connu de nombreuses adaptations, au-delà des films et séries cités précédemment. Ainsi des pièces de théâtre sont-elles régulièrement montées pour reprendre *Le Hobbit*, *Le Seigneur des Anneaux* ou *Les Lettres du Père Noël*. Il y a eu quelques adaptations en bande dessinée, comme *Le Hobbit*, adapté par Charles Dixon avec David Wenzel au dessin, actuellement chez Delcourt en France. Une adaptation plutôt fidèle, au graphisme rond et coloré, peut-être un peu chargé en matière de récitatifs et de dialogues. L'Espagnol Luis Bermejo a proposé quant à lui, une version « statique » du *Seigneur des Anneaux* version Bakshi à la fin des années 1970 : en effet ses dessins reprennent des scènes du film du réalisateur israélien, un peu comme dans un roman-photo.

Un millier d'artistes au moins ont été inspirés par Tolkien et son œuvre dans la sphère musicale. IAM,

Led Zeppelin, Enya (qui a d'ailleurs participé à la bande originale de *La Communauté de l'Anneau* en 2001), Annie Lennox (qui, elle, était présente pour *Le Retour du Roi* deux ans plus tard), ou même... Leonard Nimoy (oui, le M. Spock de *Star Trek* a interprété *The Ballad of Bilbo Baggins*). Certains groupes (souvent dans le genre metal) se sont d'ailleurs inspirés du Professeur pour trouver leur nom : Silmarils, Caradhras, J.R.R. Tokin', Denethor, Balrog, etc.

TOLKIEN EST PARTOUT

Au-delà des déclinaisons artistiques, il est important de noter que l'œuvre du Professeur est présente à bien des niveaux, parfois inattendus, de la société et de la culture.

Le cosplay

Une autre façon pour les fans de rendre hommage à la richesse visuelle de l'œuvre qu'ils apprécient est de s'habiller, lors d'évènements consacrés à la culture geek, à la manière des personnages. Si les personnages de mangas et d'animés (sans parler de *Star Wars*) ont pris le pas en matière de volume ces dernières années, on peut croiser régulièrement lors des conventions des ersatz de Galadriel, de Frodo ou de Gandalf.

Tolkien dans la vie de tous les jours

En plus des loisirs créés autour de l'œuvre de Tolkien, comme des clubs où l'on parle elfique, plusieurs évènements émaillent l'année en relation avec celle-ci. Ainsi, le Tolkien Reading Day, tous les 25 mars, en référence au 25 mars 3019, la date de la chute de Sauron, est destiné à encourager la lecture de ses œuvres par le biais de rencontres diverses, souvent autour d'une chope de bière. Le thème, différent chaque année, est proposé par la Tolkien Society[89]. Le Hobbit Day correspond au 22 septembre, date d'anniversaire de Bilbo et de Frodo, et est l'occasion de nouvelles célébrations. La semaine autour de ce Hobbit Day est la Tolkien Week. On peut également citer l'Oxonmoot, très sérieuse convention ayant lieu chaque année (pendant la Tolkien Week, la semaine contenant le 22 septembre, à Oxford, où se déroulent animations, ateliers, performances artistiques et conférences données par des universitaires passionnés par Tolkien.

Depuis 2013, le Greisinger Museum[90] (du nom de son propriétaire, Bernd Greisinger) a ouvert ses portes à Jenins, en Suisse. Il expose au grand public l'énorme collection de cet amateur de fantasy, très érudit et fort accueillant. Il propose notamment plus

89 Association britannique qui vise à promouvoir l'œuvre de Tolkien. Elle n'est pas autorisée officiellement par le Tolkien Estate.
90 https://www.greisinger.museum/fr/

de 600 peintures originales inspirées de l'œuvre du Professeur. Il y a également des éditions rares, voire dédicacées, du *Hobbit* et du *Seigneur des Anneaux*, des objets divers, des produits dérivés; une reproduction grandeur nature du smial de Bilbo et Frodo se trouve également sur place.

Peter Jackson a réalisé six films inspirés par l'univers de Tolkien. Des productions pharaoniques, qui ont généré du travail pour de nombreux Néo-Zélandais (99 % de l'équipe) pendant plus de dix ans. Deux mille sept cents entreprises locales ont ainsi été associées de près ou de loin à ce phénomène de société à l'échelle du pays. Les caméras éteintes, le tourisme local a largement bénéficié de cet effet: tours consacrés aux lieux de tournage, avion de la compagnie nationale et aéroport à l'effigie de tel ou tel personnage.

De par les valeurs qui y sont véhiculées (comme le courage, l'entraide, etc.), les écrits de Tolkien sont parfois récupérés pour faire passer un message politique. Ainsi, la gauche voit dans *Le Seigneur des Anneaux* un symbole de la lutte contre l'obsession et la défense de la nature: « Gandalf for President », clamaient ainsi des pancartes hippies lors de manifestations opposées à la guerre au Vietnam. À l'autre bout de l'échiquier politique, on y célèbre la défense de l'individu, des traditions (chrétiennes en particulier). Ainsi, dans les années 1970 en Italie, les valeurs guerrières exaltant l'honneur, le courage et la loyauté en ont-elles fait un écrivain très populaire dans les rangs radicaux d'extrême droite.

Si cette œuvre n'est pas (encore ?) intégrée dans les programmes scolaires, elle est présente dans le monde de la recherche. À la fin des années 2010, plus de 300 cours lui sont consacrés dans les universités américaines lors d'une même année universitaire. En France, des dizaines de thèses ont pour sujet tel ou tel aspect.

Nombre de scientifiques ont d'ailleurs intégré Tolkien à leurs recherches et à leurs découvertes. En 2007, un astéroïde ayant croisé l'orbite de Mars a reçu l'appellation 378214 Sauron. Sur Charon (un satellite de Pluton), une vaste zone encore méconnue a été surnommée Mordor par les techniciens de la NASA. Dans l'ouest du Canada, trois montagnes ont été nommées Aragorn, Gandalf et Shadowfax[91]. Dans les eaux de l'Atlantique à l'ouest de l'Irlande se trouvent les bancs Fangorn et Edoras, la dorsale Isengard, les monts Eriador, Gondor et Rohan.

Les zoologistes s'amusent également, en nommant par exemple l'*Elachista gildorella*, un papillon qui leur fait penser à l'Elfe Gildor, les Macrostyphlus Gandalf, Bilbo et Frodo, des coléoptères ainsi

91 Scadufax en français, le cheval de Gandalf.

nommés par l'entomologiste Juan J. Morrone. Les nutritionnistes de l'université de Leicester, en Angleterre, se sont penchés sur cette affirmation de Legolas : « *Ceci est du lembas. Du pain elfique. Une seule petite bouchée suffit à remplir l'estomac d'un homme adulte.* » Ils ont ainsi calculé la quantité de pains elfiques que devait emporter un groupe d'aventuriers tels que la Fraternité de l'Anneau pour parvenir jusqu'au Mordor, en se fondant sur les besoins nutritionnels respectifs des différentes races qui la composent. Le travail de l'ingénieur chimiste suédois Emil Johansson les a aidés dans leur calcul, car il avait réalisé en 2012 une infographie indiquant les distances parcourues par Bilbo et Frodo lors de leurs quêtes respectives[92]. Voici l'information cruciale qui en a découlé : un lembas contient 2 638,5 calories. Cette étude a été publiée dans la revue *Journal of Interdisciplinary Science Topics*, interne à leur université et destinée à permettre aux étudiants de se faire la main en matière de publication, en 2015. On sait, depuis que les schémas ont été montrés au grand public lors de deux expositions récentes[93], que Tolkien était très soucieux du réalisme de ses histoires. Il avait par exemple calculé la course du Soleil et celle de la Lune pour que leurs apparitions dans ses récits soient crédibles. Des chercheurs de l'institut Cabot, à Bristol, ont modélisé le climat de la Terre du Milieu, en fonction des informations laissées par

92 Disponible sur www.lotrproject.com/timedistance
93 À Oxford et à Paris, entre 2018 et 2020.

le Professeur et en utilisant leurs propres outils. Le Comté jouit d'un climat tempéré et doux comparable à celui du centre est de l'Angleterre. Le Mordor, lui, serait à rapprocher de celui de l'est du Texas et de Los Angeles, caractérisé par la chaleur et la sécheresse. Pour encore plus de réalisme (ou de jeu), une version en alphabet elfique a également été publiée.

Ces exemples ne sont qu'une infime partie des milliers de références que l'on peut trouver sur Internet, mais cela donne une idée de l'ampleur de l'influence que peut avoir Tolkien sur la vie de tous les jours. Il est aussi possible de dormir dans des smials ou des maisons de Hobbits un peu partout dans le monde.

DIX BONNES RAISONS DE LIRE TOLKIEN

1 – C'est l'un des auteurs phares de l'imaginaire d'aujourd'hui, qui a posé les bases d'un genre presque à lui tout seul, la fantasy.

2 – Ses histoires, ses personnages ont inspiré les pionniers du jeu de rôle Gary Gygax et Dave Arneson, créateurs de *Donjons et Dragons*.

3 – Il a créé un monde d'une profondeur, d'une cohérence et d'une minutie (cosmogonie, géographie, langues, histoire…) jusque-là inédites, et pas encore égalées à cette heure.

4 – Ses histoires contiennent en creux des sujets qui peuvent parler à tout un chacun : la lutte contre l'oppression, l'amour de la terre (et le refus de l'industrialisation), les méfaits de la convoitise…

5 – Cet univers n'est pas sorti *ex nihilo* de son imagination, mais s'appuie sur de nombreuses figures mythiques, en particulier nordiques. Lire Tolkien, c'est aussi se cultiver, et se plonger dans la littérature médiévale.

6 – La profondeur de son univers a amené et amène encore des chercheuses et des chercheurs à travailler sur celui-ci.

7 – C'est un univers bien moins manichéen qu'il n'y paraît. En partie à cause de l'Anneau unique, qui corrompt son porteur, mais aussi de la soif de pouvoir, de la convoitise, qui peuvent transformer un prince elfe en guerrier sanguinaire.

8 – Cinquante ans après sa mort, le volume de ses écrits est tel qu'il reste encore des textes inédits.

9 – Son œuvre, dont se sont emparés de nombreuses et nombreux artistes visuels, a en premier lieu été illustrée par Tolkien lui-même, qui faisait de magnifiques aquarelles.

10 – Il inspire de nombreuses adaptations, parmi lesquelles *Le Seigneur des Anneaux* et *Le Hobbit* au cinéma, et *Les Anneaux de Pouvoir* en streaming.

CONCLUSION : TOLKIEN EST VIVANT !

John Ronald Reuel Tolkien est décédé en septembre 1973. Il y a quasiment cinquante ans. Si l'homme nous a quittés, son œuvre est quant à elle toujours bien présente. Probablement encore plus que de son vivant. Une multiplicité de signes nous permet d'abonder en ce sens.

D'abord un simple fait: entre 1915, époque approximative des débuts de la conception de son œuvre fictionnelle, et son décès, seuls deux romans (deux monuments), quelques poèmes et des textes en relation avec ses travaux de recherche en philologie sont parus sous le nom de Tolkien. Après sa disparition, son plus jeune fils Christopher a consacré quarante-cinq ans à nous livrer un maximum d'histoires appartenant à son Légendaire, d'abord avec *Le Silmarillion*, le grand œuvre posthume du

Professeur, puis avec l'*Histoire de la Terre du Milieu*, et enfin, dans des versions successives, ses trois Grands Contes. Des adaptations audiovisuelles, aux fortunes diverses, sont venues ensuite enrichir l'univers de Tolkien au fil des décennies. En 2019, un film dirigé par Dome Karukovski (sobrement titré… *Tolkien*) s'est penché sur les premières années de la vie du Professeur. Dernière en date : la série *Les Anneaux de Pouvoir*, produite pour la plate-forme de streaming Prime Video (émanation du géant d'Internet Amazon), qui se présente non pas comme une adaptation proprement dite, mais comme une fanfiction s'incluant dans cet univers (avec un budget et une production pharaoniques). En 2024, un autre film (produit par New Line, qui avait eu la bonne idée de financer le projet fou de Peter Jackson) prolongera l'immersion : *The Lord of the Rings: The War of the Rohirrim*, dirigé par Kenji Kamiyama, prendra pied 183 ans avant les évènements du *Seigneur des Anneaux*. Entre-temps, des jeux vidéo, des jeux de rôle, des bandes dessinées, des pièces de théâtre sont venus enrichir l'univers étendu tolkienien.

Qu'on le veuille ou non, Tolkien est partout : dans les études universitaires, dans la campagne et les aéroports en Nouvelle-Zélande, dans la science, dans la culture, dans les timbres… Son œuvre est constamment rééditée depuis quatre-vingt-cinq ans dans 70 langues et presque autant de pays. On découvre encore des écrits inédits, comme cet essai très érudit sur Chaucer[94] ou encore *The Nature of Middle-earth*, un recueil de divers textes sorti en 2021, et ses nombreuses notes sur ses langues fictives sont en cours d'études et de publication dans des revues spécialisées. Et pour rendre grâce à l'importance de Christopher Tolkien dans l'édition et la promotion de l'œuvre de son père, en 2022 sort également *The Great Tales Never End*, un recueil de textes en son hommage.

En France également l'édition est très preneuse de Tolkien. Les Éditions Christian Bourgois ont ainsi, après *Le Hobbit* et *Le Seigneur des Anneaux* au cours des années 2010, refait traduire *Le Silmarillion*, autre pierre angulaire de son univers, en 2021. *Contes et légendes inachevés* va aussi connaître une traduction toilettée, agrémentée d'un index. Et en 2023, une édition reliée de l'intégrale du *Seigneur des Anneaux* marquera les 50 ans de la traduction française du roman et de la disparition du Professeur. L'*Atlas de la Terre du Milieu*, ouvrage de référence de Karen Wynn Fonstad, connaît enfin une traduction en 2022.

Tolkien est bel et bien vivant, et ça va durer encore un moment...

---

94 *Tolkien's Lost Chaucer*, édité par John M. Bowers, chez Oxford University Press, en 2019.

ANNEXES

REPÈRES BIO-BIBLIOGRAPHIQUES

1892 : Naissance de John Ronald Reuel Tolkien, à Bloemfontein (État libre d'Orange).

1894 : Naissance de son frère Hilary Arthur Reuel.

1895 : La famille, hormis le père Arthur, part vivre en Angleterre.

1896 : Décès d'Arthur Tolkien à Bloemfontein.

1904 : Décès de Mabel Tolkien.

1909 : Peu de temps après leur rencontre, J. R. R. Tolkien et Edith Bratt se déclarent leur flamme.

1911 : John entre au collège d'Exeter, à Oxford. Durant l'été, il fait une randonnée en famille en Suisse.

1911 : *La Bataille du Champ Oriental* (*The Battle of the Eastern Field*) dans *The King Edward's School Chronicle*, traduit par Damien Bador (2017).

1913 : John convainc Edith de rompre ses fiançailles avec un autre homme et de s'engager avec lui.

1916 : Edith et John se marient en mars. En juin le jeune marié part se battre en France. En novembre le jeune conscrit contracte la fièvre des tranchées et est rapatrié en Angleterre.

1917 : En début d'année, John jette les bases de ce qu'il appelle alors *Le Livre des contes perdus* et qui deviendra *Le Silmarillion*. En novembre naît son premier fils, John Francis Reuel.

1920 : Michael Hilary Reuel naît en octobre.

1922 : *The Clerkes Compleinte* dans *The Gryphon*, poème en moyen anglais parodiant les textes de Chaucer et publié sous le pseudonyme de N.N.

1922 : *A Middle English Vocabulary*, un glossaire de vocabulaire moyen anglais publié comme complément au *Fourteenth Century Verse and Prose*, un recueil de textes en moyen anglais de Kenneth Sisam (1921).

1924 : Christopher John Reuel Tolkien, troisième fils du couple, naît en novembre.

1925 : *Some Contributions to Middle-English Lexicography* dans *The Review of English Studies*, volume 1, n° 2.

1925 : *The Devil's Coach-Horses* dans *The Review of English Studies*, volume 1, n° 3.

1925 : J.R.R. Tolkien est nommé professeur d'anglo-saxon à Oxford.

1925 : *Sir Gawain and the Green Knight*, co-édition avec E. V. Gordon du texte moyen anglais.

1929 : *Ancrene Wisse and Hali Meiðhad* dans *Essays and Studies by Members of the English Association.*

1929 : Naissance de Priscilla Mary Reuel, quatrième et dernier enfant Tolkien, en juin.

1931 : *Un vice secret* (*A Secret Vice*)[95].

1932 : *The Name "Nodens"* dans *Report on the Excavation of the Prehistoric, Roman, and Post-Roman Site in Lydney Park, Gloucestershire*, R. E. M. Wheeler and T. V. Wheeler.

1932 : *Sigelwara Land* Part 1 dans *Medium Ævum*, volume 1, n° 3[96].

1934 : *Chaucer as a Philologist: The Reeve's Tale* dans *Transactions of the Philological Society*.

1936 : *Beowulf: Les Monstres et les Critiques* (*Beowulf: The Monsters and the Critics*)[97].

1936 : *Songs for the Philologists*, recueil de textes en vers édité avec E. V. Gordon.

1936 : *Noel*, poème publié dans *Annual of Our Lady's School*.

1937 : *Le Hobbit* (*The Hobbit, or There and Back Again*).

1939 : *The Reeve's Tale: Version Prepared for Recitation at the 'Summer Diversions'*.

1940 : *Traduire Beowulf* (*On Translating Beowulf* ou *Prefatory Remarks on Prose Translation of 'Beowulf'*)[98].

---

95 Publié en France dans *Les Monstres et les Critiques et autres essais* (2006).

96 La deuxième partie est parue dans *Medium Ævum*, volume 2, n° 2, en 1934.

97 Ibid. Une édition étendue a été éditée en 2002 par Michael D. C. Drout.

98 Ibid.

1944 : *Sir Orfeo*, édition du texte moyen anglais[99].

1945 : *Feuille, de Niggle* (*Leaf, by Niggle*).

1945 : *Le Lai d'Aotrou et Itroun* (*The Lay of Aotrou and Itroun*) dans *The Welsh Review*, n° 4.

1947 : *'iþþlen' in Sawles Warde* dans *English Studies*, co-écrit par Simonne d'Ardenne.

1947 : *Du conte de fées* (*On Fairy-Stories*)[100].

1948 : *MS. Bodley 34: A re-collation of a collation* dans *Studia Neophilologica*, volume 20, n° 1-2, co-écrit avec Simonne d'Ardenne.

1949 : *Le Fermier Gilles de Ham* (*Farmer Giles of Ham*)[101].

1953 : *Middle English 'Losenger'* dans *Essais de philologie moderne (1951)*.

1953 : Essai sur *Sire Gauvain et le Chevalier vert* (*Sir Gawain and the Green Knight*)[102].

1953 : *Le Retour de Beorhtnoth, fils de Beorhthelm* (*The Homecoming of Beorhtnoth Beorhthelm's Son*)[103].

1954-1955 : *Le Seigneur des Anneaux* (*The Lord of the Rings* : *The Fellowship of the Ring* et *The Two Towers* en 1954 ; *The Return of the King* en 1955).

---

99 2004 : Sir Orfeo: A Middle English Version dans Tolkien Studies, volume 1, réédition posthume de Carl F. Hostetter.

100 Disponible dans Faërie (publié en 1974) puis Faërie et autres textes (2003), ainsi que dans Les Monstres et les Critiques et autres essais (2006).

101 Disponible dans *Faërie* (publié en 1974) puis *Faërie et autres textes* (2003).

102 Publié dans Les Monstres et les Critiques et autres essais (2006).

103 Ibid.

1959 : Tolkien prend sa retraite.

1962 : *Ancrene Wisse: The English Text of the Ancrene Riwle*, édition du texte.

1962 : *Les Aventures de Tom Bombadil* (*The Adventures of Tom Bombadil*), traduit par Dashiell Hedayat (1975), traduction revue par Céline Leroy (2003).

1963 : *L'Anglais et le Gallois* (*English and Welsh*)[104].

1963 : Tolkien est nommé membre honoraire du collège d'Exeter et membre émérite du collège de Merton, récompense très rare.

1967 : *Smith de Grand Wootton* (*Smith of Wootton Major*).

1968 : Le couple Tolkien déménage à Poole, près de Bournemouth.

1969 : Traduction de Francis Ledoux de *The Hobbit* : *Bilbo le Hobbit*.

1965 : *Il était une fois* (*Once Upon A Time*), poème sur Tom Bombadil non intégré à *The Adventures of Tom Bombadil* et publié dans *Winter's Tales for Children 1*, traduit par Stéphanie Loubechine.

1967 : *The Road Goes Ever On: A Song Cycle*, édité en collaboration avec Donald Swann.

1967 : *For W.H.A.* dans *Shenandoah: The Washington and Lee University Review*, volume 18, n° 2, poème en vieil anglais et anglais moderne en l'honneur du 60ème anniversaire du poète W. H. Auden.

---

104 Ibid.

1971 : En novembre, décès d'Edith.

1972-1973 : Traduction en français de Francis Ledoux de *The Lord of the Rings* : *Le Seigneur des Anneaux* (*La Communauté de l'Anneau*, *Les Deux Tours*, *Le Retour du Roi*).

1972 : Il est décoré de l'ordre de l'Empire britannique par la reine et reçoit un doctorat ès lettres honoraire de la part d'Oxford pour sa contribution à la philologie.

1973 : Décès de J. R. R. Tolkien, en septembre.

1974 : *L'Album de Bilbo le Hobbit* (*Bilbo's Last Song*), illustré par Pauline Baynes, traduit par Pierre de Laubier (1991).

1975 : *Guide to the Names in the Lord of the Rings*, édité par Christopher Tolkien dans *A Tolkien Compass* de Jared Lobdell.

1975 : *Sir Gawain and the Green Knight, Pearl, and Sir Orfeo* (traduction), édition posthume de Christopher Tolkien.

1975 : *Doworst* publié de façon incomplète dans *Monash Review*, volume 3.

1976 : *Lettres du Père Noël* (*The Father Christmas Letters*), édité par Baillie Tolkien, traduit par Gérard-Georges Lemaire, traduction revue par Céline Leroy (2004).

1976 : Décès d'Hilary, le frère de John.

1977 : *Le Silmarillion* (*The Silmarillion*), édité par Christopher Tolkien, traduit par Pierre Alien (1978).

1979 : *Discours d'adieu à l'université d'Oxford* (*Valedictory Adress to the University of Oxford*)[105], édition posthume de Christopher Tolkien.

1980 : *Contes et légendes inachevés* (*Unfinished Tales*), édité par Christopher Tolkien, traduit par Tina Jolas (1982) : *Le Premier Âge, Le Second Âge, Le Troisième Âge.*

1981 : *Lettres*, édité par Humphrey Carpenter avec l'assistance de Christopher Tolkien, traduit par Delphine Martin et Vincent Ferré (2005).

1982 : *Monsieur Merveille* (*Mr. Bliss*), traduit par Pierre Grammont (février 2009).

1982 : *The Old English Exodus* (traduction), édition posthume de Joan Turville-Petre.

1983 : *Finn and Hengest: The Fragment and the Episode* (traduction), édition posthume d'Alan Bliss.

1983-1995 : *Histoire de la Terre du Milieu* (*The History of Middle-earth*), édité par Christopher Tolkien.

1983 : *Le Livre des contes perdus* (*The Book of Lost Tales*), traduit par Adam Tolkien (1995).

1984 : *Le Second Livre des contes perdus* (*The Book of Lost Tales 2*), traduit par Adam Tolkien (1998).

1984 : Décès de Michael, fils cadet d'Edith et John.

1985 : *Les Lais du Beleriand* (*The Lays of Beleriand*), volume III de l'*Histoire de la Terre du Milieu*, traduit par Daniel Lauzon et Elen Riot (2006).

105 Ibid.

1984 et 1986 : *The Clerkes Compleinte* et *The Clerkes Compleinte Revisited* dans *Arda*, volumes IV et VI, réédition posthume et commentaire du poème par Anders Strenström, Tom Shippey et Christopher Tolkien.

1986 : *La Formation de la Terre du Milieu* (*The Shaping of Middle-earth*), volume IV de l'*Histoire de la Terre du Milieu*, traduit par Daniel Lauzon (2007).

1987 : *La Route perdue* (*The Lost Road and Other Writings*), volume V de l'*Histoire de la Terre du Milieu*, traduit par Daniel Lauzon (2008).

1988 : *Mythopoeia*[106].

1988 : *The Return of the Shadow*, volume VI de l'*Histoire de la Terre du Milieu.*

1989 : *The Treason of Isengard*, volume VII de l'*Histoire de la Terre du Milieu.*

1990 : *The War of the Ring*, volume VIII de l'*Histoire de la Terre du Milieu*

1992 : *Sauron Defeated*, volume IX de l'*Histoire de la Terre du Milieu.*

1993 : *Morgoth's Ring*, volume X de l'*Histoire de la Terre du Milieu.*

1994 : *The War of the Jewels*, volume XI de l'*Histoire de la Terre du Milieu.*

1995 : *The Peoples of Middle-earth*, volume XI de l'*Histoire de la Terre du Milieu.*

1998 : *Roverandom* (*Roverandom*), édité par Wayne Hammond et Christina Scull, traduit par Jacques Georgel (1999)

---

106 Ibid.

1999 : *Farmer Giles of Ham (50th Anniversary Edition)*, version étendue publiée de façon posthume par Wayne Hammond et Christina Scull.

2003 : Décès de John Francis Reuel, fils aîné de J. R. R. Tolkien.

2005 : *Smith of Wootton Major Extended Edition*, version étendue publiée par Verlyn Flieger.

2007 : *Les Enfants de Húrin* (*The Children of Húrin*), édité par Christopher Tolkien, traduit par Delphine Martin (2008).

2007 : *The History of The Hobbit*, volume 1 : *Mr. Baggins* et volume 2 : *Return to Bag-End*, édité par John D. Rateliff.

2009 : *La Légende de Sigurd et Gudrún* (*The Legend of Sigurd and Gudrún*), édition posthume de Christopher Tolkien, traduit par Christine Laferrière (2010).

2010 : *Essays on Kalevala* dans *'The Story of Kullervo' and Essays on Kalevala*, *Tolkien Studies*, volume 7, édition posthume de Verlyn Flieger (réédité en 2015 dans *The Story of Kullervo*).

2012 : Nouvelle traduction de *The Hobbit* par Daniel Lauzon : *Le Hobbit*.

2013 : *Tom Bombadil's Last Song: Tolkien's 'Once Upon A Time'* dans *Tolkien Studies*, volume 10, réédition du poème *Once Upon A Time* et commentaire par Kris Swank.

2013 : La Chute d'Arthur (*The Fall of Arthur*), édition posthume de Christopher Tolkien, traduit par Christine Laferrière (2013).

2014-2016 : Nouvelle traduction par Daniel Lauzon de *The Lord of the Rings* : *Le Seigneur des Anneaux* (*La Fraternité de l'Anneau*, *Les Deux Tours*, *Le Retour du Roi*).

2014 : *The Adventures of Tom Bombadil Extended Edition*, version étendue du volume *The Adventures of Tom Bombadil* publiée de façon posthume par Wayne Hammond et Christina Scull.

2014 : *The Book of Jonah* (traduction), édition posthume de Brendan N. Wolfe publiée dans *The Journal of Inklings Studies*, volume 4, n° 2.

2014 : *Beowulf : Traduction et commentaire* (*Beowulf: translation and commentary*), édition posthume de Christopher Tolkien, traduit par Christine Laferrière (2015).

2015 : *The Story of Kullervo*, édition posthume de Verlyn Flieger.

2016 : *A Secret Vice*, édition étendue posthume par Andrew Higgins et Dimitra Fimi.

2016 : *The Lay of Aotrou and Itroun*, réédition posthume augmentée commentée par Verlyn Flieger.

2017 : *Beren et Lúthien* (*Beren and Lúthien*), édité par Christopher Tolkien, traduit par Adam Tolkien, Elen Riot et Daniel Lauzon (octobre 2017).

2018 : *La Chute de Gondolin* (*The Fall of Gondolin*), édité par Christopher Tolkien, traduit par Tina Jolas, Daniel Lauzon et Adam Tolkien (avril 2019).

2018 : Conférence sur les *Dragons*, éditée par Wayne Hammond et Christina Scull dans l'édition Fac-similé Gift Edition de *The Hobbit*.

2019 : *Tolkien's Lost Chaucer*, édition posthume de John M. Bowers.

2020 : Décès de Christopher Tolkien.

2021 : *The Nature of Middle-earth*, édité par Carl F. Hostetter.

2021 : Nouvelle traduction par Daniel Lauzon du *Silmarillion*.

2022 : Décès de Priscilla Tolkien.

2022 : *The Fall of Númenor*, édité par Brian Sibley.

GLOSSAIRE

L'œuvre de Tolkien, très fournie en personnages, peut parfois perdre ses lecteurs du fait de leur profusion. Nous en citons un certain nombre dans ce *Guide*, au sujet desquels nous avons fait ce petit glossaire. Des noms de lieux et de membres de l'entourage du Professeur sont également présents. Pour approfondir vos connaissances, nous vous recommandons le site tolkiendil.com ou le *Dictionnaire Tolkien*. De nombreuses cartes présentes sur Internet permettent également de placer les lieux cités. Afin de faciliter votre navigation dans ce glossaire, chaque nom faisant l'objet d'une entrée spécifique sera suivi d'un *.

Adûnaïque (*adûnaic* ou *adunaic* dans l'écriture de Tolkien) : la langue des Hommes de Númenor* pendant le Deuxième Âge.

Ainulindalë : Le premier récit du *Silmarillion**. Ce *Chant des Ainur** conte la création du monde.

Akallabêth: Littéralement *L'Engloutie*. Ce récit (dans *Le Silmarillion**) conte la submersion de *Númenor**.

Ainur: Ces saints sont les premières créatures d'Eru*. Chacun d'entre eux possède des dons particuliers. Leur participation à la création du monde d'Arda* est contée dans l'*Ainulindalë**. Melkor* est l'un d'entre eux.

Alatar: alors que la puissance de Sauron* grandit au début du Troisième Âge sur la Terre du Milieu*, les Valar* décidèrent d'envoyer des émissaires sur place. Alatar*, avec son ami Pallando* (tous deux vêtus de bleu, d'où leur surnom de Mages bleus), débarqua en l'an 1 000 de cet Âge. Ils partirent avec Curumo (Saruman*, voir ce nom) vers l'est, mais seul ce dernier revint.

Aldarion: Personnage principal du conte *Aldarion et Erendis*, présent dans le recueil des *Contes et légendes inachevés: le Second Âge*. Descendant des rois de Númenor*, il voua une passion invétérée pour le grand large, au grand dam de son père, qui voulait le fiancer à Erendis, elle aussi d'une lignée illustre.

Allen & Unwin: Maison d'édition britannique fondée en 1911, qui devint rapidement une référence en publiant les œuvres de Bertrand Russell, Roald Dahl, et Thor Heyerdahl. Nouveau grand coup éditorial avec la publication de *The Hobbit* en 1937, puis de sa suite *The Lord of the Rings* en 1954 et 1955. Dans les années 1970, la maison d'édition déménagea en Australie.

Aman : Continent séparé de la Terre du Milieu* par le Belegaer*, sur Arda*.

Anárion : Fils et frère cadet d'Elendil* et d'Isildur*. Il quitta Númenor* avant sa submersion et accosté en Terre du Milieu* vers l'an 3320 du Deuxième Âge, pour y fonder les royaumes du Gondor* et de l'Arnor*. Il devoint le protecteur de Minas Anor (qui deviendra par la suite Minas Tirith*), au Gondor.

Anduin : Plus long fleuve de la Terre du Milieu*. Issu du confluent de deux rivières venant des Montagnes de Brume* et des Montagnes Grises*, il termine son long cours dans la baie de Belfalas, au sud de la Terre du Milieu.

Angband : Forteresse construite par Melkor* dans le nord du Beleriand*. Les Valar* crurent l'avoir détruite au cours de la bataille des Puissances, mais certaines créatures, telles Sauron* et les Balrogs*, demeuraient introuvables. Le Maia* y revint avec Ungoliant* après leur expédition sur les Deux Arbres*. Lors de son agression par l'araignée monstrueuse, il poussa un cri qui réveilla les Balrogs, qui firent fuir le monstre. Dès lors Melkor put renforcer son refuge, et de nombreux Orques* y circulèrent, tandis que lui-même y créa les dragons. Angband fut vinalement abattue par les Valar.

Angmar : Situé dans le nord de la Terre du Milieu*, entre les Landes d'Etten, les Montagnes de Brume* et les Montagnes d'Angmar, ce royaume, qui fut fondé en l'an 1 300 du Troisième Âge, était destiné à attaquer les Dúnedain* du Nord. Sa population était composée essentiellement d'Orques* et d'Hommes. Son souverain est le Roi-Sorcier*, qui avait reçu l'un des Neuf Anneaux voués aux Hommes. Il n'eut de cesse, après sa transformation, d'envahir les royaumes voisins. Inféodé à Sauron*, il participa à la traque des Hobbits* dans *Le Seigneur des Anneaux*, avant de rencontrer son destin à Minas Tirith*.

Animalique : Langue privée inventée vers 1905 par Mary et Marjorie Incledon, jeunes cousines de Tolkien. Déjà fasciné par la mécanique du langage, Ronald, alors âgé d'une douzaine d'années, l'apprit. Cependant, des années plus tard, il la qualifia de « grossière », en en donnant un seul exemple dans son ouvrage *Les Monstres et les Critiques et autres essais*.

Anneaux de Pouvoir (Les) : Pendant le Deuxième Âge, Celebrimbor* et le Peuple des Joailliers forgèrent en Eregion* des Anneaux destinés aux Peuples Libres de la Terre du Milieu*. Il y en avait trois pour les Elfes*, sept pour les Nains* et neuf pour les Hommes. Ils furent forgés sous l'égide d'Annatar (en réalité Sauron*), qui avait l'intention de les mettre sous sa coupe, grâce au pouvoir de l'Anneau unique, qu'il forgea lui-même par la suite dans les Sammath Naur*. Ayant percé le Noir Ennemi* à jour, les Elfes* cachèrent leurs Anneaux. Il ne put entrer en possession que des Sept et des Neuf. Les Nains résistèrent à son pouvoir, tandis que les rois détenteurs des Neuf devinrent des Nazgûls*. Les Anneaux de Pouvoir est par ailleurs le titre de la série produite par Amazon, destinée à sa plate-forme de streaming Prime Video. Elle propose un ensemble de récits simplement évoqués dans les appendices du *Seigneur des Anneaux*. Les premiers épisodes ont été diffusés en septembre 2022.

Anneau des Niebelungen (L'): Titre d'une légende rhénane, dans laquelle sont contés les exploits du prince Siegfried. Ce serait l'une des inspirations de Tolkien pour la création de ses Anneaux.

Anneau unique: Après la forge des Anneaux de Pouvoir* par les Elfes* de Celebrimbor*, Sauron* façonna celui qui devait tous les contrôler dans les Sammath Naur*. Mais il perdit le bijou lors d'un affrontement avec Isildur*, et celui-ci changea plusieurs fois de porteur jusqu'à la Guerre de l'Anneau. Voici la devise qui l'accompagne: « Un anneau pour les gouverner tous / Un anneau pour les trouver / Un anneau pour les amener tous et dans les ténèbres les lier. »

Aragorn : L'un des personnages principaux du *Seigneur des Anneaux*. Il est présenté comme un Coureur et Chef des Dúnedain* du Nord lorsque les Hobbits* le rencontrent à Brie*, sous le sobriquet de l'Arpenteur. Avec le magicien Gandalf*, il va conduire la Fraternité à Fendeval* puis sur le chemin de l'Orodruin*.

Araigne : Araignée géante descendante d'Ungoliant* qui envoya sa descendance à travers l'Ephel Dúath*, et se replia dans les grottes de Cirith Ungol*, à l'ouest du Mordor*, dans lesquelles elle se nourrit de toutes les créatures tentant de pénétrer dans le royaume de Sauron*. Frodo Bessac* et Sam Gamgie* la rencontrent dans son repaire dans *Le Seigneur des Anneaux*.

Arbres de Valinor : En raison des premières destructions causées par Melkor*, Yavanna* se rendit sur la colline d'Ezellohar et pleura. De ses larmes naquirent Laurelin* et Telperion*, les Deux Arbres de Valinor, chacun inondant le monde de sa propre lumière. Ils furent empoisonnés par Ungoliant*, qui accompagnait Melkor*, mille cinq cents ans plus tard. Ils donnèrent une fleur et un fruit, qui devinrent le Soleil et la Lune.

Arda : Nom de la Terre, donné par les Elfes*. Elle fut créée au cours du Chant des Ainur* pour les Elfes* et les Hommes. Certains de ces Ainur* y descendirent pour parachever sa formation, mais l'un d'entre eux, Melkor*, avait pour ambition d'y régner.

Arien : Jeune Maia* au service de Vána*. Esprit du feu, elle fut choisie pour conduire le vaisseau du Soleil après la destruction des deux Arbres de Valinor*. Elle fut transformée en flamme pure à cette occasion.

Arnor : Royaume des Hommes, situé entre la Lhûn, les Montagnes de Brume*, le Gwathló et la Bruinen. En 1601 du Troisième Âge, une partie du territoire fut cédé aux Hobbits* et devint le Comté*. Par la suite, l'Arnor fut morcelé et secoué par des guerres fratricides. Ce n'est qu'après la Guerre de l'Anneau qu'il fut réhabilité au sein du Royaume Réuni.

Arthedain : Royaume né en 861 du Troisième Âge, de la division de l'Arnor*. Sa capitale Fornost vit une quinzaine de souverains se succéder, luttant sans relâche contre Angmar*. Une ultime offensive des serviteurs du Roi-Sorcier*, en 1974, eut raison de l'Arthedain.

Arwen : Princesse elfe et seule enfant d'Elrond* et Celebrian. Fiancée d'Aragorn*, elle ne pourra l'épouser que s'il rétablit les royaumes d'Arnor* et du Gondor*.

Ar-Pharazôn : Vingt-cinquième et dernier roi de Númenor*. Ambitieux et orgueilleux, il voulut envahir la Terre du Milieu* en accostant à Umbar* avec une flotte gigantesque. Impressionné, Sauron* se soumit et fut emmené à Númenor. Mais bientôt il étendit son influence sur le roi, et le convainquit d'attaquer les Valar*.

Astin (Sean) : Acteur, réalisateur et producteur américain, qui tient le rôle de Sam Gamgie* dans l'adaptation du *Seigneur des Anneaux* par Peter Jackson* entre 2001 et 2003.

Aulë : Vala*, époux de Yavanna*, façonna Arda* et ses reliefs au Commencement des Jours. Il donna également naissance aux Nains*, qui le surnommaient « Le Créateur ».

Baie-d'or : Épouse de Tom Bombadil*. Les Hobbits* qui la rencontrent dans *Le Seigneur des Anneaux* sont subjugués par sa beauté, comparable à celle des Elfes*. On ne sait quasiment rien sur elle, sinon qu'elle vivait avec sa mère au bord de l'Oserondule* et quc Bombadil a dû la capturer avant de la séduire.

Bakshi (Ralph) : Le réalisateur israélien met en scène *Le Seigneur des Anneaux* dans une version combinant prises de vues réelles et animation, qui sort en 1980.

Balin: L'un des treize Nains qui accompagnèrent Gandalf* et Bilbo Bessac* lors de l'expédition d'Erebor*. Par la suite il s'installa dans la Moria*, et son tombeau fut découvert par la Fraternité dans *Le Seigneur des Anneaux*.

Balrogs: Maiar* au service de Melkor*, ils participèrent à toutes les batailles du Premier Âge, sous la direction de leur congénère Gothmog*. Ils furent presque décimés lors de la Guerre de la Colère. Seul l'un d'entre eux réapparut dans la Moria*, à la poursuite de la Fraternité de l'Anneau*.

Barad-dûr: Vers l'an 1000 du Deuxième Âge, Sauron*, soucieux de donner un siège à sa puissance, commença à édifier cette tour au centre du Mordor*. Après une bataille contre la Dernière Alliance (en 3434 du Deuxième Âge), Sauron fut vaincu et son sinistre palais détruit. Revenu de son exil à Dol Guldur*, il entreprit sa reconstruction en 2951 du Troisième Âge.

Baranduin: Fleuve qui prenait sa source dans le Lac du Crépuscule, puis descendait vers le sud de l'Eriador* (et constituait la limite est du Comté*) avant d'obliquer vers l'ouest et se jeter dans Belegaer*.

Barbebois: Chef des Ents* de la forêt de Fangorn*. Dans *Le Seigneur des Anneaux*, il rencontra Merry Brandibouc* et Pippin Touc* qui le mirent au courant des projets de Saruman*. Il prend donc la tête de ses congénères et des Huorns* dans leur marche vers Orthanc*.

Bass (Jules): Producteur, réalisateur et compositeur américain, il réalise avec son complice Arthur Rankin Jr.* une version animée du *Hobbit* destinée à la télévision en 1977. Tous deux récidivèrent en 1980 avec *The Return of the King*, qui vient terminer le film de Ralph Bakshi*.

Bataille des Cinq Armées: Bataille qui eut lieu en 2941 du Troisième Âge. Au départ elle devait opposer Elfes*, Nains* et Hommes sur la possession des biens stockés à Erebor* après la mort du dragon Smaug*. Mais l'attaque surprise d'une horde d'Orques*, de Wargs et de loups réconcilia les Peuples Libres. L'apport des Grands Aigles et de Beorn* fut décisif pour la victoire finale des Nains*, des Elfes* et des Hommes.

Baynes (Pauline): Illustratrice autodidacte britannique (1922-2008) qui se fit connaître en réalisant des illustrations pour *Le Fermier Gilles de Ham*, puis *Les Aventures de Tom Bombadil*, *Smith de Grand Wootton* et *Bilbo's Last Song*. Proche de Tolkien et son épouse, elle reçut les éloges du Professeur dans une lettre de 1949 à Allen & Unwin*, son éditeur: « *Les illustrations de Mme Baynes [...] me plaisent au-delà même de l'attente suscitée par les premiers* *échantillons. Ce sont plus que de simples illustrations : il s'agit d'un motif parallèle. Je les ai montrées à mes amis, qui ont juste fait la remarque polie qu'elles réduisaient mon texte à un simple commentaire des dessins.* »

Bayona (Juan Antonio) : Réalisateur, producteur et scénariste espagnol. Après des films comme *L'Orphelinat*, *The Impossible* et *Jurassic World: Fallen Kingdom*, il est engagé par la production de Prime Video pour réaliser les deux premiers épisodes de la série *Les Anneaux de Pouvoir**.

Bean (Sean) : Acteur britannique qui a joué le rôle de Boromir* dans *Le Seigneur des Anneaux* de Peter Jackson*.

Belegaer : Nom donné à la Grande Mer qui séparait Aman* de la Terre du Milieu*. Lors de la Guerre de la Colère, elle engloutit la quasi-totalité du Beleriand*.

Beleriand : Région du nord-ouest de la Terre du Milieu*, théâtre des guerres entre Elfes*, Hommes et séides de Melkor* au long du Premier Âge.

Belleau : Village situé au cœur du Comté*, près d'Hobbiteville*. À la fin du Troisième Âge, il fut le théâtre d'une bataille entre les Hobbits* et les serviteurs de Charquin*(Saruman*).

Beorn : Ce personnage est un Change-peau, c'est-à-dire qu'il peut être tantôt un homme costaud et de haute taille, tantôt un ours brun. Il vivait à la lisière de la forêt de Grand'Peur*. Il possédait du bétail, des chiens avec lesquels il parlait et de grosses abeilles féroces. Thorin Lécudechesne* et compagnie font escale chez lui lors de leur expédition vers Erebor*. Plus tard dans le même récit du *Hobbit*, il prend part à la Bataille des Cinq Armées*.

Beorthnoth : Il est le sujet de la quête racontée dans *Le Retour de Beorhtnoth, fils de Beorhthelm*, récit en vers allitératifs au sujet de la bataille de Maldon*, qui eut lieu dans l'Essex en 991.

Beowulf : Héros du conte en vieil anglais du même nom, qui, doté d'une force herculéenne, porte secours au roi du Danemark Hrothgar* contre un ogre puis un dragon. C'est l'une des inspirations principales de Tolkien, notamment pour la dimension épique de l'histoire. Le Professeur en a fait une traduction en anglais moderne, qui ne fut publiée qu'en 2014.

Beren : Héros du conte *Beren et Lúthien*. Après avoir perdu son père et ses derniers compagnons lors d'une énième bataille avec des Orques*, il se mit à errer et entra par hasard dans le royaume elfique de Thingol*, dont il tomba amoureux de la fille, Lúthien*. Celui-ci accepta de lui accorder sa main s'il rapportait un Silmaril. Première histoire mettant en scène les amours interdites d'un Homme et d'une Elfe*, c'est en outre un récit d'aventures, où un personnage féminin tient une grande part dans l'action.

Bessac (Bilbo) : Hobbit* qui vivait paisiblement à Cul-de-Sac*, mais qui vit un jour apparaître une compagnie de douze Nains* à sa porte, bientôt suivis par le magicien Gandalf*. Leur proposition : engager le Semi-Homme pour reprendre au dragon Smaug* le trésor dont il s'était emparé par la force dans la cité naine d'Erebor*. Contre toute attente, et avec un temps de retard, Bilbo accepta et fit preuve d'un grand courage dans cette aventure.

Bessac (Frodo) : Petit-cousin du précédent, Frodo se voit remettre lors du cent onzième anniversaire de Bilbo* un anneau à l'histoire étrange. En raison de l'insistance de Gandalf*, le Hobbit*, accompagné de trois congénères, se rend alors à Brie* pour rencontrer un certain Arpenteur*...

Bifur : L'un des treize Nains* qui accompagnèrent Bilbo* et Gandalf* vers Erebor* dans *Le Hobbit*. Il était le cousin de Bofur* et Bombur*.

Blanco et Marcho : Deux Hobbits* de la région de Brie* qui, avec de nombreux autres, décidèrent de s'installer de l'autre côté du Baranduin* et de fonder le Comté*, avec l'autorisation du roi d'Arthedain* Argeleb 1er.

Bloemfontein : Ville natale de John Ronald Reuel Tolkien, né le 3 janvier 1892, située dans l'État libre d'Orange (actuelle Afrique du Sud).

Bloom (Orlando) : Acteur britannique qui jour l'Elfe* Legolas* dans l'adaptation du *Seigneur des Anneaux* au cinéma par Peter Jackson*.

Bodleian Library : La bibliothèque Bodléienne est la plus prestigieuse des bibliothèques universitaires d'Oxford. Fondée en 1602, elle a vu passer dans ses rayonnages John Ronald Reuel Tolkien pendant ses années d'études et d'enseignement, à partir de 1911.

Bofur : L'un des treize Nains* qui accompagnèrent Bilbo Bessac* et Gandalf* vers Erebor* dans Le *Hobbit*. Il était le cousin de Bifur* et Bombur*.

Bombadil (Tom) : Personnage énigmatique que rencontrèrent les quatre Hobbits* dans la Vieille Forêt*. Il les sauve du Vieil Homme-Saule*, leur offre l'hospitalité avec son épouse Baie-d'or*, puis les sauve une nouvelle fois dans les Coteaux des Tertres*.

Bombur : L'un des treize Nains* qui accompagnèrent Bilbo* et Gandalf* vers Erebor* dans Le *Hobbit*. Il était le cousin de Bofur* et Bifur*.

Boromir : Fils aîné de Denethor II*, vingt-sixième Intendant régnant du Gondor*, et de Finduilas de

Dol Amroth*. Farouche guerrier, il rencontra Frodo Bessac*et ses compagnons à Fendeval*, où il fut décidé qu'il devait représenter les Hommes au sein de la Fraternité de l'Anneau*.

Bourg-du-Lac (Le) : Ville construite sur pilotis à la surface du Long Lac, à proximité d'Erebor*. Autrefois prospère, elle se mit à péricliter à l'arrivée du dragon Smaug*.

Bourgois (Christian) : Directeur et fondateur des Éditions Christian Bourgois. En 1970, il publia *Admirations*, de Jacques Bergier. Parmi les ouvrages cités dans ces « admirations » se trouve *The Lord of the Rings*. Face à l'insistance de l'auteur il le publie sans l'avoir lu, faisant appel à Francis Ledoux*, qui avait traduit *The Hobbit*. Sorti en 1972, l'ouvrage reçut le prix du meilleur livre étranger en 1973, et Bourgois décide de publier *Le Silmarillion**, puis d'autres ouvrages de Tolkien en langue française.

Boyd (Billy) : Acteur, chanteur et musicien britannique qui joua le rôle de Peregrin « Pippin » Touc* dans l'adaptation au cinéma du *Seigneur des Anneaux* par Peter Jackson*. Il écrivit la mélodie et interpréta la chanson *The Edge of Night*, diffusée dans le dernier volet *Le Retour du Roi*. En 2014 il interpréta la chanson *The Last Goodbye*, jouée pendant les crédits de fin du film *Le Hobbit : La Bataille des Cinq Armées*, toujours réalisé par Peter Jackson.

Boyens (Philippa) : Scénariste et productrice néo-zélandaise. Grande fan du *Seigneur des Anneaux*, elle collabora avec Peter Jackson* et son épouse Fran Walsh* pour en écrire l'adaptation du même nom. Elle réitérera dix ans plus tard pour la trilogie du *Hobbit*.

Brandibouc (Meriadoc « Merry ») : L'un des trois Hobbits* qui accompagnèrent Frodo Bessac* dans la quête de l'Anneau. Un voyage qui l'amena entre les mains des Orques* de l'Isengard*, les ramures des Ents* de Fangorn*, et sous les ordres du roi Théoden* pendant la Guerre de l'Anneau. Il réalisa ensuite des prouesses à son retour au Comté*, en menant les Hobbits* à la bataille de Belleau*.

Bratt (Edith) : Jeune femme rencontrée par John Ronald Reuel Tolkien dans une pension de famille, dans les années 1908 à 1910. Après un éloignement imposé par le père Francis Morgan, tuteur de Tolkien, ils se fiancent et se marient en 1916. Ils eurent quatre enfants ensemble.

Brie : Principal village du Pays-de-Brie, au centre de l'Eriador*. Peuplé essentiellement d'Hommes et de Hobbits*, il était assez peu ouvert vers l'extérieur, malgré la présence du *Poney Fringant*, une auberge où se croisaient des aventuriers de tous les horizons. C'est dans cet établissement que Frodo Bessac* et ses compagnons rencontrèrent l'Arpenteur* en 3019 du Troisième Âge.

Bruyandeau : Appelé également Bruinen, ce cours d'eau (dont le nom vient du fort bruit produit par ses eaux) prend sa source dans les Montagnes de Brume* et passe au sud-ouest de Fendeval*.

Calenardhon : Ancienne province du Gondor* dont la population fut presque décimée par la la Grande Peste en 1636 du Troisième Âge. Moins d'un millénaire plus tard les Éothéod* s'y installèrent, et le pays fut renommé Rohan*.

Caradhras : Également appelé Cornerouge, il s'agit de l'un des trois sommets sous lesquels se trouve la cité naine de Khazad-dûm*, dans les Montagnes de Brume*. La Fraternité de l'Anneau* tenta de franchir le massif par son col, avant de renoncer en raison des conditions météo extrêmes.

Carcharoth : Plus grand chien de la Terre du Milieu*, élevé et nourri par Morgoth* lui-même. Gardien d'Angband*, il se retrouva face à Beren* et Lúthien* qui venaient chercher un Silmaril*.

Carpenter (Humphrey) : Écrivain britannique qui écrivit une biographie de John Ronald Reuel Tolkien en 1977 : *J. R. R. Tolkien: A biography*. Deux ans plus tard sortit un ouvrage sur ses amis des années d'études à Oxford : *The Inklings: C. S. Lewis, J. R. R. Tolkien, Charles Williams, and Their Friends,* puis en 1981 *The Letters of J. R. R. Tolkien*, en français *Lettres*, une sélection de l'imposante correspondance du Professeur.

Carte de Thrór : Lors de l'attaque d'Erebor* par le dragon Smaug*, le roi nain Thrór dessina une carte des lieux et de ses alentours, indiquant la présence d'une porte secrète ; sur la carte étaient apposées des lettres lunaires qui indiquaient comment ouvrir la porte. Comme toutes les cartes naines, son sommet indiquait l'est, et non le nord. Passée entre les mains de Gandalf*, la carte revint entre les mains de Thorin Lécudechesne*, descendant de Thrór, qui s'en servit pour revenir sur place.

Celeborn : L'Elfe* Celeborn est le mari de Galadriel*, avec laquelle il fondit le royaume d'Eregion*. Face aux velléités dévastatrices de Sauron*, ils finirent par s'installer en Lothlórien*, où ils accueillirent de nombreux voyageurs, dont les membres de la Fraternité de l'Anneau*, avant sa dispersion.

Celebrimbor : Petit-fils de Fëanor*, qui s'installa à Nargothrond*. Il fonda par la suite le Peuple des Joailliers, réputé pour la finesse de son artisanat, en Eregion*. Trompés par Annatar (Sauron*), ils forgèrent les Anneaux de Pouvoir* destinés aux

Hommes et aux Nains*. Celebrimbor forgea seul les trois Anneaux destinés aux Elfes*.

Charquin: Surnom utilisé par Saruman* lors de son bref règne sur le Comté*, en 3019 du Troisième Âge.

Círdan: Souverain des Falathrim, ceux des Teleri* convaincus de rester en Terre du Milieu*. Ils furent les premiers constructeurs de navires et marins que connût Arda*. Il éleva Gil-galad*, que son père avait envoyé à ses côtés. Après la bataille de Nirnaeth Arnoediad, il se réfugia sur l'île de Balar, où il devint ami avec Eärendil*, pour lequel il construisit *Vingilot**, son bateau. Après la chute de Morgoth*, il fonda les Havres Gris*, point de départ vers Aman*. Il reçut dans le plus grand secret Narya*, l'un des trois Anneaux des Elfes*, puis le confia à Gandalf*.

Cirith Ungol: Col situé dans les Ephel Dúath*, dont les grottes attenantes étaient occupées par Araigne*.

Cirth: Également appelées Runes de Doriath, il s'agit d'un système d'écriture inventé par les Elfes*, puis principalement utilisé par les Nains* à la fin du Troisième Âge, mais aussi les Orques*, les Rohirrim* et les Hommes du Val. On les trouve notamment sur le Tombeau de Balin* et le Livre de Mazarbul*.

Chaucer (Geoffrey) : Écrivain et poète anglais (1340-1400), connu notamment pour les *Contes de Canterbury*. En 1922, les Éditions Clarendon commandèrent à Tolkien une édition commentée de ces contes. Jamais publiées jusqu'en 2019, les 160 pages qu'il a écrites révèlent sa grande érudition sur l'auteur du xive siècle et l'influence qu'il a pu avoir sur la technique narrative d'un Tolkien alors au seuil de sa carrière littéraire.

Chrysophylax : Dragon qui envahit le Royaume du Milieu et fut défait par Gilles de Ham*, dans *Le Fermier Gilles de Ham**.

Cirion : Douzième intendant régnant du Gondor*.

Coalbiters : Club de lecture-écriture fondé par Tolkien à Oxford au cours de l'hiver 1926. Il y rencontra entre autres le futur auteur du *Monde de Narnia*, Clive Staples Lewis*. Le nom du cercle est également orthographié *Kolbítar*, ce qui signifie littéralement « mangeurs de charbon ».

Comté : Principale région habitée par les Hobbits*, située dans l'Eriador*, dans le nord-ouest de la Terre du Milieu*. De quarante lieues (environ 193 kilomètres) d'est en ouest, et de cinquante du nord au sud (241 kilomètres) dans ses dimensions maximales, la région se composait de quatre quartiers, sans véritable gouvernement, même si la fonction de Thain (dirigeant les comices du Comté) a été créée en 1974 du Troisième Âge. Seuls les Coureurs en surveillaient les frontières, rarement outrepassées, sauf lors de l'arrivée de Charquin* et de ses complices en 3019 du même Âge.

Conseil Blanc : La première séance de ce Conseil eut lieu en 2463 du Troisième Âge, peu après le retour de Sauron* à Dol Guldur*, pour décider des actions à mener pour le contrer. Le Conseil était présidé par Saruman*, en présence de Galadriel*, d'Elrond*, de Círdan*, probablement d'autres seigneurs elfes*, et peut-être de Radagast*. En 2851 se tint une nouvelle réunion, au cours de laquelle s'opposèrent Gandalf* et Saruman, le premier préconisant l'attaque de Dol Guldur, où Sauron s'était réinstallé, contre l'avis du second. La dernière réunion eut lieu en 2953, et Saruman mentit aux autres participants, affirmant que l'Anneau unique* avait disparu au fond de la mer.

Coteaux des Tertres : Situés à l'est de la Vieille Forêt* et au sud-ouest de Brie*, ce plateau était parsemé de nombreuses sépultures des Edain* qui n'ont pas pu aller au Beleriand*. Par la suite, de nombreux rois et seigneurs Dúnedain* s'y firent inhumer. Plus tard, le Roi-Sorcier* d'Angmar envoya des esprits maléfiques hanter ces tertres. En 3019 du Troisième Âge, l'une de ces créatures attaqua Frodo Bessac* et ses compagnons, lesquels furent sauvés par Tom Bombadil*.

Cubicle 7 : Éditeur irlandais de jeux sur table, qui proposa en 2011 *The One Ring: Adventures over the Edge of the Wild*, traduit en français par *L'Anneau unique : Aventures dans les Terres sauvages*, puis en 2016 *Adventures in Middle-earth*, inspiré de l'œuvre de Tolkien.

Cul-de-Sac : Demeure de Bilbo* et Frodo Bessac*, en Comté*.

Danien : Langue elfique parlée par les Elfes* d'Ossiriand*.

Déagol : Ami de Sméagol*, ce Hobbit vivait au bord de l'Anduin*. Lors d'une partie de pêche, il découvrit au fond du fleuve un anneau, que Sméagol* réclama comme cadeau d'anniversaire. Déagol refusa et Sméagol* le tua.

Decipher : Société britannique d'édition de jeu. En 2001, ils créèrent une gamme de jeu de cartes inspirée par l'adaptation au cinéma du *Seigneur des Anneaux* par Peter Jackson*. Ils éditèrent également *The Lord of the Rings Fan Club*, une revue annuelle, et en 2002 *The Lord of the Rings Roleplaying Game*, jeu de rôle dérivé de la franchise cinéma.

Denethor II : Vingt-sixième Intendant régnant du Gondor*. Il fut le père de Boromir* et de Faramir*.

Denham Tracts : Série de pamphlets et notes relatives au folklore anglais, publiée par Michael Aislabie Denham, un homme d'affaires du Yorkshire, entre 1846 et 1859. Il est possible que Tolkien ait « pris » le terme *hobbit** dans une liste de créatures féeriques contenue dans ces ouvrages.

Dol Amroth : Port situé en Belfalas*, au sud des Montagnes blanches*.

Dol Guldur : Au sud de Vertbois-le-Grand*, près de la Lórien*, se trouvait la forteresse de Sauron*, Dol Guldur (« colline de la sorcellerie » en sindarin). On pensait qu'un Nazgûl* y avait élu domicile, mais c'est Sauron qui s'y était installé à partir de 1100 du Troisième Âge. En 2851, Gandalf* essaya de persuader le Conseil blanc* d'attaquer la Tour sombre, mais Saruman* s'y opposa. En 2941 il accepta, et Sauron* dut fuir, tandis qu'un Nazgûl vint s'y installer.

Dor-lómin : Région du nord du Beleriand. Après la bataille de Nirnaeth Arnoediad, Morgoth* y envoya ses vassaux orientaux, qui maintinrent la peuplade locale en esclavage jusqu'à sa disparition à la fin du Premier Âge.

Dori : L'un des treize Nains* accompagnant Bilbo* et Gandalf* vers Erebor*. Il était un lointain cousin de Thorin Lécudechesne*, le frère de Nori* et le cousin d'Ori*. Son grand courage et ses talents de flûtiste étaient particulièrement appréciés par les autres membres de la compagnie.

Doriath : Le Royaume elfe* de Doriath, situé au centre du Beleriand* était protégé des intrusions par le sort de Melian*, appelé « Ceinture de Melian ». Mais la possession d'un Silmaril* par son roi Thingol* (après le défi lancé à Beren*) provoqua la première chute du royaume, qui en connut une autre en raison de désaccords avec d'autres royaumes elfes*. Dans *Le Livre des contes perdus* et les premiers écrits de Tolkien, ce royaume est nommé « Artanor ». Ce nom devient « Doriath » dans *Le Silmarillion*.

Doworst : Titre d'un texte satirique de Tolkien, vraisemblablement écrit en 1932. Il s'agit d'un recueil de bourdes d'étudiants en littérature et en langues devant un jury d'études universitaires. Seuls des fragments ont été publiés jusqu'à présent.

Druedain : Peuplade humaine vivant dans les bois, qui vécut un temps en Númenor*. Ils partirent sur la Terre du Milieu* et furent peu à peu réduits en esclavage par d'autres peuplades, notamment les Rohirrim*. L'un de leurs chefs joua cependant un rôle non négligeable lors de la Guerre de l'Anneau en guidant l'armée de Théoden*.

Dúnedain : Terme générique désignant les descendants des trois grandes maisons des Hommes ayant quitté Númenor* pour la Terre du Milieu* afin d'y fonder les royaumes de l'Arnor* et du Gondor*.

Dunlandais : Habitants du Dunlande*.

Dunlande : Pays des Hommes situé dans le nord-ouest du Rohan*, délimité à l'est par les Montagnes de Brume*.

Dunsany (Lord) : Écrivain irlandais (1878-1957) considéré comme l'un des fondateurs de la fantasy moderne. Il a inspiré Tolkien, notamment via ses histoires mettant en scène des Elfes*.

Dwalin : L'un des treize Nains ayant participé à l'expédition d'Erebor*, mais aussi à la tentative préalable de Thráin*, le père de Thorin Lécudechesne*, de récupérer son royaume.

Eärendil : Semi-Elfe issu de l'union de Tuor, de la Maison de Hador, et d'Idril* Celebrindal, fille du seigneur de Gondolin*. Né dans cette même Gondolin peu avant sa chute, il épousa l'Elfe Elwing* qui lui donna deux fils, Elrond*, futur seigneur de Fendeval*, et Elros*. Il se rendit en Valinor* pour quérir l'aide des Valar* face aux déprédations de Morgoth*. Après différentes actions héroïques, il fut, à bord de son navire *Vingilot**, transformé en étoile, portant un Silmaril* au front.

Echoriath : Cercle de hautes montagnes du Beleriand* entourant la cité cachée de Gondolin*.

Edain : Terme générique des Trois Grandes Maisons des Hommes qui s'allièrent aux Elfes* lors de la Guerre des Joyaux. En récompense, les survivants de ce conflit reçurent une vie allongée et devinrent les Númenoréens*.

Edgbaston (oratoire) : Lieu de travail du père Francis Morgan (à proximité de Birmingham), qui prit les orphelins Tolkien sous son aile après la mort de leur mère Mabel*, en novembre 1904.

Edoras : Capitale du Rohan*, édifiée par Eorl*.

Eldar : Le « Peuple des Étoiles » (signification en quenya*) est l'appellation des Elfes qui répondirent à l'appel des Valar* pour se rendre en Valinor*.

Eldarion : Fils d'Elessar* et d'Arwen*, auxquels il succéda à la tête du Royaume Réuni au début du Quatrième Âge.

Elendil : Prince originaire de Númenor*, dont il échappa à la submersion. Avec ses fils Isildur* et Anárion* il fondit les royaumes du Gondor* et de l'Arnor* en Terre du Milieu*, à partir de l'an 3320 du Deuxième Âge. Lui-même régna sur l'Arnor et combattit Sauron* aux côtés de Gil-galad*.

Elessar : Pierre précieuse attachée aux Elfes*, existant en deux exemplaires, dont l'une parvint entre les mains de Galadriel*, qui l'offrit à Aragorn*, ce qui lui inspira le nom sous lequel il régna, Elessar Ier.

Elfes : Les Elfes sont les premiers-nés parmi les enfants d'Ilúvatar*. Ils s'éveillèrent dans l'est de la Terre du Milieu*, sur les rives du lac Cuiviénen, en l'Année des Arbres 1050. Certains d'entre eux furent découverts et capturés par les espions de Melkor*, qui, à force de torture et de corruption, les transforma en Orques*. Après la chute de Melkor*, les Valar* invitèrent les Elfes à se rendre en Valinor*. Certains refusèrent, d'autres périrent en chemin ou encore renoncèrent, se dispersant à travers le Beleriand* et fondant divers royaumes. Ulmo* utilisa l'île de Tol Eressëa* pour faire traverser Belegaer* aux Elfes restants. Pendant le Premier Âge, les différents peuples elfes eurent à subir les attaques de Morgoth* (en plus de leurs propres luttes intestines), puis de son lieutenant, Sauron*, au long du Deuxième Âge. Au Troisième âge, la plupart des Elfes quittèrent la Terre du Milieu pour Aman* ; seule une poignée resta sur le continent, comme Círdan*, Elrond* ou Galadriel*, avec leurs peuples respectifs. Les Elfes, s'ils étaient biologiquement proches des Hommes, bénéficiaient d'une certaine « immortalité ».

Elrond : Semi-Elfe, fils d'Eärendil* et d'Elwing*. À la fin du Premier Âge, il décida de rester un Elfe*, alors que son jumeau Elros* se détermina en tant qu'Homme, et de devenir le premier roi de Númenor*. Elrond combattit longtemps auprès d'Isildur* contre Sauron*. Il recueillit un temps Aragorn*, qui tomba amoureux de sa fille Arwen*. Après l'arrivée des Hobbits* à Fendeval*, Elrond présida le Conseil* décidant du sort à donner à l'Anneau unique*.

Elros : Semi-Elfe, frère jumeau d'Elrond*, qui décida de devenir un Homme, donc mortel. Ses descendants et lui reçurent des Valar* une vie exceptionnellement longue. En l'an 32 du Deuxième Âge, il mena les survivants des trois maisons des Edain* sur l'île de Númenor*, où il bâtit la cité d'Armenelos, la capitale.

Elwing : Fille du seigneur elfe* Dior, elle épousa Eärendil*, un Semi-Elfe alors souverain des bouches du Sirion. Ils eurent ensemble deux jumeaux, Elros* et Elrond*. Lorsque sa forteresse fut attaquée par les Fils de Fëanor*, elle se jeta du haut des falaises mais fut sauvée par Ulmo*. Elle rejoignit son époux vers le Valinor*, puis choisit pour eux deux la condition d'Elfes.

Ents : Les Ents furent créés par Ilúvatar* à l'initiative de Yavanna*. Ils gardaient les arbres dans différentes forêts. À la fin du Deuxième Âge, les Ents-Femmes étaient parties, laissant les Ents-Hommes s'éteindre peu à peu. Il n'en restait qu'une cinquantaine en vie lorsque Merry Brandibouc* et Pippin Touc* rencontrèrent Barbebois* dans la forêt de Fangorn* en 3019 du Troisième Âge. C'étaient des créatures à l'apparence arbresque, au mode de vie extrêmement lent. Malgré leur retrait des évènements qui secouent la Terre du Milieu*, ils peuvent se mettre dans une colère énorme, redoutée par leurs ennemis, parmi lesquels les Orques*.

Éomer : Neveu du Théoden*, roi du Rohan*, auquel il succéda à sa mort. Il se maria avec la princesse Dimrahil de Dol Amroth*.

Eorl : Seigneur des Éothéod*, peuplade amie des chevaux du Val de l'Anduin*, il porta secours à l'Intendant du Gondor* Cirion* en 2510 du Troisième Âge. En remerciement, il reçut la province du Calenardhon* et prêta serment de toujours aider le voisin du Gondor*.

Éothéod : Petite peuplade amie des chevaux, qui vivait dans le val de l'Anduin*. Allié du Gondor*, elle lui prêta plusieurs fois main-forte, ce qui lui valut de se faire offrir le Calenardhon*, qui fut renommé par le Gondor le Rohan*, et les Éothéod Rohirrim*.

Éowyn : Nièce du roi Théoden* du Rohan*. Lorsque son oncle et son frère Éomer* furent appelés à participer à la Guerre de l'Anneau, elle fut nommée Intendante du royaume, mais refusa de rester en arrière. Elle se déguisa en cavalier et, prenant Merry Brandibouc* avec elle, elle participa à la Bataille des Champs du Pelennor, où elle fit preuve d'une grande bravoure.

Ephel Dúath : Chaîne de montagnes qui séparait le Mordor* de l'Ithilien*, à l'ouest. Elle était parsemée de forteresses gondoriennes destinées à surveiller le Noir Ennemi*, mais à l'époque de la Quête de l'Anneau, toutes étaient tombées entre ses mains.

Erebor : Royaume nain situé sous la Montagne Solitaire*, situé entre les Montagnes Grises* au nord, les Collines de Fer à l'est, le Long Lac au sud et la forêt de Grand'Peur* à l'ouest. En 1999 du Troisième Âge, fuyant la Moria*, le roi Thráin* Ier s'y établit, mais le dragon Smaug*, convoitant ses richesses, attaqua la cité en 2770. En 2941, Thorin Lécudechesne*, héritier de Thráin*, provoqua le dragon, qui finit par partir détruire la ville d'Esgaroth. L'arrivée des Hommes de Bard et des Elfes de Thranduil*, décidés à demander leur part des richesses enfouies dans la montagne, provoqua le refus de Thorin, et le début de la Bataille des Cinq Armées*, au pied d'Erebor. Une fois la bataille terminée, la cité naine retrouva peu à peu son lustre et son prestige d'antan, toujours sous la houlette des Nains*.

Ered Luin : Grande chaîne de montagnes séparant l'Eriador* du Beleriand* (puis du Lindon*). Elle était occupée par diverses cités naines.

Eregion : Petite région du centre de la Terre du Milieu*, coincée entre la Bruinen (au nord-ouest), le Glanduin au sud et la chaîne des Montagnes de Brume* à l'est. On y trouvait beaucoup de houx, d'où son surnom de Houssière. Cette région de plaines était peuplée essentiellement par des Noldor*, peuplade elfe* qui tomba sous la coupe d'un certain Annatar, qui voulait leur apprendre l'art de la forge. Ils fabriquèrent ainsi les Anneaux de Pouvoir*, mais lorsque Annatar, qui n'était autre que Sauron*, fut démasqué, leur destin fut scellé : il envoya ses troupes dévaster le pays en 1697 du Deuxième Âge.

Erendis : Númenoréenne qui épousa Aldarion*, héritier du trône de l'île. Mais celui-ci était plus intéressé par la mer que par sa famille (qu'une fillette, Ancalimë, était venue agrandir).

Eriador : Cette région du nord-centre de la Terre du Milieu* était originellement assez déserte, couverte de plaines et de forêts, avec quelques reliefs. Elendil*, fuyant Númenor* submergée, y fonda le royaume d'Arnor*, qui fut bientôt éclaté en Arthedain*, Cardolan et Rhudaur. Le Roi-Sorcier* d'Angmar*, bras droit de Sauron*, vint dévaster une grande partie de ces royaumes vers 1409 du Troisième âge. En 1636, la Grande Peste vint finir le travail. À noter que le Comté* était une enclave hobbite* dans cette région des Hommes.

Eriol : Marin anglais qui a visité Tol Eressëa* et a appris l'histoire de ce qui se révélera être la Terre du Milieu* de la bouche des Gnomes (les Elfes*). Son épopée est contée dans *Le Livre des contes perdus*. Le personnage fait le lien entre le Légendaire de Tolkien et notre monde.

Eru : Eru, nommé « Ilúvatar* » en Arda*, est l'Être Unique et Increé. De sa pensée, il créa les Ainur* et les dota d'une vie propre. Chacun d'eux possédait une part de son esprit et des dons spécifiques. Observant ses créations depuis le Vide, il n'intervint que deux fois sur Arda : pour la création des Nains*, puis la submersion de Númenor* en punition de leur orgueil et de leur aveuglement.

Esgaroth : Ville édifiée sur le Long Lac, à proximité d'Erebor*. Elle disparut presque pendant la présence du dragon Smaug*.

Eucatastrophe : Néologisme inventé par J.R.R. Tolkien dans son essai *Du conte de fées*, en préfixant le mot grec *eu-*, qui veut dire « bon », au terme « catastrophe », le mot traditionnellement utilisé en littérature classique pour désigner le dénouement d'un drame. Il désigne un renversement, un coup de théâtre qui permet l'accomplissement de la quête des personnages, ou leur victoire, bien mal engagée.

Faërie : Recueil d'écrits de John Ronald Reuel Tolkien comprenant trois contes féeriques, *Le Fermier*

*Gilles de Ham**, *Smith* de Grand Wootton* et *Feuille, de Niggle**, publiés respectivement en 1949, en 1957 et en 1964. Il comprend également l'essai *Du conte de fées*.

Fangorn : Nom donné à la grande forêt située à l'extrémité sud des Montagnes de Brume*, au nord du Rohan*. À l'époque décrite dans *Le Seigneur des Anneaux*, c'est le domaine des Ents*, dont une cinquantaine d'individus peuplaient les lieux, sous la gouvernance de Barbebois*, également appelé Fangorn*.

Faramir : Fils cadet de l'Intendant du Gondor* Denethor*. Vaillant guerrier, il n'était pourtant pas en odeur de sainteté auprès de son père. Il porta assistance à Frodo Bessac* et Sam Gamgie* lors de leur voyage vers le Mordor*. Soigné par Aragorn* lors de la Guerre de l'Anneau, il rencontra Eowyn* qu'il épousa et qui siégea à ses côtés pour l'intendance de l'Ithilien*.

Fëanor : Le plus sage et le plus intelligent des Noldor*. Doué pour la forge, il a également créé les tengwar*, système d'écriture elfique. Son orgueil le poussa à entrer en conflit avec les autres peuples elfes*.

Fendeval : Voyant son armée réduite presque à néant par celle de Sauron*, Elrond* se réfugia dans la vallée d'Imladris avec les Noldor* survivants. Il y créa la Dernière Maison hospitalière à l'ouest des Montagnes de Brume*, y accueillant toutes celles et tous ceux qui fuyaient l'avancée inexorable du Noir Ennemi*. Bilbo Bessac* et compagnie, ainsi que ceux qui constituèrent par la suite la Fraternité de l'Anneau*, y passèrent.

Ferré (Vincent) : Professeur-chercheur en littérature comparée français, spécialiste du roman de la première moitié du xxe siècle. Il est chargé depuis 2001 de la supervision des traductions des ouvrages de et sur Tolkien chez Christian Bourgois. Il a également traduit (ou révisé la traduction de) divers ouvrages : la *Biographie* signée par Humphrey Carpenter*, Les *Lettres* (avec Delphine Martin), *Cahier de croquis du Seigneur des Anneaux*, *Cahier de croquis du Hobbit* (tous deux d'Alan Lee*)...

Fili : L'un des treize Nains* de l'expédition d'Erebor*. Comme son frère Kili*, il est un neveu de Thorin Lécudechesne*.

Fingolfin : Fils aîné de Finwë* et d'Indis, qui s'opposa à Fëanor* sans l'affronter. Son arrivée en Terre du Milieu* fut saluée par le premier lever du soleil. Par la suite il régna sur les Noldor* du Beleriand*. Il affronta Morgoth* lors de plusieurs batailles.

Finn et Hengest : Titre d'un mythe relatif à deux héros du xve siècle en Europe du Nord. L'ouvrage est composé de deux poèmes en vieil anglais racontant une bataille entre Danes et Frisons ayant eu lieu (si elle a réellement existé) à Finnesburg (ville de Frise, région côtière des Pays-Bas et de l'Allemagne) vers 450. Tolkien en a fait, au fil de plusieurs conférences entre 1920 et 1963, une étude précise, ainsi qu'une traduction complète. C'est Alan Bliss, l'un de ses anciens élèves, intéressé par le même mythe, qui finira par l'éditer en 1982, après avoir récupéré les textes auprès de Christopher Tolkien*.

Finrod Felagund : L'un des Noldor* les plus malins, qui fonda, après la visite en songe d'Ulmo*, la cité cachée de Nargothrond*, sur les rives du Narog*, au Beleriand*. Il aida également Beren* dans sa quête de Silmarils*, et combattit Sauron*.

Flieger (Verlyn) : Autrice, éditrice et professeure du département d'anglais de l'université du Maryland (États-Unis). Elle s'intéresse particulièrement aux relations entre la mythologie et la fantasy moderne. Elle a ainsi écrit plusieurs ouvrages sur Tolkien et ses inspirations, et dirigé la revue annuelle *Tolkien Studies* pendant plusieurs années.

Forêt de Grand'Peur : Autrefois appelée Vertbois-le-Grand, cette forêt couvrait autrefois une grande partie du Rhovanion*, à l'est des Montagnes de Brume*. Après l'arrivée de Sauron* à Dol Guldur*, l'atmosphère changea avec l'envahissement par des araignées géantes descendantes d'Ungoliant*, des Orques* et d'autres animaux corrompus. On l'appelle depuis « Grand'Peur », et peu de représentants des Peuples Libres osent s'y aventurer. Bilbo Bessac* et ses amis, cependant, passèrent par le Sentier des Elfes sur le chemin d'Erebor*.

Fortauds : Peuplade hobbite*, caractérisée par une plus grande robustesse et carrure que la moyenne, qui s'installa au nord-ouest du Rohan*, avant de remonter vers le nord.

Fraternité de l'Anneau : Groupe constitué lors du Conseil d'Elrond* à Fendeval*, le 25 octobre 3018 (Troisième Âge), dont le but était de détruire l'Anneau unique dans la lave de l'Orodruin*, au cœur du Mordor*. Guidée par le magicien Gandalf*, elle comptait huit autres membres, tous issus des Peuples Libres de la Terre du Milieu : le Hobbit* Frodo Bessac*, porteur de l'Anneau ; son jardinier Samsaget Gamgie* et ses cousins éloignés Peregrin Touc* et Mériadoc Brandibouc*, tous des Hobbits* ; pour les Hommes, Aragorn*, le Coureur qui les avait guidés jusqu'à Elrond*, et Boromir*, fils aîné de l'Intendant régnant du Gondor ; pour les Elfes, Legolas*, fils du roi Thranduil* des Elfes de Grand'Peur* ; et pour les Nains*, Gimli*, fils de Glóin*, lequel fut un compagnon de Bilbo Bessac* lors de l'expédition d'Erebor*.

Galadriel : Elfe* noldo*, Galadriel s'installa en Doriath*, où elle rencontra et épousa Celeborn*, parent de Thingol*. Après plusieurs voyages en différents points de la Terre du Milieu*, elle s'établit définitivement dans un petit royaume sylvestre qui prit pour nom Lothlórien*. Entre-temps elle avait reçu l'un des trois Anneaux des Elfes, Nenya*. Elle donna asile à la Fraternité de l'Anneau*, dont chaque membre reçut un cadeau de sa part.

Gamgie (Samsaget) : L'un des quatre Hobbits* ayant intégré la Fraternité de l'Anneau*, engagée dans la quête pour détruire l'Anneau unique*. Il était le jardinier de son ami Frodo Bessac*, et fit preuve d'une grande bravoure ainsi que d'une fidélité à toute épreuve envers le porteur de l'Anneau, qu'il suppléa même à un moment donné.

Gandalf : Gandalf faisait partie de l'ordre des Istari*, dont Saruman* était le chef. Il fut envoyé avec les quatre autres membres de son ordre sur la Terre du Milieu* vers l'an 1000 du Troisième Âge. Un millénaire plus tard, il fit fuir le Noir Ennemi* vers l'est de Dol Guldur*. Six cents ans après il y revint et rencontra Thráin*, prisonnier dans les oubliettes, qui lui remit la Carte de Thrór* et la clé de la porte secrète d'Erebor*. Il conseilla à Thorin Lécudechesne* d'engager le Hobbit* Bilbo Bessac* pour remettre la main sur le trésor dont Smaug* s'était emparé. Échappant de peu à Saruman, qui avait retourné sa veste, Gandalf assista au Conseil d'Elrond* puis accepta d'accompagner la Fraternité de l'Anneau* dans son périlleux voyage vers le Mordor*. Lors de la traversée de la Moria*, Gandalf rencontra son destin lors du combat contre le Balrog*.

Garth (John) : Écrivain, chercheur et conférencier anglais, spécialiste de Tolkien, auquel il a consacré trois ouvrages : *Tolkien at Exeter College: How an Oxford undergraduate created Middle-earth* (Exeter College, 2014), *Tolkien et la Grande Guerre* (Bourgois, 2014) et *Les Mondes de Tolkien* (Hachette Heroes, 2020). Il a également contribué à de nombreuses publications sur le Professeur depuis le début des années 2000.

Gildor Inglorion : L'un des derniers Elfes* noldor* à être encore présents en Terre du Milieu* lors de la Guerre de l'Anneau. Il rencontra Bilbo Bessac* vers l'est du Comté* sur son chemin vers Fendeval*. Dix-sept ans plus tard, Gildor et ses hommes croisèrent Frodo* et ses compagnons au même endroit, leur enjoignant de rallier le refuge fondé par Elrond* au plus vite.

Gilles de Ham : Protagoniste du *Fermier Gilles de Ham*, qui devient du jour au lendemain un héros dans le Petit Royaume. On lui demande de mettre en déroute le dragon Chrysophylax*. Un récit publié en 1949.

Gil-galad : Dernier Haut roi des Noldor*. Après la submersion du Beleriand*, il fonda (en compagnie de Círdan*) son royaume au Lindon*, seul vestige de l'ancien continent en Terre du Milieu*, entre les Montagnes Bleues* et Belegaer*. Sauron* commença à mener sa guerre contre les Elfes* et Gil-galad fit appel aux Númenoréens, dont l'intervention fut décisive. Après la submersion de leur île, les survivants rejoignirent le royaume du Lindon* pour former (avec Círdan* et Elrond*) la Dernière Alliance des Elfes* et des Hommes pour attaquer de nouveau Sauron*.

Gilson (Robert) : Ami de jeunesse de John Ronald Reuel Tolkien à Oxford, membre du Tea Club and Barrovian Society* à la King Edward's School de Birmingham.

Gimli : Guerrier nain qui intègre la Fraternité de l'Anneau* à l'issue du Conseil d'Elrond*. Fils de Glóin*, il devint seigneur des Brillantes Cavernes au début du Quatrième Âge.

Glaurung : Au début de ses exactions en Terre du Milieu, Sauron* subit plusieurs cuisantes défaites. Il créa alors un dragon, qui emplit de terreur ses ennemis, avant d'être repoussé, insuffisamment cuirassé. Parvenu à maturité, ce dragon infligea plusieurs revers aux armées des Peuples Libres, avant de jouer un rôle crucial dans l'histoire des *Enfants de Húrin*.

Glóin : L'un des treize Nains* qui accompagnèrent Bilbo Bessac* et Gandalf* vers la Montagne Solitaire*, avec son frère Óin*. Il s'installa par la suite à Erebor*. Glóin participa en outre au Conseil d'Elrond* avec son fils Gimli*, qui fut choisi pour représenter les Nains* au sein de la Fraternité de l'Anneau*.

Glorfindel : Cet Elfe* noldo* était un officier aguerri attaché à Gondolin*. Il fut tué lors de la fuite des habitants de la cité lors de l'attaque de Morgoth*, en l'an 510 du Premier Âge. Il fut enterré dans les Echoriath*, et se réincarna avant la fin de cet Âge. Après une période en Aman*, il revint en Terre du Milieu* pour vivre à Fendeval*. Faisant fuir le Roi-Sorcier* à la bataille de Fornost, il prédit qu'il ne mourrait pas de la main d'un Homme. En 3019, il récupéra Frodo Bessac* pour l'emmener chez Elrond* après sa blessure faite par un Nazgûl* à Montauvent*.

Goblin Feet : Premier poème publié sous la plume de John Ronald Reuel Tolkien, écrit en 1915 pour celle qui était alors sa fiancée, Edith Bratt*.

Gollum : Personnage clé des deux romans de John Ronald Reuel Tolkien, *Le Hobbit* et *Le Seigneur des Anneaux*. Initialement nommé Sméagol*, cet ancêtre des Hobbits* tomba sous la coupe de l'Anneau unique* lorsque son cousin Déagol* le trouva au fond de l'Anduin* lors d'une partie de pêche. Jaloux, il tua celui-ci et s'empara de l'objet qui se mit à corrompre son esprit et bientôt son corps. Chassé par sa grand-mère, il se réfugia dans un réseau de grottes sous les Montagnes de Brume*, dans lesquelles il vécut reclus pendant des centaines d'années. Jusqu'à ce qu'y apparaisse un Hobbit*, Bilbo Bessac*, qui trouva par hasard l'Anneau égaré par celui qui se faisait désormais appeler Gollum (en raison des gargouillements émis par sa gorge). Bilbo parvint à échapper à l'appétit de Gollum par la ruse et l'utilisation inattendue de l'Anneau. L'obsession de Gollum l'amena en différents lieux, et surtout chez Sauron* puis Thranduil*. Il finit par tomber sur Frodo Bessac* (nouveau porteur de l'Anneau unique) et Sam Gamgie*, qui finirent par le capturer en le forçant à les guider jusqu'au Mordor*.

Gondolin : Alors que l'issue de la guerre entre les Noldor* et Morgoth* était incertaine au début du Premier Âge, Turgon* découvrit, guidé par Ulmo*, la vallée cachée de Tumladen au cœur des Echoriath*. Il y fit construire la cité de Gondolin, nouveau refuge de son peuple, les Noldor. Pendant plus de quatre cents ans, ils y vécurent en paix, jusqu'à ce qu'un hôte de marque révèle son emplacement par accident à Morgoth.

Gondor : L'un des deux royaumes fondés par les Dúnedain* en Terre du Milieu*. Le Gondor fut créé après la submersion de Númenor*, sous la houlette d'Isildur* et d'Anárion*, fils d'Elendil*. Pendant plus de deux millénaires, les rois se succédèrent sur le trône, avec des fortunes diverses. Faute d'héritier connu de la Couronne, ce furent les Intendants qui prirent le relais. Le royaume tint le coup, notamment grâce à l'aide ponctuelle du Rohan*. C'est à l'issue de la Guerre de l'Anneau que le Gondor retrouva un roi en la personne d'Elessar* Ier.

Gorge de Helm: Passe située au nord des Montagnes Blanches*, située dans l'Ouestfolde. La passe était gardée par la Ferté-au-Cor, une forteresse construite à la fin du Deuxième Âge. Dans la Gorge se trouvaient les Brillantes Cavernes, qui émerveillèrent Gimli* lors de son passage dans les lieux. En 3019 du Troisième Âge eut lieu une bataille mettant aux prises le Rohan* et les Uruk-hai*, les Orques* et les Dunlandais*envoyés par Saruman*.

Gothmog: Capitaine des Balrogs* au service de Morgoth*. Il participa (souvent victorieusement) à diverses batailles, jusqu'à celle de Gondolin*.

Greisinger (Museum): Musée renfermant la collection privée de l'Helvète Bernd Greisinger (éditions rares des ouvrages de Tolkien, objets, reproduction grandeur nature de Cul-de-Sac*...) situé à Jenins, en Suisse.

Grima : Conseiller principal du roi Théoden* du Rohan, qui travaillait en réalité pour Saruman*. Après avoir été banni par son roi, il rejoignit son véritable maître et l'accompagna jusqu'au Comté*.

Gudrún : Héroïne de *La Légende de Sigurd et Gudrún,* version réécrite par J.R.R. Tolkien d'une légende nordique dans les années 1930. Gudrún était la fille du roi des Niflungs, et rencontra Sigurd lorsqu'il arriva à la Cour. Après de nombreuses batailles, il reprit le trône de Völsung. La mère de Gudrún lui fit boire un philtre d'oubli, et il épousa Gudrún, alors qu'il était promis à Brynhild.

Gwaihir : Le plus grand et le plus rapide des Grands Aigles était un allié fidèle de Gandalf*. Il le transporta à plusieurs reprises, ainsi que les membres de l'expédition d'Erebor* dans la forêt de Grand'Peur*. Il joua également un rôle lors de la Bataille des Cinq Armées*.

Halfelin : Appellation des semi-hommes dans le jeu de rôle *Donjons & Dragons*, qui ont été probablement inspirés par les Hobbits* créés par Tolkien.

Harad : Terme dúnadan* désignant les terres situées au sud de la rivière Harnen (au sud du Mordor*), et peuplées d'Hommes à la peau sombre, à la solde de Sauron*. Cette contrée inconnue semble bénéficier d'un climat chaud et aride.

Havres Gris : Port situé sur le littoral du Lindon*, dans l'estuaire de la Loune*, au nord-ouest de la Terre du Milieu*, fondé par Círdan* au tout début du Deuxième Âge. C'est de cette cité que partaient les Elfes* (ainsi que les porteurs de l'Anneau, à la fin du Troisième Âge) pour Aman*.

Hedayat (Dashiell) : Traducteur des *Aventures de Tom Bombadil*. Traduction revue par Céline Leroy* en 2021.

Heorot : Nom de la ville sur laquelle règne Hrothgar* dans *Beowulf**.

Hobbits : Peuplade d'Hommes de petite taille, à l'origine basés sur le Val d'Anduin. Inquiets de la menace venant de la forêt de Grand'Peur*, ils commencèrent à migrer vers l'ouest. Ils s'installèrent en Eriador*, en Dunlande*. En 1601 du Troisième âge, les frères Blanco et Marcho franchirent le Baranduin, et le roi d'Arthedain* leur donna une vallée située à l'ouest, qui devint le Comté, leur principale région d'habitation.

Hobbiteville : L'une des principales localités du Comté*. Surplombée par Cul-de-Sac*, la commune, comptant notamment un moulin, une grange et de nombreuses maisons et smials*, a été édifiée au bord de l'eau.

Hobbitique : Langue parlée par les Hobbits*.

Hobitit : Série télévisée live diffusée en 1993 à la télévision finlandaise (Yle TV1). Fondée sur une pièce de théâtre d'une durée de six heures de la compagnie Suomenlinna, cette série en six épisodes débute au Conseil d'Elrond* et se concentre sur le voyage de Frodo Bessac* et Samsaget Gamgie* vers le Mordor*.

Holm (Ian) : Acteur anglais (1931-2020) qui incarna Bilbo Bessac* « très âgé » dans l'adaptation du *Seigneur des Anneaux* par Peter Jackson* (2001-2003), puis « âgé » dans l'adaptation du *Hobbit* (2012-2014).

Hostetter (Carl F.) : Scientifique de la NASA, directeur de la Mythopoeic Society, association qui s'intéresse à l'évolution des langues elfiques inventées par Tolkien. L'association a hérité des notes fournies par Christopher Tolkien, et a eu accès aux archives Tolkien de la bibliothèque Bodléienne et de l'université Marquette. Deux publications sont nées de ces travaux : *Parma Eldalamberon** et *Vinyar Tengwar**. Il a également édité l'ouvrage *The Nature of Middle-earth*, sorti en 2021 chez HarperCollins.

Howe (John) : Illustrateur canadien (né en 1957), passionné par le médiéval réaliste et fantastique, qui a notamment illustré *Le Hobbit** pour Casterman en 1999, puis été engagé avec Alan Lee* comme directeur artistique pour les deux trilogies du *Seigneur des*

Anneaux et du *Hobbit*, pour lesquelles il a réalisé des milliers de croquis.

Hrothgar : Roi légendaire danois du VIe siècle. Il apparaît notamment dans l'épopée *Beowulf**, qui a grandement inspiré John Ronald Reuel Tolkien.

Huan : Chien de chasse qui appartenait à la meute du Vala* Oromë*. Il fut donné à Celegorm, fils de Fëanor*. C'était un animal au flair infaillible et débordant d'énergie. Il se prit d'affection pour Lúthien* dès qu'il la vit, et lui prêta main-forte pour délivrer Beren*. Son destin s'accomplit lors de la rencontre de Carcharoth*.

Huorns : Ents* très âgés qui étaient devenus « arbresques », et qui étaient capables de se déplacer à grande vitesse si le besoin s'en faisait ressentir. Ils jouèrent un rôle essentiel lors de l'attaque d'Orthanc* et la bataille de la Gorge de Helm* dans *Le Seigneur des Anneaux*.

Húrin : À la suite d'une bataille contre les Orques*, Húrin et son frère Huor se retrouvèrent dans la cité cachée de Gondolin*, où ils restèrent une année. Plus tard, il fut capturé par Morgoth* qui, devant son silence, l'enchaîna au sommet du Thangorodrim* durant vingt-huit ans, afin qu'il puisse voir tout ce qu'il se passait dans le Beleriand*, notamment la tragédie touchant ses deux enfants,

Nienor* et Túrin Turambar* (voir *Les Enfants de Húrin*).

Idril: Idril était la seule enfant de Turgon*, roi de Gondolin*. Elle tomba amoureuse de Tuor, qui venait prévenir son père de l'imminence de l'attaque de Morgoth* sur la cité cachée. Elle fit construire un tunnel secret, qui lui permit, ainsi qu'à un certain nombre d'habitants, de fuir Gondolin* jusqu'aux bouches du Sirion*.

Ilbereth: Elfe* secrétaire qui apparaît dans les *Lettres du Père Noël*, ensemble de récits écrits par Tolkien chaque fin d'année pour ses enfants.

Ilúvatar: Être suprême qui présida la symphonie des Ainur* modelant le monde d'Arda*. Voir aussi Eru*.

Inklings: Cercle littéraire informel actif à Oxford dans les années 1930 et 1940, dont on comptait parmi les membres John Ronald Reuel Tolkien, Clive Staples Lewis* et Charles Williams. Le plus jeune fils de Tolkien, Christopher*, en fit également partie. Il régnait au sein du groupe une atmosphère permettant à tout un chacun de lire des extraits de ses travaux, de discuter de leur valeur tout en dégustant différents breuvages.

Isen: Fleuve qui prenait sa source au sud des Montagnes de Brume*, partait ensuite vers l'ouest pour contourner les Montagnes Blanches* et descendait à travers la Brèche du Rohan* pour se jeter dans Belegaer*, la Grande Mer.

Isengard : Forteresse située dans les Montagnes de Brume*, appartenant à Saruman* à l'époque du *Seigneur des Anneaux*. Elle était constituée d'un cercle de murailles protégeant la tour d'Orthanc*. L'ensemble avait été édifié par l'armée du Gondor*, puis abandonné au profit des Dunlandais*, dépossédés ensuite par le Rohan*.

Isildur : Fils d'Elendil*, cet Homme de Númenor* fonda le royaume du Gondor*. Chassé par Sauron* de l'Ithilien* où il s'était installé, Isildur le blessa après la bataille de Dagorlad, tranchant le doigt où le Noir Ennemi* tenait l'Anneau unique*. Cet évènement marqua la fin du Deuxième Âge. Deux ans plus tard, Isildur perdit l'Anneau en traversant l'Anduin*, poursuivi par des Orques*.

Istari : Les Istari étaient des Maiar* qui accostèrent en Terre du Milieu* vers l'an 1000 du Troisième Âge, envoyés par les Valar* pour aider les Elfes* et les Hommes à combattre Sauron*. Seuls cinq d'entre eux sont connus : Curumo (appelé Saruman*), Aiwendil (Radagast*), Alatar*, Pallando* et Olórin (appelé Gandalf*). Seul ce dernier s'acquitta de sa mission ; les autres, hormis Saruman*, ayant disparu ou étant partis – littéralement – se mettre au vert (Radagast*).

Ithilien: Bande de terre à l'est du Gondor*, coincée entre l'Anduin* et l'Ephel Dúath* (frontière du Mordor*). Région stratégique, l'Ithilien fut le théâtre de nombreuses batailles (défigurant quelque peu ses paysages bucoliques) entre les deux royaumes. Après la Guerre de l'Anneau, c'est Faramir* qui la reçut en tant que prince.

Jackson (Peter): Réalisateur néo-zélandais (né en 1961) réputé pour sa patte « gore » (*Bad Taste*, *Braindead*...) qui s'est lancé à la fin des années 1990 dans l'adaptation en trois volets du *Seigneur des Anneaux*, entièrement tournée dans son pays. Une décennie plus tard, il réalise *Le Hobbit*, également en trois films tournés simultanément, en grande partie en Nouvelle-Zélande.

Jolas (Tina): Traductrice et ethnologue française (1929-1999). Elle travailla sur les trois volumes des *Contes et légendes inachevés* (1982) et sur certaines versions de *La Chute de Gondolin** (traduction révisée par Daniel Lauzon en 2019).

Kalevala: Épopée composée au xixe siècle par Elias Lönnrot, folkloriste et médecin finlandais, sur la base de différents récits et mythes recueillis oralement. La première version de 1835 a été considérablement augmentée par la seconde, en 1849, riche de 23 000 vers. Traduite en 51 langues, ce véritable trésor folklorique national a amené Tolkien à vouloir écrire lui-même une épopée nationale pour l'Angleterre, dont il estimait qu'elle manquait cruellement.

Kay (Guy Gavriel) : Écrivain canadien de fantasy historique, qui, en 1974, est engagé par Christopher Tolkien* pour l'aider à classer, à corriger et à retravailler des éléments qui vont composer le futur *Silmarillion*. Passionné par les contes de fées et la mythologie grecque, il va suivre les pas d'auteurs comme Lord Dunsany et Fritz Leiber, et livrer quelques titres marquants, comme la trilogie de *La Tapisserie de Fionavar*, *Tigane* ou *Le Fleuve céleste*.

Khazad-dûm : La plus grande et la plus prestigieuse des cités naines se trouvait sous les Montagnes de Brume*, dans des grottes naturelles agrandies par les Nains*, à proximité d'un énorme filon de mithril (métal très résistant). La Creusée des Nains connut une belle histoire jusqu'à ce que les excavations ne libèrent, en 1830 du Troisième Âge, un Balrog* qui fit des ravages dans la cité de la Moria* (autre nom de Khazad-dûm), qui fut désertée par ses survivants. Seuls les Orques* purent s'y installer, repoussant régulièrement les tentatives naines de réinvestir les lieux, jusqu'à la venue de la Fraternité de l'Anneau*, en 3019 du Troisième Âge.

Khuzdul : Langage des Nains modelé par Aulë*, leur créateur. Réputée pour sa grammaire complexe et ses accents rugueux, c'était une langue presque secrète, à l'évolution extrêmement lente. De plus, les Nains* ne la parlaient qu'entre eux, utilisant le parler commun ou la langue de leurs interlocuteurs dans le cadre du commerce.

Kili : L'un des treize Nains* qui accompagnèrent Bilbo Bessac*et Gandalf* dans l'expédition d'Erebor*. Il était le neveu du leader Thorin Lécudechesne* et accompagnait son frère Fili*.

Kullervo : L'un des personnages du *Kalevala*, dont Tolkien s'est emparé pour réécrire en prose une histoire longue de 2 200 vers. Kullervo était un personnage tragique, qui fut élevé par son oncle, lequel avait tué son père et réduit sa mère en esclavage. Mais son oncle ne put le tuer et le vendit à un forgeron malveillant dont l'épouse le maudit avant qu'il la tue. Kullervo erra dans les bois et, n'écoutant pas les conseils d'une femme vêtue de bleu, dévia de son chemin et rencontra une adolescente qu'il tenta de faire sienne. Mais le destin fut encore plus cruel. Tolkien indique que c'est ce récit qui l'a inspiré pour *Le Silmarillion*, en particulier le segment contant la destinée de Nienor* et de Túrin Turambar*. *The Story of Kullervo* n'a été publié qu'en 2015 sous la direction de Verlyn Flieger*, avec ses brouillons, ses notes et ses conférences sur cette œuvre marquante.

Laferrière (Christine) : Traductrice française qui a travaillé sur l'adaptation des travaux de nature philologique (dont des traductions en anglais modernes de textes médiévaux) de Tolkien : *Les Monstres et les Critiques et autres essais* (2006) ; *La Légende de Sigurd et Gudrún* (2010) ; *La Chute d'Arthur* (2013) ; *Beowulf – Traduction et commentaires* (2015) et *Du conte de fées* (2022 – réédition d'une conférence auparavant sortie dans *Les Monstres et les critiques et autres essais*.

Lai de Leithian : Premier titre du récit racontant les aventures de Beren* et Lúthien*, considéré par Tolkien comme le plus important du Silmarillion*.

Laurelin : Après les premiers dégâts faits par Melkor* sur Valinor*, Yavanna* se rendit sur une colline et se mit à chanter. Ainsi se mirent à pousser des arbres géants, les plus beaux jamais vus, Laurelin et Telperion*. Dans Le Silmarillion* il nous est dit que cet Arbre « [...] *avait des feuilles vert tendre comme celles du hêtre nouveau, bordées d'une lisière d'or, ses fleurs se balançaient comme des grappes de flammes dorées, cornes lumineuses qui déversaient une pluie d'or sur la terre, et toute cette efflorescence inondait les alentours de chaleur et de lumière* ». Plus tard Melkor* vint s'attaquer à ces deux Arbres*, aidé par Ungoliant*.

Lauzon (Daniel) : Traducteur québécois engagé en 2006 pour traduire *The Lays of Beleriand*, le début d'une longue série de travaux centrés sur le

Professeur. On citera les nouvelles traductions du *Hobbit* (2012), du *Seigneur des Anneaux* (2014-2016) et du *Silmarillion** (2021), succédant ainsi à Francis Ledoux* (pour les deux premiers – voir ce nom) et à Pierre Alien pour le troisième.

Ledoux (Francis) : Traducteur émérite français (1906-1990), connu pour avoir travaillé sur les textes de Charlotte Brontë, d'Edgar Allan Poe, de Charles Dickens, de William Shakespeare, de Tennessee Williams... Il a également réalisé les premières traductions en français du *Hobbit* (alors *Bilbo le Hobbit*, en 1969), du *Seigneur des Anneaux* (en 1972) et de *Faërie** (en 1974).

Lee (Alan) : Illustrateur britannique (né en 1947), qui se passionne pour les contes de fées. À l'occasion du centenaire de la naissance de Tolkien, il réalise les dessins de couverture des rééditions du *Hobbit* et du *Seigneur des Anneaux*. Plus tard, en compagnie de John Howe*, il produisit des milliers de croquis en tant que directeur artistique pour l'adaptation en films des deux romans de Tolkien par Peter Jackson*.

Lee (Christopher) : Acteur, producteur, chanteur, musicien et photographe britannique (1922-2015) à la carrière longue et prolifique. Il a joué Saruman* dans l'adaptation du *Seigneur des Anneaux* par Peter Jackson*, puis dans *Le Hobbit*. Il était le seul membre de l'équipe à avoir réellement rencontré Tolkien.

Légendaire: Terme générique par lequel on désigne l'ensemble des récits, documents et textes concernant l'univers fictif principal de Tolkien. Arda*, Terre du Milieu*, Aman*, Beleriand* sont les corps célestes et continents concernés.

Legolas: Fils de Thranduil*, roi des Elfes* de la forêt de Grand'Peur*. Réputé pour son adresse à l'arc et sa grande résistance à la fatigue, il participa au Conseil d'Elrond*, à l'issue duquel il intégra la Fraternité de l'Anneau* dans son expédition pour détruire l'Anneau unique*. Son amitié avec le Nain* Gimli*, autre membre de la Fraternité, est réputée comme l'une des plus belles parmi les représentants de leurs peuples respectifs.

Lembas: Pain fabriqué par une caste particulière chez les Elfes*, les Yavannildi. Il avait pour propriétés de fortifier et de régénérer celles et ceux qui le mangeaient. Seules les reines elfes étaient habilitées à en distribuer. C'est ainsi que Galadriel* en offrit aux membres de la Fraternité de l'Anneau* lors de leur passage en Lórien*. De fait, ce fut la seule nourriture de Frodo Bessac* et Sam Gamgie* lors de leur traversée du Mordor*.

Leroy (Céline): Traductrice française (née en 1977) qui a revu la traduction des *Aventures de Tom Bombadil* par Dashiell Hedayat* (en 2003), et *Les Lettres du Père Noël*, par Gérard-Georges Lemaire (en 2004).

Lewis (Clive Staples): Auteur anglais (1898-1963) qui a rencontré Tolkien à Oxford, où il était également enseignant. Très amis, ils avaient une forte influence l'un sur l'autre, et estimaient qu'il existait trop peu de légendes. Par jeu, ils se mirent donc à en inventer: Lewis avec un voyage dans l'espace (ce qui donnera *Au-delà de la planète silencieuse*, publié en 1938) et Tolkien avec un voyage dans le temps (les prémices de *La Route perdue*). Tolkien prit ensuite ses distances avec Lewis, pour des divergences religieuses et artistiques, mais Lewis ne cessa de l'encourager tout en lisant les premiers jets du *Seigneur des Anneaux*. À propos de la mort de Lewis, le même jour que celle de Kennedy et d'Aldous Huxley, Tolkien écrivit à sa fille: « *Pour le moment, j'ai éprouvé des sentiments normaux chez un homme de mon âge - comme un vieil arbre qui perd toutes ses feuilles une par une: mais ceci est comme un coup de hache porté aux racines.* »

Lindon: Seule région qui survécut à la submersion du Beleriand*, mais aussi à la domination de Sauron* au Deuxième Âge, grâce à l'armée de Gil-galad* et aux Númenoréens*. Divisé en deux zones côtières (séparées par le Golfe du Loune*) au Troisième Âge, il fut peuplé essentiellement par les Elfes* peu désireux de repartir en Valinor*. Plusieurs ports, dont les Havres Gris*, se trouvaient sur son littoral.

Livre de Mazarbul: Ouvrage qui raconte le sort funeste de l'expédition qui, sous la houlette de Balin*, tenta de reprendre Khazad-dûm* aux Orques* et aux Balrogs*. C'est Gandalf* qui trouva le livre dans la salle renfermant le Tombeau de Balin*. Il l'a probablement remis à Gimli*, qui l'a ensuite rendu aux descendants du roi disparu. Pour l'anecdote, Tolkien avait réalisé trois pages de ce livre, couvertes de runes naines, trouées, tachées, avec pour ambition de les intégrer au *Seigneur des Anneaux*. Mais le coût étant prohibitif à l'époque, l'idée fut abandonnée. Elles furent cependant intégrées à titre posthume dans d'autres ouvrages relatifs à la facette illustration de son œuvre, comme *J. R. R. Tolkien: Artiste & Illustrateur* ou *The Art of the Lord of the Rings*.

Loquin (Pauline): Traductrice française qui a travaillé à la révision des traductions d'ouvrages comme *La Carte du Hobbit: Un aller et retour*, *La carte de la Terre du Milieu de Tolkien: La Route se poursuit sans fin* (écrits par Brian Sibley*, traduits originellement par Jacques Georgel), ainsi que *Contes et légendes inachevés* (traduit initialement par Tina Jolas*), tous en 2022.

Lothlórien: voir Lórien.

Lórien: La forêt de la Lórien (ou Lothlórien), située entre l'Anduin* et les Montagnes de Brume* était l'une des plus belles de la Terre du Milieu*. Réputé pour sa tradition d'accueil, ce petit royaume elfe* dirigé par Celeborn* et Galadriel* accueillit ainsi les membres de la Fraternité de l'Anneau* après leur traversée traumatisante de la Moria*.

Loune: Cours d'eau prenant sa source dans l'Ered Luin*, partant vers le sud vers le Golfe du Loune.

Lúthien: Fille de Melian* et d'Elu Thingol*, Lúthien était princesse de Doriath*. Un jour, l'Homme Beren* arriva dans le secteur, et le coup de foudre fut immédiat. Mais Thingol* conditionna l'avenir de cette histoire d'amour à la possession d'un Silmaril*. Mise sous surveillance pendant l'absence de son amant, Lúthien parvint à s'échapper. Elle sauva deux fois la mise à Beren, et l'accompagna dès lors dans sa quête, usant de ses pouvoirs de transformation et de persuasion pour récupérer le joyau en Angband*.

Maedhros: Fils aîné de Fëanor*, qui fut capturé par Morgoth* et enchaîné par le poignet droit sur le Thangorodrim*. Il fut délivré par son ami Fingon et le Grand Aigle Thorondor. Il s'installa avec sa suite dans l'est du Beleriand*, y créant sa capitale, Himring. Il voulut attaquer une nouvelle fois Morgoth en rassemblant Elfes*, Hommes et Nains*. Essuyant un nouvel échec, il dut fuir vers le sud. Mais son destin était irrémédiablement lié aux Silmarils*, et il multiplia les tentatives pour en récupérer.

Maeglin : Maeglin était le neveu de Turgon*, le souverain de Gondolin*, dont il était amoureux de la fille, Idril*. C'est lors d'une de ses sorties (interdites) de la cité cachée qu'il est capturé par Morgoth*. Trouvant son point faible, l'Ainu* finit par obtenir l'information de l'emplacement de Gondolin*. Libéré, Maeglin y retourna jusqu'à l'attaque de Morgoth.

Maldon : Bataille ayant eu lieu dans l'Essex, opposant Vikings et Anglo-Saxons. Tolkien en écrivit une pièce de théâtre intitulée *Le Retour de Beorhtnoth, fils de Beorhthelm*, publiée en 1953.

Maiar : Les Maiar étaient des créatures semi-divines, faisant partie des Ainur*. Ils étaient inféodés aux Valar*, et avaient la possibilité de s'incarner dans une enveloppe physique. Certains, tels les Istari*, ont joué un rôle particulier dans l'histoire de la Terre du Milieu*. D'autres, comme Sauron* et les Balrogs*, se sont ralliés à Morgoth*.

McKellen (Ian) : Acteur britannique qui a incarné Gandalf* dans les adaptations cinématographiques du *Seigneur des Anneaux* et du *Hobbit* par Peter Jackson*.

Meduseld : Eorl, roi du Rohan*, bâtit sa capitale Edoras en 2510 du Troisième Âge. Il appela son palais Meduseld. Construite à l'identique de l'Heorot* du roi Hrothgar* dans *Beowulf*, la bâtisse était tout en longueur et en largeur. Le toit était supporté par des piliers lourdement sculptés et dont les murs étaient tendus de belles teintures. Le toit et les portes étaient recouverts d'or.

Melian : Melian était la plus belle des Maiar* ; sa voix délicieuse enchantait les Jardins de Lórien*, en Valinor*. Melian se rendit en Terre du Milieu* et ensorcela Thingol*, qu'elle épousa. Ensemble ils fondèrent le royaume de Doriath*, au cœur de la forêt du même nom. La capitale était protégée des agressions extérieures grâce à l'écran qu'elle avait dressé autour, appelé l'Anneau de Melian.

Melkor : Voir Morgoth.

Meneltarma : Le Meneltarma était la montagne la plus élevée de Númenor*. Escarpé, solitaire, c'est un lieu sacré voué au culte d'Ilúvatar*. Les lieux étaient gardés par trois aigles appelés Témoins de Manwë, qui surplombaient la capitale de l'île, Armenelos.

Middle-Earth Enterprises : Entreprise fondée par Saul Zaentz*, qui détient les droits d'adaptations cinématographiques et des produits dérivés du *Hobbit* et du *Seigneur des Anneaux*. C'est ainsi qu'en 1978 Ralph Bakshi* livra sa version – tronquée – du *Seigneur des Anneaux*, et que plus de vingt ans plus tard Peter Jackson* adapta à son tour l'épopée en trois films, avant de récidiver avec la préquelle.

Middle-Earth Quest (appelé également Tolkien Quest) : Jeu de plateau inspiré de l'univers de Tolkien. L'action se déroule dans le laps de temps entre les intrigues du *Hobbit* et du *Seigneur des Anneaux*. L'un des joueurs incarne Sauron*, tandis que les autres jouent le rôle d'un héros ou d'une héroïne (une noble dame du Gondor*, un Nain d'Erebor*, un éclaireur elfe, une dame du peuple des Coureurs et un cavalier émérite du Rohan*). Ils doivent parcourir la Terre du Milieu* pour rencontrer des figures, accomplir des quêtes, tout en tentant de contrecarrer les menées du Noir Ennemi*.

Middle-Earth Roleplaying Game (*MERP*) : Jeu de rôle inspiré de l'œuvre de Tolkien créé en 1984 avec l'autorisation de la société Iron Crown Enterprise (ICE), jusqu'à la perte des droits, en 1997. C'est la société Hexagonal qui l'a traduit en français en 1986. Les personnages sont définis selon leur race, leur profession, un niveau d'expérience et un certain nombre de caractéristiques, ainsi que des compétences à développer. Le jeu a connu un grand succès.

Minas Tirith : Anciennement Minas Anor, capitale du Gondor*, la cité prit ce nom après la prise de sa jumelle Minas Ithil par les Nazgûls* pour être rebaptisée Minas Morgul (Tour de la Magie noire), en 2002 du Troisième Âge. La ville était bâtie sur sept niveaux, chacun ceint par un rempart, accolés aux Montagnes blanches*. Elle fut le théâtre de l'un des épisodes les plus féroces de la Guerre de l'Anneau, et ne dut son salut qu'aux Rohirrim*.

Monaghan (Dominic) : Acteur britannique (né en 1976) connu pour son interprétation de Meriadoc Brandibouc* dans les trois volets de l'adaptation du *Seigneur des Anneaux* au cinéma (de 2001 à 2003).

Montagne solitaire : Voir Erebor*.

Montagnes de Brume : Chaîne de montagnes s'étendant du nord au sud de la Terre du Milieu*, créée par Melkor* pour arrêter Oromë* dans ses explorations du continent. Les Nains* y édifièrent la cité de Khazad-dûm*, qui fut envahie et occupée longtemps par les Orques* et un Balrog*.

Montauvent : La colline d'Amon Sûl se trouvait sur la Grande Route de l'ouest reliant Fendeval* aux Havres Gris*, dans l'ancien royaume d'Arnor*. Une haute tour de guet avait été édifiée à son sommet par Elendil*, mais elle fut abattue par l'armée du Roi-Sorcier* en 1409 du Troisième Âge. Lors de son passage sur les lieux avec ses compagnons, Frodo Bessac* y fut blessé par le capitaine des Nazgûls*.

Montagnes blanches : Chaîne de montagnes s'étendant de la Brèche du Rohan* au Mindolluin. Elle marquait la limite méridionale du Rohan et septentrionale du Gondor*.

Montagnes bleues : Chaîne de montagnes séparant l'Eriador* du Beleriand*, puis, après la chute de ce dernier, le Lindon* de l'Eriador. Plusieurs cités naines furent édifiées dans ses grottes.

Montagnes Grises : Chaîne de montagnes séparant le Fordowaith et la forêt de Grand'Peur*, dans le nord de la Terre du Milieu*. L'Anduin* et la Rivière de la Forêt y prenaient leur source. Riche en minerais, la chaîne fut occupée pendant quatre siècles par le Peuple de Durin, un parti nain*. En 2589 du Troisième Âge, les dragons, qui s'étaient fortifiés au nord des montagnes, vinrent attaquer les Nains*, qui décidèrent d'abandonner la région.

Montauvent : La colline d'Amon Sûl se trouvait sur la Grande Route de l'ouest reliant Fendeval* aux Havres Gris*, dans l'ancien royaume d'Arnor*. Une haute tour de guet avait été édifiée à son sommet par Elendil*, mais elle fut abattue par l'armée du Roi-Sorcier* en 1409 du Troisième Âge. Lors de son passage sur les lieux avec ses compagnons, Frodo Bessac* y fut blessé par le capitaine des Nazgûls*.

Mordor : Royaume de Sauron* aux Deuxième et Troisième Âges. Cette grande plaine, ceinte à l'ouest et au sud par l'Ephel Dúath* et au nord par l'Ered Lithui, bénéficiait des ressources fournies par les champs autour de la Mer de Nûrnen, plus à l'est. Deux manifestations de la puissance du Noir Ennemi* étaient visibles de très loin au milieu de la région: la tour de Barad-dûr*, du haut de laquelle il pouvait, via son Œil, voir dans toute la Terre du Milieu*. L'autre incongruité dans le décor était l'Orodruin*, un volcan en activité dans lequel il forgea l'Anneau unique*. En 3434 du Deuxième Âge, le Noir Ennemi* subit une lourde défaite face au Gondor* et disparut. Mais le royaume gondorien déclina peu à peu, et Sauron*, qui rongeait son frein à Dol Guldur*, put revenir en son domaine et reprendre son œuvre de domination et de destruction de la Terre du Milieu*.

Morgoth: Morgoth, dont le nom original était Melko ou Melkor*, était un Ainu* créé par Ilúvatar* pour participer à la mélodie (l'Ainulindalë*) destinée à construire le monde d'Arda*. Mais il produisit son propre chant, discordant. Il s'installa dans la forteresse d'Utumno et commença à ourdir différents plans pour s'emparer du pouvoir, via les Silmarils* ou en s'attaquant aux deux Arbres* de Valinor* avec l'aide d'Ungoliant*. Il tua Finwë, le père de Fëanor*, qui le maudit et le nomma Morgoth*.

Moria: Nom elfique («Gouffre noir») de Khazad-dûm*.

Mortensen (Viggo) : Acteur, scénariste, producteur, réalisateur, musicien, photographe (etc.) américano-danois né en 1958. Il est notamment connu pour avoir incarné Aragorn* dans les trois films adaptant *Le Seigneur des Anneaux* par Peter Jackson*.

Mythopoeia : Poème écrit par John Ronald Reuel Tolkien à son ami C. S. Lewis* dans les années 1930, dans lequel il exposa sa vision de la mythologie et des mythes. Cette « fabrication des mythes » se présente ainsi comme l'adresse de Philomythus (« celui qui aime les mythes ») à Misomythus (« celui qui hait les mythes »). À l'origine d'une controverse entre les deux amis, Lewis considérant les mythes comme de simples mensonges, cependant « soufflés avec de l'argent », Tolkien quant à lui estimant que les mythes créés par l'homme reflétaient nécessairement une partie de la vérité divine éternelle. Le poème ne fut publié qu'en 1988 dans *Tree and Leaf*.

Nains : Alors qu'Ilúvatar* s'apprêtait à réveiller les Elfes*, Aulë*, aîné des Valar*, ne pouvait attendre. Il créa lui-même, en secret, les Sept Pères des Nains, sous une montagne. Ilúvatar* découvrit la manœuvre et les accepta, mais ne les éveilla qu'après les Elfes*. Les créatures furent dispersées dans le Beleriand*, croissant et se multipliant lentement. Ceux qui s'installèrent dans les Montagnes Bleues entretinrent des rapports cordiaux de voisinage et de commerce avec les Elfes* de Doriath*. Mais la dégradation des relations entre les deux peuples trouva son origine dans l'histoire de Beren* et Lúthien* : le père de celle-ci, le roi Thingol*, voulut enchâsser le Silmaril* rapporté par les deux amants dans le Nauglamir, un collier autrefois forgé par les Nains. Pris de convoitise, ceux-ci tuèrent le roi afin de récupérer le collier. Après l'engloutissement du Beleriand*, la plupart des grandes cités naines furent désertées, ayant perdu de leur attrait commercial. Leurs habitants vinrent grossir la population de Khazad-dûm*. La libération d'un Balrog* dans la cité souterraine, en 1980 du Troisième Âge, obligea les survivants à se disperser de nouveau à Erebor*, dans les Collines de Fer ou ailleurs. Entre 2793 et 2799 du Troisième Âge, les Nains livrèrent plusieurs batailles face aux Orques* dans les Montagnes de Brume*. Ils participèrent activement à la Bataille des Cinq Armées* et à la Guerre de l'Anneau.

Nargothrond: Forteresse creusée dans la roche par Finrod*, pendant le siège d'Angband*. Situé au confluent du Ringwil et de la rivière Narog*, le palais commandait l'un des plus imposants royaumes noldorins* en exil. Pour aider son ami Beren* dans sa quête, Finrod* laissa son trône à son frère Orodreth, la cité restant cachée aux yeux de Morgoth*. C'est à ce moment que survint Túrin Turambar*, qui convainquit le roi par intérim de faire construire un pont sur le Narog, dévoilant ainsi son emplacement à l'ennemi. Celui-ci envoya le dragon Glaurung* pour s'emparer de la cité.

Narog : Cours d'eau prenant sa source dans le nord du Beleriand* qui se jetait dans le Sirion*. Les falaises qui le bordaient étaient habitées par des Nains*, mais aussi par les Noldor*, qui édifièrent Nargothrond* sous la direction de Finrod Felagund*.

Narya : L'un des Trois Anneaux* des Elfes* créés par Celebrimbor*, de couleur rouge. Son pouvoir permettait à son porteur de redonner courage et espoir à ses interlocuteurs. Le cheminement des possesseurs de cet Anneau n'est pas clair, entre Gil-galad* et Gandalf*, qui en fut le dernier porteur à la fin du Troisième Âge.

Nasmith (Ted) : Illustrateur et architecte canadien né en 1956. En 1998, il collabore à la première édition illustrée du *Silmarillion**, auquel son nom est rattaché depuis.

Nazgûls : Sauron* forgea neuf Anneaux de Pouvoir* pour les Hommes. Il s'agissait de seigneurs venus de différents peuples, que le Noir Ennemi* soumit à sa volonté. Ils apparurent en tant que Spectres de l'Anneau vers 2250 du Deuxième Âge, et restèrent au service de Sauron* jusqu'à la fin du Troisième Âge, avec une éclipse pendant la disparition de leur maître. Ils étaient sous l'autorité du Roi-Sorcier* d'Angmar*. En septembre 3018 du Troisième Âge, le seigneur du Mordor* envoya les neuf Nazgûls sur les traces de l'Anneau unique*, après avoir appris de la bouche de Gollum* que c'était un Hobbit* du nom de Bessac* qui le possédait. S'ensuivit une longue traque au travers de la Terre du Milieu*.

Neave (Jane) : Emily Jane Neave (née Suffield dans le Warwickshire, en juin 1872) était la plus jeune sœur de Mabel*, la mère de J. R. R. Tolkien. Bénéficiant de l'éducation érudite de son père, entre autres conférencier sur Chaucer, elle fut l'une des premières femmes du Royaume-Uni à obtenir un diplôme en sciences, et à les enseigner. Son neveu, qui venait lire des livres chez elle (une ferme dont l'ambiance et le nom, Bag End, l'ont inspiré), l'adorait. Il a par exemple écrit les poèmes contant *les Aventures de Tom Bombadil* après qu'elle le lui eut demandé.

Nenya : L'un des Trois Anneaux* des Elfes*, donné par Celebrimbor* à Galadriel* afin que Sauron* ne puisse s'en emparer. Cet Anneau de l'Eau lui permit d'embellir et de protéger la Lórien*, mais installa aussi en elle la nostalgie de Valinor*.

New Line Cinema : Société américaine de production et de distribution de cinéma créée en 1967. Au début des années 2000, la société frappe un grand coup en produisant la trilogie adaptant *Le Seigneur des Anneaux*, sous la direction de Peter Jackson*. Par la suite, l'éditeur HarperCollins a attaqué le studio pour défaut de paiement sur les royalties. Un accord a finalement été trouvé avec le Tolkien Trust* en 2009, ouvrant la voie aux adaptations du *Hobbit*.

Nienor : Nienor était la fille de Húrin* et Morwen. Privée de père dès sa naissance et séparée de son frère Túrin*, l'enfant grandit chez les Orientais, réduite en esclavage. Avec sa mère, elles réussirent à s'échapper et à se réfugier en Doriath*. Elles furent séparées par la suite, et Nienor perdit la mémoire après une chute de cheval et la rencontre de Glaurung*. Elle fut recueillie plus tard par Túrin, qui ne la connaissait pas. Ils tombèrent amoureux, et c'est lorsque son fiancé tua Glaurung* qu'il apprit la malédiction qui pesait sur sa famille.

Niggle : Personnage principal du singulier récit *Feuille, de Niggle*. C'était un peintre amateur obsédé par l'une de ses peintures en cours : une feuille, devenue ramure, arbre, et ainsi de suite. Impossible pour lui de s'arrêter de peindre. Pourtant il dut partir pour un grand voyage, qui le mena... dans son propre tableau inachevé.

Noir Ennemi : Voir Sauron*.

Noldor : Second peuple des Elfes* à partir pour le Valinor*, où ils fondèrent la cité de Tirion*. Après le vol des Silmarils* par Melkor*, la plupart des Noldor repartirent en Terre du Milieu, séparés en deux groupes sous la conduite de Fëanor* et de Fingolfin*.

Ils créèrent plusieurs royaumes, comme Gondolin* ou Nargothrond*. Presque tous furent détruits, et l'ensemble des survivants repartirent en Aman*.

Nori : L'un des treize Nains qui accompagnèrent Bilbo Bessac* et Gandalf* vers la Montagne Solitaire*, avec son frère Dori* et leur cousin Ori*. Comme Dori*, il était doué pour la flûte.

Númenor : Après la Guerre de la Colère, les Valar* voulurent récompenser les Eldar* de leur fidélité. Ils firent émerger une grande île entre leur domaine de Valinor* et la Terre du Milieu*. Son nom ? Andor, « Pays de l'Offrande ». Mais les Hommes l'appelèrent Númenor*. Les Edain* l'investirent à partir de l'an 32 du Deuxième Âge, créant sa capitale Armenelos. L'île elle-même ressemblait à une étoile de mer, avec cinq branches. Le relief et le climat étaient diversifiés, avec des montagnes escarpées au nord, un climat humide et propice à l'agriculture, et des forêts un peu partout. Au centre de l'île se dressait le Meneltarma*, la montagne sacrée vouée au culte d'Eru*. Le premier roi de Númenor était Elros*, semi-elfe et frère d'Elrond*. La chute du royaume commença avec Ar-Pharazôn*, qui fut séduit par Sauron* après l'avoir capturé.

Númenoréens : Habitants de Númenor*.

Óin : L'un des treize Nains qui accompagnèrent Bilbo Bessac* et Gandalf* vers la Montagne

Solitaire*. Il participa par la suite à la tentative de Balin* pour reconquérir la Moria*.

Omentielva : Conférence internationale sur les langages inventés par Tolkien, qui a lieu tous les deux ans dans une ville européenne différente.

Ori : L'un des treize Nains qui accompagnèrent Bilbo Bessac* et Gandalf* vers la Montagne Solitaire*, avec ses cousins Nori* et Dori*. En 2989 du Troisième Âge, il accompagna Balin* dans sa tentative pour récupérer la Moria, et participa à la rédaction du Livre de Mazarbul*.

Orodruin : Volcan situé au nord du Mordor* et à quelques dizaines de kilomètres de Barad-dûr*, il était décrit comme un gigantesque cône volcanique au sommet irrégulier et entouré en permanence de nuages sombres, culminant à mille cinq cents mètres. Sa base était un énorme amas de pierres et de cendres. C'est dans les caves creusées par Sauron* dans les entrailles du volcan, les Sammath Naur*, que celui-ci forgea l'Anneau unique*.

Oromë : L'un des plus puissants des Valar*. Ami des animaux, il partait fréuqemment en chasse des créatures de Melkor*. C'est lors d'une de ces chasses qu'il découvrit les Elfes* sur les bords du lac Cuiviénen.

Orques : Les Orques furent probablement créés par Morgoth* avant le début du Premier Âge. Leur origine véritable est difficile à déterminer, les différents textes se contredisant à ce sujet. Ils seraient (pourraient être) le résultat de la torture et de la corruption d'Elfes*, mais aussi d'Hommes, et d'esprits mineurs dont la nature est inconnue. Ils furent utilisés dès les premières batailles pour le Beleriand*, et dès lors ils devinrent les ennemis des Elfes*, et plus tard des Hommes. Leur nombre augmenta rapidement et ils se mirent également au service de Sauron*, lieutenant de Morgoth*. Les Orques faisaient le mal pour le mal, et craignaient tout ce qui était elfique, surtout la magie. Ils avaient la peau sombre et étaient de taille modeste et trapus, avec les jambes arquées et de longs bras, des yeux étroits et des crocs. Ils étaient extrêmement endurants et craignaient la lumière du soleil. Ils pouvaient être habiles dans l'artisanat, surtout pour produire des armes et des médicaments.

Orthanc : Haute tour en pierre noire invulnérable construite par les Númenoréens*, Orthanc fut un temps occupé par l'armée du Gondor* qui y plaça un Palantír*. En 2759 du Troisième Âge, les Rohirrim*, qui avaient repris la forteresse, autorisèrent l'Istar* Saruman* à s'y installer. Mais subissant l'influence de Sauron* via la Pierre magique, il fortifia Isengard* (la forteresse) et commença à développer sa propre armée.

Oserondule : Rivière qui prenait sa source près des Coteaux des Tertres* et déroulait son cours dans la

Vieille Forêt*. Sur ses rives se passaient parfois des choses étranges, comme les manifestations de colère du Vieil Homme-Saule*. La rivière se jetait ensuite dans le Baranduin, au sud-ouest de la forêt.

Ossë : Maia* qui était au service d'Ulmo* ; peu amateur des abysses, Ossë préférait les régions côtières aux profondeurs des mers. Il fut tenté de rejoindre Melkor*, qui partageait les mêmes inclinations mais se ravisa. Son goût pour la violence se manifestait par de grosses tempêtes, générées par ses colères. À la demande de son suzerain, il fit surgir l'île de Númenor*.

Ossiriand : Région qui constituait l'extrémité orientale du Beleriand*. Surnommé le Pays des Sept Rivières, en raison des nombreux cours d'eau qui le sillonnaient.

Oxford : Ville britannique située au nord-ouest de Londres. Réputée pour l'excellence de ses collèges. John Ronald Reuel Tolkien y fit ses études, y devint enseignant et y vécut une bonne partie de sa vie.

Oxford English Dictionary : Dictionnaire de référence de la langue anglaise. Entre 1919 et 1920, Tolkien y contribua, sur la frange « waggle-warlock ».

Oxonmoot : Évènement à la gloire de Tolkien organisé chaque année au début du mois de septembre par l'association britannique Tolkien Society, à Oxford. Conférences, lectures, quiz, boutiques, représentations, jeux et costumes sont au programme de cette fête haute en couleur, avec des participants venus du monde entier.

Palantír : Pierres magiques créées par Fëanor*. Ces Pierres de Vision permettaient à leurs détenteurs de communiquer par la pensée, y compris sur de longues distances. Elendil* et ses fils en emmenèrent sept en Terre du Milieu, tandis que la Pierre Maîtresse était restée à Tol Eressëa*. Les sept Palantíri étaient la propriété des rois d'Arnor* et du Gondor*. Mais certains furent perdus, d'autres de moins en moins utilisés. Deux Palantíri permirent à Sauron* et Saruman* de communiquer dans les dernières années du Troisième Âge.

Pallando : L'un des Istari* qui débarquèrent en Terre du Milieu* vers l'an 1000 du Troisième Âge, sur ordre des Valar*, inquiets de la montée en puissance de Sauron* sur le continent. Comme Alatar*, Pallando* était vêtu de bleu, ce qui leur valut le surnom d'Ithryn Luin (« Mages bleus » en sindarin*). Après leur arrivée, tous deux partirent vers l'est en compagnie de Curumo (qui se fera plus tard connaître sous le nom de Saruman*). Seul ce dernier revint, on ne connut jamais le sort des deux Mages bleus.

Parma Eldalamberon : Fanzine consacré aux langues inventées par Tolkien. Parmi ses contributeurs, on peut compter Christopher Gilson et Carl F. Hostetter*.

Peaublêmes: Nom de la branche nordique des Hobbits*, attribué en raison de leur peau claire. Ils étaient également plus grands et plus lestes. Préférant la chasse à l'agriculture, ils étaient moins nombreux que les autres branches.

Pelargir: Ce port gondorien fut fondé en 2350 du Deuxième Âge près de l'endroit où le fleuve Sirith se jette dans l'Anduin*. Principal port du royaume, il était un lieu stratégique, d'où par exemple les Corsaires d'Umbar* voulurent attaquer le Gondor* pendant la Guerre de l'Anneau.

Pelóri: Chaîne de montagnes édifiées par les Valar* à l'est du continent d'Aman* pour se prémunir des attaques de Melkor*. Le sommet de ces montagnes était le Taniquetil*.

Philologie: Étude d'une langue et de sa littérature en partant de documents écrits. Chez Tolkien, c'est sa mère qui lui a donné ce goût, en particulier pour les langues germaniques. C'est à partir de 1911 qu'il entame ses études sur le sujet, étendant celles-ci vers le vieil et le moyen anglais, et les langues scandinaves. Il devint ensuite enseignant et un chercheur brillant dans cette spécialité.

Piévelus: Les Piévelus furent le premier groupe de Hobbits* à migrer en Eriador*, vers la contrée qui devint le Comté*. Constituant la majorité des

Semi-Hommes, ils aimaient vivre dans les smials* et entretenaient de bons rapports avec les Nains*.

Qenya (ou quenya) : Le quenya était la langue la plus parlée par les Noldor* et les Valar*. Rúmil* fut le premier à concevoir un alphabet pour écrire le quenya, avec ses sarati*. Avant son exil, Fëanor* mit au point un alphabet inspiré de ces sarati et employé depuis lors pour écrire le quenya : les tengwar*.

Quenta Silmarillion : Cette « Histoire des Silmarils* » constitue le segment le plus important du *Silmarillion**. Il conte l'apparition des Elfes* puis leur installation en Valinor*, où furent fabriqués les Silmarils*. Melkor* vola ces joyaux, ce qui occasionna de nombreuses batailles au Beleriand* entre les Elfes* et les troupes du Maia*.

Radagast : Radagast était l'un des cinq Istari* qui débarquèrent en Terre du Milieu* en l'an 1000 du Troisième Âge. Yavanna* incita son époux Aulë* à l'associer à Saruman*, qui le méprisait particulièrement. Envoyé par les Valar* pour contrer les méfaits de Sauron*, il se désintéressa très vite de sa mission pour s'installer au milieu des animaux, sa véritable passion, quelque part à l'orée de la forêt de Grand'Peur*. Il apparut brièvement en 3018 du Troisième Âge, lorsqu'il transmit un message de Saruman* à Gandalf*.

Rankin Jr. (Arthur) : Producteur et réalisateur américain, il réalise avec son complice Jules Bass* une version animée du *Hobbit* destinée à la télévision en 1977. Tous deux récidivèrent en 1980 avec *The Return of the King*, qui vient terminer le film de Ralph Bakshi*.

Rhys-Davies (John) : Acteur britannique né en 1944 qui fut connu pour son interprétation du Nain* Gimli* dans l'adaptation en trois films du *Seigneur des Anneaux* par Peter Jackson*.

Riot (Elen) : Co-autrice de la traduction en français des *Lais du Beleriand* (2006) avec Daniel Lauzon, puis de *Beren et Lúthien* (2017), avec Adam Tolkien* et Daniel Lauzon*.

Rohan : En remerciement de l'aide apportée lors d'une bataille, l'intendant du Gondor* Cirion* fit don aux Éothéod* (« peuple du cheval »), du Calenardhon, l'une de ses provinces du nord (au centre de la Terre du Milieu*). Son roi Eorl édifia sa capitale, Edoras*, au sommet d'une colline au pied des Montagnes Blanches*. Le royaume fut régulièrement attaqué par son voisin occidental la Dunlande*, avant que de nombreux Orques*, en 2799 du Troisième Âge, n'envahissent et ravagent le territoire. Saruman*, installé à Isengard*, manipula pendant plusieurs années le roi Théoden* à l'époque de la quête de l'Anneau.

Rohirrim : Habitants du Rohan*.

Roi-Sorcier : Les récipiendaires des Anneaux de Pouvoir* destinés aux Hommes devinrent des Nazgûls* après avoir été corrompus par Sauron*. Leur chef fut surnommé le Roi-Sorcier, et il apparut en 2251 du Deuxième Âge. Après une longue éclipse, les Nazgûls réapparurent vers 1300 du Troisième Âge, et le Roi-Sorcier s'établit en Angband pour profiter des tensions entre les Dúnedain* du nord. Il envahit l'Arthedain* mais fut arrêté dans sa progression par le Gondor*. Il prit par la suite Minas Ithil, qui devint le quartier général de son ordre. Lorsque l'Anneau unique* réapparut en 3018, il mena le groupe des Spectres de l'Anneau afin de le récupérer. Il blessa Frodo Bessac* à Montauvent*, et plus tard participa au siège de Minas Tirith*. Une prophétie de l'Elfe* Glorfindel* disait qu'il ne pourrait être tué par un Homme.

Rotoscopie : Procédé utilisé surtout en cinématographie consistant à recopier les contours de personnages filmés en prises de vues réelles pour être reproduits en animation, afin de gagner en réalisme. Le film *Le Seigneur des Anneaux* de Ralph Bakshi* (1978) fut réalisé avec cette technique.

Roverandom : Titre d'une nouvelle écrite par J. R. R. Tolkien, dans laquelle on suit les aventures loufoques d'un chien nommé Rover.

Rúmil : Inventeur du premier alphabet permettant d'écrire le quenya, avec des caractères nommés sarati*. Rúmil était un Noldo* vivant en Valinor*.

Sammath Naur : Les « Chambres du feu » sont des cavernes creusées dans l'Orodruin*, volcan du Mordor*. C'est dans les failles sises dans ces cavernes que Sauron* forgea l'Anneau unique*.

Sarati : Premier système d'écriture d'Arda*, inventé par Rúmil*. Mis au point au départ pour écrire le quenya*, il pouvait être appliqué à d'autres langues. Il servit de base à Fëanor* pour concevoir un autre système, le tengwar*.

Sarehole : Ancien village situé dans la banlieue de Birmingham, dans lequel J. R. R. Tolkien et son frère Hilary vécurent, enfants. L'atmosphère bucolique est réputée pour l'avoir grandement inspiré pour imaginer son Comté* et sa Vieille Forêt*.

Saruman : Istar* initialement connu sous le nom de Curumo, qui fut envoyé par les Valar* en Terre du Milieu* afin de contrecarrer l'action néfaste de Sauron*. Chef de l'ordre et du Conseil Blanc, il avait fière allure avec sa grande taille, ses habits blancs et sa voix suave, qui lui permettait d'ensorceler ses interlocuteurs. Plutôt que d'attaquer la forteresse du Nécromancien, il préférait attendre, dans le but de voir l'Anneau unique* réapparaître. Utilisant le

Palantír* d'Orthanc*, Saruman tomba sous la coupe de son ennemi. En 2018 du Troisième Âge, il séquestra Gandalf* afin de lui soutirer l'emplacement de l'Anneau unique, mais l'autre magicien réussit à s'échapper. Saruman attaqua alors le Rohan*, et cela provoqua l'ire des Ents* et des Huorns*, qui marchèrent sur sa citadelle d'Isengard*. Il fit encore des ravages en Comté* sous le pseudonyme de Charquin*, mais fut stoppé par la vaillance des Hobbits*.

Sauron : Maia*, principal lieutenant de Morgoth*, qui le corrompit très vite alors qu'il était au départ un suivant d'Aulë* le forgeron, dont il hérita des dons. Il participa à la plupart des méfaits de son mentor au Premier Âge. Après la chute de Morgoth*, il refusa de se soumettre aux Valar* et resta caché en Terre du Milieu*. Il se mit quelque temps plus tard à arpenter le continent, tentant de séduire les Elfes*, mais sans grand succès, jusqu'à ce qu'il parvienne à tromper les Elfes* d'Eregion*. Sous sa houlette, certains d'entre eux forgèrent les Anneaux de Pouvoir* avec son aide. Son objectif était de soumettre à sa volonté les rois des Hommes, des Nains* et des Elfes*. Une stratégie révélée lorsqu'il forgea l'Anneau unique*, censé les gouverner tous. Il recommença son œuvre de destruction, mais fut capturé et emmené en Númenor*. Il réussit à se libérer et à instaurer le culte de Melkor* sur place. Les Valar* en appelèrent à Ilúvatar* qui coula l'île. Le corps de Sauron fut détruit, mais son esprit survécut et se rendit au Mordor* où il reconstitua lentement son corps. Isildur* réussit à lui prendre l'Anneau lors d'une bataille et il disparut de nouveau. Il se cacha quelque temps à Dol Guldur*, mais, découvert, s'enfuit derechef vers le Mordor*. Il reprit son œuvre de domination et de destruction, envoyant ses Nazgûls* aux trousses du porteur de l'Anneau quand il eut l'information par Gollum*.

Scadufax: Cheval de Gandalf*, qui appartenait à la lignée des mearas des rois du Rohan*. Le magicien en hérita en septembre 3019, lorsque Théoden* le chassa de sa cour, en lui enjoignant de prendre la monture qu'il souhaitait. Après deux jours de domptage, le cheval devint docile et accepta de se faire monter à cru et sans bride par l'Istar*. Scadufax participa à la Guerre de l'Anneau et resta avec son maître jusqu'au bout.

Serkis (Andy): Acteur britannique né en 1964. Particulièrement doué dans la technique de la capture des mouvements, il incarna le rôle de Gollum* dans l'adaptation cinématographique du *Seigneur des Anneaux* entre 2001 et 2003, puis dans le premier volet du Hobbit *(Un Voyage inattendu)*.

Shippey (Tom): Universitaire britannique (né en 1943) spécialisé dans la littérature anglaise anglo-saxonne. Comme Tolkien, qui l'intéresse particulièrement, Thomas Alan Shippey a suivi une partie de sa scolarité à la King Edward's School à Birmingham et a enseigné le vieil anglais à l'université d'Oxford; il a également occupé la même chaire que lui à l'université de Leeds. Il lui a consacré plusieurs ouvrages: *The Road to Middle-Earth* (1982), *J.R.R. Tolkien: author of the century* (2000), ou encore *Roots and Branches: Selected Papers on Tolkien* (2007).

Sibley (Brian) : Ecrivain britannique né en 1949 qui a rélisa des biographies ou des ouvrages sur Walt Disney, A. A. Milne (auteur de *Winnie l'Ourson*) ou J.R.R. Tolkien. Il a par exemple réalisé une adaptation radiophonique du *Seigneur des Anneaux* pour la BBC en 1981.

Sigurd: Héros de *La Légende de Sigurd et Gudrún**, version réécrite par J.R.R. Tolkien d'une légende nordique dans les années 1930. Sigurd est un héros qui s'empara du trésor du dragon Fafnir après l'avoir vaincu. Il se rendit ensuite chez les Niflungs (également appelés Niebelungs), avec sa compagne la Valkyrie Brynhilde. L'ouvrage est édité sous la direction de Christopher Tolkien* en 2009.

Silmarils: Joyaux créés par Fëanor*, le plus doué des Noldor*. Ils contrôlaient la lumière des deux Arbres* du Valinor*. Melkor*, avec l'aide d'Ungoliant*, les déroba et les serit dans sa couronne de fer. Les Noldor, souhaitant les récupérer, s'installèrent en Beleriand* et entamèrent une longue guerre contre

Melkor. Mais la reprise des bijoux semblait impossible, à tel point que Thingol* en fit la condition de la main de sa fille Lúthien* lorsque Beren* vint la lui demander. Le couple y parvint non sans dommages, et Thingol fit sertir le joyau dans le Nauglamir par des Nains*, qui le convoitèrent par la suite. Ils tuèrent Thingol et volèrent le Silmaril, que Beren reprit au bout de quelques temps. Cette trahison rompit à jamais la confiance entre Elfes* et Nains.

Silmarillion: Grand œuvre de J.R.R. Tolkien, commencé en 1917, publié à titre posthume par son fils Christopher* en 1977. Cet ouvrage de près de cinq cents pages retrace l'ensemble des histoires qu'il a écrites sur Arda*, de sa création sous la férule d'Ilúvatar* jusqu'aux derniers feux du Troisième âge et la Guerre de l'Anneau, en passant par les méfaits de Morgoth* et de son lieutenant Sauron*. L'ouvrage est complété par des arbres généalogiques, un index alphabétique des nombreux noms présents dans l'ouvrage et quelques éléments de langage en quenya* et en sindarin*.

Sindarin: L'une des deux langues elfiques principales, avec le quenya*, parlée par les Teleri* restés en Terre du Milieu*, puis adoptée par les Noldor* qui y sont revenus.

Sirion: L'un des plus grands fleuves du Beleriand*, qui coulait sur plus de 1 500 kilomètres depuis les montagnes de l'Ered Wethrin jusqu'à la baie de Balar. Il marquait la frontière entre l'ouest et l'est du Beleriand.

Smaug : Dernier survivant d'une race qui régna autrefois sur la Terre du Milieu*, les grands dragons. Smaug vivait dans les Montagnes Grises* jusqu'à ce qu'il entende parler des énormes richesses amassées par les Nains* à Erebor*. Mû par sa convoitise, il s'y rendit en volant et décima les occupants pour s'y installer en 2770 du Troisième Âge. Smaug le Doré (surnom dû à ses écailles rouge doré) reçut deux cents ans plus tard la visite de Thorin Lécudechesne* et de ses compagnons, venus reprendre le bien de leur peuple. Furieux, il fit un raid sur la ville voisine d'Esgaroth*.

Sméagol : Voir Gollum.

Smials : Nom de l'habitat le plus répandu chez les Hobbits*, à savoir des trous creusés à flanc de coteau, sous forme de couloirs à multiples ramifications. Le smial où vivaient Bilbo* et Frodo Bessac* s'appelait Cul-de-Sac*.

Smith : Héros du court roman *Smith de Grand Wootton* de J. R. R. Tolkien, publié en 1967 et illustré par Pauline Baynes*.

Smith (Geoffrey Bache) : Ami proche de l'écrivain J. R. R. Tolkien, qu'il côtoya à Birmingham et Oxford, et membre du Tea Club and Barrovian Society*. Poète amateur, il aimait partager ses créations avec ses amis étudiants. Il mourut peu de temps après la bataille de la Somme. De retour en Angleterre, Tolkien, dévasté par la mort de son ami, convainquit sa mère de publier ses poèmes, pour lesquels il écrivit une préface. *A Spring Harvest (Une récolte de printemps)* paraît en 1918.

Subcréation: Concept développé par J.R.R. Tolkien, qui désigne la création littéraire, la plaçant au-dessous de la création, au sens religieux du terme.

Suffield Tolkien (Mabel): Mère de J.R.R. Tolkien, née en 1870, décédée en 1904.

Taniquetil: Plus haut sommet de la chaîne des Pelóri, qui se dressait le long des côtes de Valinor*. Manwë, le roi des Valar*, y construisit son palais. Il s'installait sur son trône et pouvait voir très loin; il prenait également conseil auprès d'Ilúvatar* en cet endroit.

Tea Club and Barrovian Society: Cercle littéraire confidentiel, formé par J.R.R. Tolkien, Christopher Wiseman*, Geoffrey Bache Smith* et Robert Gilson*. Prenant leurs quartiers aux Barrow's Stores à Oxford, les amis y discutaient, lisaient ou chantaient leurs créations tout en dégustant du thé.

Tengwar: Système d'écriture développé par Fëanor* pour coucher sur le papier le quenya*.

Teleri: Plus grosse tribu d'Elfes* appelée par les Valar* à rejoindre le Valinor*. Comme ils traînaient en route, on les surnomma les Retardataires ou les Derniers, d'autant plus que plusieurs divisions s'opérèrent dans leurs rangs.

Telperion: Après les premiers dégâts faits par Melkor* sur Valinor*, Yavanna* se rendit sur une colline et se mit à chanter. Ainsi se mirent à pousser des Arbres* géants, les plus beaux jamais vus, Laurelin* et Telperion. Dans *Le Silmarillion**, il nous est dit que cet Arbre « [...] *avait des feuilles vert sombre, dont l'envers brillait comme l'argent, et il répandait de ses fleurs innombrables comme une inépuisable rosée de lumière argentée qui baignait le sol tacheté d'ombres frémissantes* ». Plus tard Melkor* vint s'attaquer à ces deux Arbres, aidé par Ungoliant*.

Terre du Milieu: Continent central d'Arda*, bordé à l'ouest par Belegaer* et à l'est par la Mer de l'Est. C'est dans ce dernier secteur, sur les rives du lac Cuiviénen, que s'éveillèrent les Elfes*, les premiers Enfants d'Ilúvatar*. Le continent était traversé par de nombreux cours d'eau et chaînes de montagnes. La destruction des deux Grands Arbres* de Valinor* favorisa la création de la Lune et du Soleil, ce dernier éclairant la Terre du Milieu* d'une lumière vive. Les Hommes s'éveillèrent en Hildórien, une région à l'est du continent. Certains se mirent du côté des Elfes* pour combattre Morgoth*, tandis que d'autres se rallièrent à sa cause.

Thangorodrim : Ensemble de trois volcans érigés par Morgoth* devant les portes d'Angband*. C'est sur le flanc de l'un d'entre eux qu'il attacha par le poignet Maedhros*, fils de Fëanor* ; et c'est au sommet d'un autre qu'il installa Húrin* sur un siège de pierre, pour qu'il assiste à l'infortune de sa famille.

Théoden : Théoden* était le dix-septième roi du Rohan*. À partir de 3014 du Troisième Âge, le roi fut sous l'influence de Grima* Langue-de-Serpent, espion envoyé par Saruman* pour le maintenir dans un état d'abrutissement complet. Gandalf* vint l'en sortir en mars 3019 et le persuada de partir en guerre contre le magicien blanc. C'est ainsi qu'eut lieu la Bataille de la Gorge de Helm*, puis celle des Champs du Pelennor.

Thingol : Elwë* était l'un des Elfes* qui s'éveillèrent sur les rives du lac Cuiviénen, et l'un des deux chefs du peuple qui prit la marche pour rejoindre le Valinor*. Mais en chemin il rencontra la Maia* Melian*. Ensemble ils s'installèrent au Beleriand* avec le peu de Teleri* qui étaient restés. Elwë* prit alors le nom d'Elu Thingol* pour régner sur le royaume de Doriath*. Thingol et Melian* eurent une fille, Lúthien*, qui tomba amoureuse de l'Homme Beren*. Thingol conditionna leur union à la prise d'un Silmaril*, retenant sa fille captive. Leur quête achevée, il souhaita faire sertir ce Silmaril dans un collier magique, le Nauglamir; il s'adressa donc aux Nains* des Montagnes Bleues. Mais un conflit éclata bientôt.

Thorin Lécudechesne: Héritier nain* du royaume d'Erebor*, Thorin II reçut son surnom en s'étant servi d'une feuille de chêne comme bouclier après que le sien fut fendu lors de la bataille d'Azanulbizar. Après de longues années d'errance, il résolut de récupérer son royaume et d'attaquer Smaug*, accompagné d'une douzaine de Nains*, de l'Istar* Gandalf et du Hobbit* Bilbo Bessac*.

Thráin: Fils unique du roi nain* Thrór, qui dut fuir avec son peuple Erebor*, attaqué par Smaug*. Ils s'installèrent en Dunlande*, où la nostalgie de la Moria* reprit son père, qui partit. Lorsque l'annonce du décès de celui-ci lui parvint, Thráin rassembla les troupes de plusieurs royaumes nains* et combattit les Orques* sur les versants et dans les grottes des Montagnes de Brume*. Par la suite, il monta une expédition vers la Montagne Solitaire, mais fut capturé en route par les troupes de Sauron* et fut enfermé à Dol Guldur* pendant quatre ans.

Thranduil : Roi des Elfes* de Vertbois-le-Grand, qui régna paisiblement jusqu'à ce que Sauron* s'installe à Dol Guldur*, au sud de la Forêt, qui devint Grand'Peur*. Il participa à la Bataille des Cinq Armées* puis à la Guerre de l'Anneau.

Tilion : Maia* au service d'Oromë*, qui s'occupa de la course de la Lune dès sa création.

Tol Eressëa : Pour permettre aux nombreux Elfes* de passer de la Terre du Milieu* à Aman*, Ulmo* utilisa une île se trouvant à mi-chemin entre les deux continents comme navire. L'île servit une seconde fois pour ramener les derniers Teleri* restés en Terre du Milieu*. Mais ceux-ci changèrent d'avis en cours de route, et Tol Eressëa fut définitivement immobilisée en 1150 des Années des Arbres. Dans *Les Contes perdus*, Tolkien indique que l'île fut ramenée à proximité des côtes de la Terre du Milieu* et qu'elle se brisa en deux lors de ce voyage, formant la Grande-Bretagne et l'Irlande.

Tolkien (Adam) : Né en 1969, c'est le premier enfant de Baillie Klass et Christopher Tolkien* (qui avait eu un fils, Simon, d'un premier mariage). En soutien de son père sur la publication des œuvres de John Ronald Reuel Tolkien, il est également connu pour la traduction des *Livres des contes perdus*, les deux premiers opus de *l'Histoire de la Terre du Milieu*, en 1995 et 1998.

Tolkien (Christopher) : Plus jeune fils de John Ronald Reuel Tolkien, né en 1923 et décédé en 2021. Amoureux des langues anciennes comme son père, il fit une brillante carrière de chercheur et enseignant en philologie, coupée net en 1973 par le décès de son père. Il se consacra dès lors, et jusqu'en 2017, à l'édition des nombreux textes inachevés de l'auteur du *Seigneur des Anneaux*.

Tolkien Estate : Structure juridique qui gère les droits en lien avec l'œuvre de John Ronald Reuel Tolkien. La structure est gérée par les membres de la famille Tolkien.

Tolkien Quest : Voir Middle-Earth Quest*.

Tolkien Trust : Organisme caritatif créé en 1977 par les quatre enfants de J.R.R. Tolkien pour collecter et reverser des fonds, notamment dans les domaines suivants : l'aide d'urgence et le secours aux sinistrés ; des organismes de bienfaisance à destination de la santé ; des causes environnementales ; l'éducation et les arts.

Topps : Éditeur de jeux de société, spécialisé en jeux de cartes. En 2011, la société édita une gamme de cartes inspirées de l'univers du *Seigneur des Anneaux*.

Touc (Peregrin « Pippin ») : L'un des quatre Hobbits* qui intégrèrent la Fraternité de l'Anneau* après le Conseil d'Elrond*. Séparés du reste du groupe, son cousin Mériadoc Brandibouc et lui se retrouvèrent prisonniers des Uruk-hai* de Saruman* dans la forêt de Fangorn*, où ils rencontrèrent les Ents*. Pippin se mit ensuite au service de l'Intendant Denethor* II du Gondor*.

Tree and Leaf: Livre de J.R.R. Tolkien publié en 1964. Il contient l'essai *Du conte de fées* et le conte *Feuille, de Niggle**, déjà publiés séparément. En France, ils ont été inclus dans le recueil *Faërie**, en 1974.

Turgon: Deuxième fils de Fingolfin, Turgon participa au voyage des Noldor* en Terre du Milieu* pour reprendre les Silmarils à Morgoth*. Sur les indications d'Ulmo*, il fonda la cité de Gondolin* au cœur du Beleriand*, qui resta cachée très longtemps à ses ennemis.

Túrin Turambar: Personnage central du Grand Conte *Les Enfants de Húrin*, au destin dramatique.

Tyler (Liv): Actrice et mannequin américaine, qui s'est fait connaître pour son rôle d'Arwen* dans l'adaptation au cinéma du *Seigneur des Anneaux* par Peter Jackson*.

Uinen: Maia* au service d'Ulmo*, et épouse d'Ossë*. Elle avait la main sur la faune et la flore aquatiques. Elle empêcha son mari de succomber aux charmes de Melkor*. Elle aimait beaucoup les Teleri, auxquels elle enseigna la musique.

Ulmo : Le plus puissant des Valar* et Seigneur des Eaux. Ses apparitions, rares, étaient redoutées car souvent synonymes de terribles tempêtes. Peu après l'éveil des Elfes*, il fut chargé de les convoyer avec l'île de Tol Eressëa* vers Valinor*. Au cours du Premier Âge, il aida plusieurs fois les Hommes et les Elfes*.

Umbar : Petit royaume côtier situé au sud du Gondor*, peuplé essentiellement de Sudrons et de Númenoréens* Noirs. La capitale est un port du même nom. Ar-Pharazôn* y accosta en 3261 du Deuxième Âge pour attaquer Sauron*. Au cours de la Guerre de l'Anneau, ses corsaires, ralliés au Noir Ennemi*, attaquèrent Pelargir* avant d'être stoppés par Aragorn*.

Ungoliant : Araignée monstrueuse qui dévorait toute lumière passant à sa portée. En l'Année des Arbres 1492, elle fut rejointe par Melkor*, qui lui promit de satisfaire sa faim insatiable. Utilisant la toile de nuit de la créature pour se camoufler, ils se rendirent sur la colline d'Ezellohar, en Valinor*. Là, Melkor perça les Deux Arbres* de sa lance, et Ungoliant but leur sève et injecta son poison dans leur écorce. Les deux s'enfuirent ensuite en direction d'Angband*, forteresse du noir Maia*, qui ne réussit pas à se défaire de l'araignée géante. Lorsqu'elle l'attaqua finalement pour dévorer des joyaux dérobés en chemin, Melkor cria et cela réveilla les Balrogs* d'Angband, qui firent fuir le monstre. Ungoliant se réfugia dans la vallée de Dungortheb (« vallée de l'Épouvantable Mort »), où elle s'accoupla avec d'autres araignées et donna naissance à d'autres créatures, dont Araigne*.

Uruk-hai : Orques* génétiquement modifiés par Saruman*. Plus grands et plus résistants que les Orques*, ils étaient capables de couvrir rapidement de grandes distances, mais aussi de marcher et de se battre en plein jour. Ils furent utilisés pour la première fois ouvertement lors de l'invasion de l'Ithilien* en 2475 du Troisième Âge.

Valaquenta : *L'Histoire des Valar** est la deuxième partie du *Silmarillion**. Les Valar* y sont décrits, ainsi que leurs serviteurs, les Maiar*.

Valar : Au nombre de quatorze, ces Ainur* majeurs vinrent sur Arda*. Ils avaient chacun leurs spécialités. Ces êtres d'essence semi-divine ne pouvaient s'entretuer mais pouvaient être blessés, car leur puissance se trouvait limitée s'ils descendaient sur Arda.

Valinor : La destruction des Lampes des Valar* (par Melkor*, en 3450 des Années des Valar) les obligea à s'installer sur le continent d'Aman*, dans la région du Valinor*. À l'abri derrière la chaîne de montagnes des Pelóri*, les Valar* façonnèrent une terre remplie de merveilles, baignée par la lumière des deux Arbres*. Après leur éveil, les Elfes* furent invités à se rendre en Valinor*, qui prospéra jusqu'à l'attaque de Melkor* et Ungoliant* sur les deux Arbres* et le vol des Silmarils*. Après la submersion de Númenor, Aman* fut retirée des Cercles du Monde et ne fut plus accessible que par les navires elfes*.

Vána : L'une des sept Valar* qui endossèrent un corps féminin. À l'instar de sa sœur Yavanna*, son domaine de prédilection était la nature.

Vertbois-le-Grand : Voir Forêt de Grand'Peur*.

Vieil Homme-Saule : Plus ancien arbre de la Vieille Forêt, il est installé en son cœur, au bord de l'Oserondule*, étendant ses racines très loin dans les bois. Son cœur était pétri de malveillance et de haine. Lorsque ceux qui se présentaient à ses yeux comme des intrus venaient à s'approcher de lui, il faisait en sorte de les assoupir sous son ombrage, avant d'entrouvrir son tronc et de les aspirer à l'intérieur. C'est ainsi que les trois Hobbits* qui accompagnaient Frodo Bessac* vers Brie* faillirent se faire prendre à son piège. Ils y échappèrent grâce à l'intervention de Tom Bombadil*.

Vieille Forêt: Plus grande étendue forestière de l'Eriador*, elle délimite le Comté* à l'est. Les Hobbits* redoutaient de s'y aventurer, car les arbres y paraissaient vivants. En sons ein se trouve la demeure de Tom Bombadil* et de sa compagne Baie d'or*.

Vilya: Vilya était l'Anneau de l'Air, le plus puissant des Anneaux de Pouvoir*, hormis l'Unique*. Il fut forgé au milieu du Deuxième Âge par Celebrimbor*. Contrairement aux autres, les Anneaux des Elfes* (Vilya*, Narya* et Nenya* – voir ces noms) étaient vierges de tout Mal. Informé des intentions de Sauron*, Celebrimbor* confia Vilya à Gil-galad*, qui le donna plus tard à Elrond*.

Vingilot: Bateau d'Eärendil*, qu'il construisit avec Círdan*. Il était de couleur blanche, sa voile était d'argent, ses rames étaient vermeilles et sa proue ressemblait à un cygne. Il accosta notamment en Valinor*, où les Valar* le bénirent. Après la Guerre de la Colère, Eärendil parcourut les cieux à son bord, et l'éclat du Silmaril* à son front lui permit de se faire appeler Vénus.

Vinyar tengwar: Voir Tengwar*.

Völuspa: Poème anonyme composé en vieux norrois aux alentours de l'An Mille, inclus dans l'*Edda Poétique*. Lors d'un long monologue, une voyante expose à Odin l'histoire et le destin du monde, des dieux et des hommes, de la création du monde au Ragnarök. Le poème fut l'une des inspirations de Tolkien, notamment pour la création cosmologique de son Légendaire*.

Walsh (Fran) : Scénariste, productrice et actrice néo-zélandaise née en 1959. Elle a été productrice et coscénariste des adaptations en film du *Seigneur des Anneaux* et du *Hobbit*, réalisées par Peter Jackson*, son mari.

Weta Workshop : Société néo-zélandaise spécialisée dans les effets spéciaux. Pour les adaptations en film du *Seigneur des Anneaux* et du *Hobbit*, les techniciens de la firme ont réalisé des maquettes, des costumes, des décors et diverses créatures de toutes tailles. La société a notamment créé des créatures et des moulages pour les séries télévisées *Hercule*, *Xena, la guerrière* et pour des films tels que *Les Feebles* et *Créatures célestes*.

Wiseman (Christopher) : Ami de jeunesse de J. R. R. Tolkien, il fut son condisciple à Birmingham, et un membre du Tea Club and Barrovian Society*, cercle informel dans lequel ils se lisaient leurs productions et discutaient de choses et d'autres. Des amis proches de Tolkien, seul Wiseman survécut à la Première Guerre mondiale.

Wood (Elijah) : Acteur et producteur américain, né en 1981. Il est devenu célèbre après son interprétation de Frodo Bessac* dans l'adaptation cinéma du *Seigneur des Anneaux* par Peter Jackson*.

Yavanna : Appartenant au groupe des Valar*, Yavanna* était l'épouse d'Aulë*. Elle a participé à la création d'Arda* avec les plantes, mais aussi les deux Arbres de Valinor*, Laurelin* et Telperion*. Elle créa aussi les Ents*, les bergers des arbres.

Zaentz (Saul) : Producteur américain (1921-2014) connu pour avoir acquis dans les années 1960 les droits d'adaptation du *Hobbit* et du *Seigneur des Anneaux*, et ainsi avoir produit le film de Ralph Bakshi*.

CORRESPONDANCE ENTRE LES TRADUCTIONS

Le tableau ci-dessous donne les correspondances entre l'ancienne et la nouvelle traduction de plusieurs noms propres dans *Le Hobbit* et *Le Seigneur des Anneaux*. Pour être plus précis, nous avons ajouté les variations proposées par Tina Jolas dans sa traduction de l'ensemble des appendices du *Seigneur des Anneaux*, Francis Ledoux ne les ayant pas tous traduits à l'origine.

The Hobbit 1937 *The Lord of the Rings* 1954-1955	*Bilbo le Hobbit* par Francis Ledoux (1969)	*Le Seigneur des Anneaux* par Francis Ledoux (1972-1973) puis par Tina Jolas (appendices – 1986)
Arkenstone	Arkenstone	Arkenstone
Ash Mountains	-	Monts Cendrés
Barrow-downs	-	Hauts des Galgals
Bilbo Baggins	Bilbo Baggins	Bilbon Sacquet
Frodo Baggins	-	Frodon Sacquet
Bree	-	Bree
Brandybuck	-	Brandebouc
Bywater	Près de l'Eau	Lézeau
Dark Lord	-	Seigneur Ténébreux
Dáin II Ironfoot	-	Dáin II Pied-d'Acier
Dunland	-	Pays de Dun
Easterlings	-	Ceux de l'Est / Orientaux
Fellowship of the Ring (The)	-	La Communauté de l'Anneau
Fallohides	-	Pâles
Samwise « Sam » Gamgee	-	Samsagace « Sam » Gamegie
Gap of Rohan	-	Trouée du Rohan
Glittering Caves	-	Cavernes Scintillantes
Goldberry	-	Baie d'Or
Halfelven	-	Demi-elfe
Halfling	-	Semi-homme
Harfoots	-	Pieds velus
Helm's Deep	-	Gouffre de Helm
Hornburg	-	Fort-le-Cor
Lake-town	Lacville	-
Loudwater		Sonoreau
Mirkwood	Mirkwood	Forêt Noire
Misty Mountains	Monts Brumeux	Monts Brumeux
Mount Doom	-	Montagne du Destin
Rangers	-	Rôdeurs
Ringwraiths	-	Esprits servants de l'Anneau
Saruman	Saroumane	
Shadowfax	-	Gripoil
Sharkey	-	Sharcoux
Shelob	-	Arachne
Shire (The)	-	La Comté
Stoors	-	Forts
Strider Wingfoot	-	Grands-Pas Pieds-Ailés
Thorin Oakenshield	Thorin Oakenshield	Thorin Écu-de-Chêne
Rivendell	Rivendell	Fondcombe
Peregrin I « Pippin » Took	-	Peregrïn Ier « Pippin » Touque
Treebeard	-	Sylvebarbe
War of Wrath	-	Guerre de la Grande Colère
Weathertop (Hill)	-	Mont Venteux
Westron	-	ouistrain
Withywindle	-	Tournesaules

<table>
<tr><th>Le Hobbit
par Daniel Lauzon
(2012)</th><th>Le Seigneur des Anneaux
par Daniel Lauzon
(2014-2016)</th></tr>
<tr><td colspan="2">Pierre Arcane</td></tr>
<tr><td>-</td><td>Montagnes de Cendre</td></tr>
<tr><td>-</td><td>Coteaux des Tertres</td></tr>
<tr><td colspan="2">Bilbo Bessac</td></tr>
<tr><td>-</td><td>Frodo Bessac</td></tr>
<tr><td>-</td><td>Brie</td></tr>
<tr><td>-</td><td>Brandibouc</td></tr>
<tr><td>Belleau</td><td>-</td></tr>
<tr><td>-</td><td>Seigneur Sombre</td></tr>
<tr><td>-</td><td>Dáin II Piédefer</td></tr>
<tr><td>-</td><td>(la) Dunlande</td></tr>
<tr><td>-</td><td>Orientais</td></tr>
<tr><td>-</td><td>La Fraternité de l'Anneau</td></tr>
<tr><td>-</td><td>Peaublêmes</td></tr>
<tr><td>-</td><td>Samsaget « Sam » Gamgie</td></tr>
<tr><td>-</td><td>Brèche du Rohan</td></tr>
<tr><td>-</td><td>Brillantes Cavernes</td></tr>
<tr><td>-</td><td>Baie d'or</td></tr>
<tr><td>-</td><td>Semi-Elfe</td></tr>
<tr><td>-</td><td>Demi-Homme</td></tr>
<tr><td>-</td><td>Piévelus</td></tr>
<tr><td>-</td><td>Gorge de Helm</td></tr>
<tr><td>-</td><td>Ferté-au-Cor</td></tr>
<tr><td colspan="2">Le Bourg-du-Lac</td></tr>
<tr><td></td><td>Bruyandeau</td></tr>
<tr><td></td><td>Forêt de Grand'Peur</td></tr>
<tr><td colspan="2">Montagnes de Brume</td></tr>
<tr><td>-</td><td>Mont Destin</td></tr>
<tr><td>-</td><td>Coureurs</td></tr>
<tr><td>-</td><td>Spectres de l'Anneau</td></tr>
<tr><td colspan="2">Saruman</td></tr>
<tr><td>-</td><td>Scadufax, Cheveux d'Ombre</td></tr>
<tr><td>-</td><td>Charquin</td></tr>
<tr><td>-</td><td>Araigne</td></tr>
<tr><td>-</td><td>Le Comté</td></tr>
<tr><td>-</td><td>Fortauds</td></tr>
<tr><td>-</td><td>l'Arpenteur Pied-Ailé</td></tr>
<tr><td colspan="2">Thorin Lécudechesne</td></tr>
<tr><td colspan="2">Fendeval</td></tr>
<tr><td>-</td><td>Peregrin Ier « Pippin » Touc</td></tr>
<tr><td>-</td><td>Barbebois</td></tr>
<tr><td>-</td><td>Guerre de la Colère</td></tr>
<tr><td>-</td><td>(Colline de) Montauvent</td></tr>
<tr><td>-</td><td>occidentalien</td></tr>
<tr><td>-</td><td>Oserondule</td></tr>
</table>

BIBLIOGRAPHIE EXTERNE / RESSOURCES

Voici une sélection d'ouvrages, de revues et de sites Internet permettant d'approfondir ce qui vous a été présenté de façon superficielle dans cet ouvrage.

Biographies

- 1980 (réédition revue en 2002) : *J.R.R. Tolkien, une biographie* – Humphrey Carpenter (trad. Pierre Alien, revue par Vincent Ferré) – Éditions Christian Bourgois
- 2014 : *Tolkien et la Grande Guerre* – John Garth (trad. Johan-Frédérik Hel-Guedj) – Éditions Christian Bourgois

- 2019 : *Tolkien : Créateur de la Terre du Milieu* – Catherine McIlwaine (trad. Fabrice Canepa) – Hoëbeke

Analyse de l'œuvre, influences

- 2001 : *Le Monde légendaire de Tolkien* – Marc-Louis Questin – Éditions Trajectoire
- 2004 : *Tolkien, le Chant du Monde* – Charles Ridoux – Encrage
- 2007 : *Tolkien et le Moyen Âge* – Leo Carruthers (dir.) – CNRS Éditions
- 2009 : *Tolkien et ses légendes. Une expérience en fiction* – Isabelle Pantin – CNRS Éditions
- 2014 : *Pour comprendre Tolkien : une lumière éclatée, logos et langage dans le monde de Tolkien – Verlyn Flieger (trad. Éric Iborra) – Desclée de Brouwer*
- *2014 : Lire J. R. R. Tolkien – Vincent Ferré – Pocket*
- 2016 : *Tolkien et la Religion* – Leo Carruthers – Presses de l'Université Paris-Sorbonne
- 2016 : *J. R. R. Tolkien, auteur du siècle* – Tom Shippey (trad. Aurélie Brémont) – Bragelonne
- 2019 : *La Terre du Milieu – Tolkien et la Mythologie Germano-Scandinave* – Rudolf

Simek (trad. Mahdî Brecq et Elias Ebnöther) – Passés composés

- 2019 : *Tolkien et les sciences* – Roland Lehoucq, Jean-Sébastien Steyer et Loïc Mangin (dir.) – Belin
- 2019 : *Tolkien. Voyage en Terre du Milieu* – Vincent Ferré et Frédéric Manfrin (dir.) – BNF
- 2019 : *Tolkien's Library: An Annotated Checklist* – Oronzo Cilli – Luna Press Publishing
- 2020 : *Les Mondes de Tolkien* – John Garth (trad. Xavier Hanart) – Hachette Heroes

Études linguistiques

- 2002 : *Dictionnaire des langues des hobbits, des nains, des orques* – Édouard Kloczko – Arda
- 2012 : *Le Haut-Elfique pour les débutants* – Édouard Kloczko – Éditions Fetjaine (paru en 2015 chez Pocket)

Encyclopédies

- 2018 : *Dictionnaire de la fantasy* – Anne Besson (dir.) – Vendémiaire
- 2012 (puis 2019) : Dictionnaire Tolkien – Collectif, Vincent Ferré (dir.) – CNRS Éditions puis Bragelonne

Atlas et cartes

- 2003 : *Les Voyages de Frodon, l'Atlas du Seigneur des Anneaux* – Barbara Strachey (trad. Régis Habert) – BFB Éditions
- 2022 : *La Carte de la Terre du Milieu de Tolkien : La route se poursuit sans fin* – John Howe et Brian Sibley (trad. Jacques Georgel, revue par Pauline Loquin) – Éditions Christian Bourgois
- 2022 : *La Carte du Hobbit : Un aller et retour* – John Howe et Brian Sibley (trad. Jacques Georgel, revue par Pauline Loquin) – Éditions Christian Bourgois
- 2022 : *La Carte du Beleriand* – John Howe et Brian Sibley (trad. Pauline Loquin) – Éditions Christian Bourgois
- 2022 : *Atlas de la Terre du Milieu* – Karen Wynn Fonstad (trad. Daniel Lauzon) – Bragelonne

Illustrations

- 1992 : *Le Monde de Tolkien : Visions des Terres-du-Milieu* – Collectif – Éditions Glénat
- 2001 : *L'Album de Bilbo le Hobbit – Adieu à la Terre du Milieu* – Pauline Baynes (trad. Pierre de Laubier) – Gallimard

- 2006 : *Cahier de croquis du Seigneur des Anneaux* – Alan Lee (trad. Vincent Ferré et Delphine Martin) – Éditions Christian Bourgois
- 2011 : *Une Tapisserie pour Tolkien* – Cor Blok (trad. Vincent Ferré) – Éditions Christian Bourgois
- 2013 : *Les Années Tolkien des frères Hildebrandt* – Greg et Tim Hildebrandt – Panini
- 2018 : *Trésors de Tolkien* – Catherine McIlwaine (trad. Vincent Ferré) – Éditions Christian Bourgois
- 2019 : *Un Voyageur en Terre du Milieu* – John Howe (trad. Daniel Lauzon) – Éditions Christian Bourgois
- 2020 : *Cahier de croquis du Hobbit* – Alan Lee (trad. Vincent Ferré) – Éditions Christian Bourgois

Livres sur les adaptations cinématographiques

- 2003 : *Le Seigneur des Anneaux – L'Histoire du tournage de la trilogie* – Brian Sibley – Le Pré aux Clercs
- 2004 : *Le Seigneur des Anneaux : Le Livre de la trilogie* – Jude Fisher – Le Pré aux Clercs

Actes de colloque

- 2007: *Actes du Colloque du CRELID* – Anne Besson et Myriam White-Le Goff (dir.) – Bragelonne
- 2011: *Tolkien Aujourd'hui, Actes du colloque de Rambures 2008* – Vincent Ferré, Charles Ridoux et Michaël Devaux (dir.) – Presses Universitaires de Valenciennes

Documentaire DVD

- 2014: *J. R. R. Tolkien, des mots, des mondes* – Simon Backès – Compagnie des Phares et Balises

Enfin, cet ouvrage n'aurait pas pu voir le jour sans Internet, source inépuisable (mais à utiliser avec précaution), pour retrouver certains textes, des références, au-delà de ces ouvrages. Trois sites Internet m'ont été particulièrement utiles :

- Tolkien Gateway, site encyclopédique anglophone ;
- Tolkiendil, émanation en ligne de l'association éponyme, dont la communauté permet d'enrichir en permanence l'encyclopédie tolkienienne ;
- Elrond's Library, qui recense toutes les éditions du *Hobbit* et du *Seigneur des Anneaux* de par le monde, dans toutes les langues.

- Le site http://www.tolkien-music.com/ est une source inépuisable de références sur les artistes musicaux qui ont été inspirés par l'œuvre de Tolkien.

REMERCIEMENTS

Ce quatrième ouvrage n'aurait pu voir le jour sans la confiance accordée par Jérôme Vincent, alias Ilúvatar, aux Éditions ActuSF. Jérôme, la création de notre Arda continue ! Merci à ma famille pour son aide et son regard bienveillant qu'elle porta sur cette activité chronophage qu'est l'écriture.

Un grand merci à AnneEli, l'Istar de la correction, et Vivien, l'œil ~~de Sauron~~ expert de l'association Tolkiendil, sans oublier Fabienne Riccardi, pour avoir rendu ce texte meilleur, et à Gaëlle Giroulet pour sa coordination éditoriale, son enthousiasme et son énergie. Un salut amical à la Division Rungis, pour sa présence.

Tolkien fut, de manière un peu fortuite, l'un de mes premiers chocs littéraires. Plus de trente ans après, il est toujours là, presque marqué dans ma chair. Après un premier ouvrage sorti en 2020 chez Ynnis Éditions, il me restait encore des choses à dire sur le Professeur.

Pour citer Gildor lors de sa rencontre avec Frodo, au début de son voyage dans *Le Seigneur des Anneaux* : *« Elen síla lúmenn' omentielvo » / « Une étoile brille sur l'heure de notre rencontre. »*

J'espère que cette rencontre entre Tolkien et vous, avec votre serviteur en entremetteur, fut une parenthèse enchantée, le prélude à de belles aventures...

Yannick Chazareng

AVEC LE SOUTIEN DE

La Région
Auvergne-Rhône-Alpes

Achevé d'imprimer en août 2022
par Smilkov – Imprimé en Bulgarie

Dépôt légal : septembre 2022